자신의 운명은 자신이 정의하는 것이라고 말해주는 환상적인 판타지 소설. (…) 용왕의 도시를 본 미나는 "이토록 아름다운 광경을 또 볼 수 있을까. 이토록 무서운 광경도"라고 생각한다. 나도 책을 읽으면서 같은 생각을 했다. 페이지마다 놀랍고 새로운 것을 발견했고, 이 경이로운 신세계를 조금이라도 더 탐험하기 위해 계속 읽을 수밖에 없었다. _뉴욕 타임스

진심으로 사랑스러운, 흥미진진하고 낭만적인 로맨스 판타지. 이 이야기를 조금이라도 더 오래 즐길 수 있다면 좋았을 것이라는 생각이 들 정도로 재미있다. _NPR

속도감 있고 아름답게 쓰인 이 매력적인 판타지는 고집불통 '미나'를 시작으로 그녀와 운명적으로 얽히는 신비한 소년 '신'까지, 기억에 남는 캐릭터들로 가득하다. (…) 〈센과 치히로의 행방불명〉을 좋아하는 독자들에게 딱 맞는 책. _북리스트

한국의 가장 유명한 고전소설 중 하나인 『심청전』을 찬란하게 재조명한 이 작품은 오래도록 사랑받는 고전을 보존하는 동시에 현대 독자들에게 심청전을 새롭게 각인시킨다. 악시 오가 만든 환상의 세계는 독특하고 매혹적이며, 나는 이 세계의 모든 것을 너무나 사랑하게 되었다. _엘런 오, 『김주니를 찾아서』의 작가

예술적인 문장, 놀라운 세계관, 응원할 만한 여주인공 등 이 이야기는 모든 것을 갖추고 있으며 그 이상이다. 스토리텔링의 놀라운 성취이자 손에서 내려놓을 수 없는 책. (…) 정말 압도적으로 아름답다! _칼린 베이런, 작가

내가 어렸을 때 읽었으면 좋았을 아름답고 매혹적인 이야기. 악시 오 작가는 한국 신화를 자신의 목소리로 매끄럽게 엮어내고, 독자들에게 오랫동안 추천하고 싶은 진심 어린 이야기를 선물했다. _엘리자베스 임, 작가

판타지 분야에서 빛나는 진정한 보석 같은 이야기. 악시 오 작가는 한국 고전소설 『심청전』을 멋지고 강렬하게 재구성하여 독자들이 발걸음을 멈추게 한다. 앞으로 몇 년 동안 다시 만나고 싶을 만큼 인상적인 캐릭터들이 가득한, 잊을 수 없는 기발한 세계로 독자들을 데려다준다. _저넬라 앤절리스, 작가

스튜디오 지브리의 팬을 위한 완벽한 책. _**나탈리 응안, 작가**

아름답게 쓰인, 진심이 담긴 사랑스러운 이미지로 가득찬 작품. 나는 웃고, 울고, 눈물을 흘리며 미소를 지었다. 읽자마자 시대를 초월한 고전처럼 느껴졌다. _**포에버영어덜트**

신과 영혼, 놀라운 반전, 뒤섞인 운명의 세계로 빠져들 준비를 하라. 『바다에 빠진 소녀』는 용감한 여주인공이 활약하는 숨막히는 영화 같은 동화다. _**트레이시 치, 작가**

매혹적인 세계관, 빠르게 전개되는 이야기, 기억에 남는 캐릭터들이 등장하는 『바다에 빠진 소녀』는 독자들을 사로잡을 뿐만 아니라 기쁘고 놀라게 할 것이다. _**줄리엣 마릴리에, 작가**

사랑, 가족, 희생에 대한 놀랍고 상상력이 풍부한 이야기. 악시 오의 서정적인 문장은 신들이 살아 숨 쉬는 특별한 신화의 세계로 안내하며, 운명을 바꾸려는 한 소녀의 결단은 여러분의 마음을 사로잡을 것이다. _**준 CL 탄, 작가**

『바다에 빠진 소녀』는 한국 신화에 뿌리를 둔 신령한 곳에 대한 묘사로 나를 사로잡았고, 사랑의 힘과 가족에 관한 이야기로 나를 감동시켰다. 아름다운 작품이다! _**시란 제이 자오, 『아이언 위도우』의 작가**

희생, 사랑, 운명에 대한 기발하고 창의적이며 절묘하게 쓰인 이야기. 『바다에 빠진 소녀』는 숨막히는 모험과 판타지 로맨스가 한데 어우러진, 완전히 매혹적인 작품이다. _**스테파니 가버, 작가**

이 소설은 용감한 여주인공, 가슴을 울리는 가족관계, 신들의 세계와 인간들의 세계 사이의 매력적인 관계를 보여준다. _**더 불레틴**

〈달의 연인〉 등 역사를 다룬 K-드라마 팬들이 만족할 만한 분위기의 신화에 대한 재해석. _**퍼블리셔스 위클리**

바다에
빠진 소녀

바다에
빠진 소녀

The Girl Who Fell Beneath the Sea

악시 오 장편소설
김경미 옮김

이봄

일러두기

본문의 고딕체는 원서에서 저자가 이탤릭체로 강조한 부분이다.

날 항상 믿어주신 엄마께

1장
미나

신화에 따르면, 바다의 신 용왕의 무자비한 화를 가라앉힐 수 있는 것은 오직 용왕의 진정한 신부뿐이라고 사람들은 말한다. 동쪽 바다에 엄청난 폭풍이 불어닥치고 천둥 번개가 하늘을 가르고 바닷물이 해안가로 넘치면 사람들은 신부를 뽑아 용왕에게 바친다.

어쩌면 제물을 바친다고 할 수도 있겠다. 그 신화를 얼마나 믿느냐에 따라.

해마다 폭풍이 시작되면 한 소녀가 바다로 보내진다. 심청은 용왕의 신부 이야기를 믿고 있을까? 바다에 뛰어들 때 그 이야기에 위안을 받을까?

어쩌면 심청은 그 이야기를 시작으로 여길지도 모른다. 운명의 길은 수없이 많으니까.

내 앞에는 말 그대로 길, 그러니까 물이 찰랑거리는 논 사이로 길게 뻗은 좁은 길이 있다. 그 길을 따라가면 바닷가에 다다른다. 내가 그 길에서 돌아나온다면 다시 마을로 오게 될 것이다.

내 운명은 무엇일까? 나는 어떤 운명을 움켜쥐어야 할까?

운명을 선택할 수는 있어도, 온전히 내가 결정할 수는 없을 것이다. 안전하게 집에 있고 싶지만, 내 심장은 다른 쪽으로 훨씬 더 강하게 끌린다. 그것이 날 드넓은 바다로, 내 운명보다 더 사랑하는 한 사람에게로 이끈다.

우리 오빠, 준.

폭풍 사이로 번개가 치고, 어두운 하늘을 번쩍 가른다. 곧이어 천둥소리가 논 위에서 우르릉댄다.

길의 끝은 모래밭이다. 나는 흠뻑 젖은 신발을 벗어 어깨 뒤로 던진다. 빗줄기 사이로 파도 위에서 이리저리 흔들리는 배가 보인다. 작고 움푹 파인 돛단배엔 여덟 명쯤 되는 뱃사공과 용왕의 신부가 타고 있을 것이었다. 이미 해안에서 꽤 멀어져 점점 더 멀리 떠내려가고 있다.

나는 비에 젖은 치맛자락을 들어올리고 거친 바다로 달려간다.

첫번째 파도에 부딪힌 순간 배에서 누군가 외치는 소리가 들린다. 아래로 끌어당겨지는 것 같다. 얼어붙을 듯 차가운 물에 숨이 멎을 것 같다. 물속으로 끌려들어가 왼쪽으로, 오른쪽으로 거칠게 흔들린다. 물 밖으로 입을 내놓으려고 몸부림치지만 파도가 나에게 몰아친다.

나는 수영을 못하지는 않지만 아주 잘하는 편도 아니다. 그래도

배에 이르려고, 살려고, 헤엄치려고 안간힘을 써보지만 역부족이다. 파도와 염분과 바다가 날 그만 아프게 한다면 좋겠다.

"미나!" 누군가 내 팔을 감싸쥐고는 나를 힘껏 물 밖으로 끄집어낸다. 나는 요동치는 배의 갑판에 단단히 붙박인다. 오빠가 내 앞에 낯익은 얼굴을 찌푸린 채 서 있다.

"도대체 뭐 하는 거야?" 울부짖는 바람에 맞서 오빠가 소리친다. "빠져 죽을 뻔했잖아!"

거대한 파도가 뱃전에 부딪쳐 나는 균형을 잃는다. 오빠가 내 손목을 잡아서 배 밖으로 떨어져나가지 않았다.

"오빠를 따라왔어!" 나는 목청껏 소리친다. "오빠가 여기 있으면 안 되잖아. 전사는 용왕님의 신부와 같이 있으면 안 돼." 오빠의 비에 젖은 얼굴과 반항기 어린 표정을 보니 주저앉아 눈물을 흘리고 싶다. 오빠를 물가로 끌어내고 뒤도 돌아보고 싶지 않다. 왜 이렇게 무모한 일을 하려 하지? "여기 있는 걸 알면 용왕님이 오빠를 죽일 거야!"

오빠는 움찔하더니 눈을 깜박이며 뱃머리를 본다. 거기에는 바람에 머리를 휘날리며 서 있는 가냘픈 사람이 있다.

심청.

"미나, 넌 이해 못 할 거야. 난, 난 청이 혼자 가게 할 수 없었어."

끊어질 듯 이어지는 오빠의 목소리에 사실이 아니기를 바랐던, 줄곧 의심해온 일이 사실이란 걸 깨닫는다. 나지막이 욕을 해보지만 오빠는 알아차리지 못한다. 신경이 온통 심청에게만 쏠려 있다.

어른들은 심청을 창조의 여신이 빚은 용왕의 마지막 신부라고 말한다. 용왕의 분노를 누그러뜨리고 왕국에 새로운 평화를 불러올 마지막 신부. 여신이 가장 완벽한 진주로 심청의 피부를 만들고, 칠흑 같은 밤으로 심청의 머리카락에 수를 놓고, 사람들의 피로 심청의 입술을 물들였다고 그들은 말한다.

이런 말들은 진실보다 더 쓰라리다.

심청을 처음 본 날이 기억난다. 나는 강가에서 오빠와 함께 서 있었다. 사 년 전 여름, 종이배 축제가 열리던 날 밤이었고 그때 나는 열두 살, 오빠는 열네 살이었다.

바닷가 마을 사람들은 전통에 따라 종이배 축젯날 밤, 소원을 적은 종이로 접은 배를 물위에 띄운다. 종이배가 우리의 소원을 혼령들의 세상에 있는 조상에게 실어가면, 그곳에서 조상들이 꿈과 소원을 이루어주기 위해 작은 신들과 거래를 할 거라고 믿는다.

"청이는 마을에서 가장 아름답지만, 그건 청이에게 저주나 마찬가지겠지."

나는 오빠의 목소리에 고개를 들었다. 오빠는 강 위에 놓인 다리 한가운데에 서 있는 한 소녀를 보고 있었다.

달빛에 비친 심청의 얼굴은 소녀라기보다는 여신 같았다. 심청이 들고 있던 종이배가 그 손에서 물위로 떨어졌다. 종이배가 떠내려가는 것을 보면서 나는 저토록 아름다운 사람도 빌 소원이 있을지 궁금했다.

나는 심청이 용왕의 신부가 될 운명이었다는 걸 그때는 몰랐다.

천둥이 내 뼛속까지 울린다. 비가 퍼붓는 배 위에서 심청과 뱃사공들은 서로 멀리 떨어져 있다. 이 세상에는 없을 미모 때문에 심청은 이미 제물이 된 것처럼 우리와도 떨어진 채 지냈다. 심청은 용왕의 것이다. 심청이 어렸을 때부터 마을 사람들은 이미 알고 있었다.

누군가의 운명이 하루 만에 바뀔 수 있을까? 운명을 훔치는 데엔 그보다는 시간이 더 필요할까?

오빠는 심청의 외로움을 알고 있었을까? 심청이 열두 살 때 용왕의 신부로 정해지자, 모두 다 심청을 언젠가는 떠나버릴 사람이라고 여겼다. 하지만 오빠만은 심청이 떠나는 걸 원치 않았다.

"미나." 오빠가 내 팔을 잡아끈다. "넌 숨어 있어야 해."

오빠가 걱정스레 내가 숨을 곳을 찾아 덮개도 없는 갑판을 이리저리 둘러본다. 용왕의 세 가지 명 중 하나를 어겨놓고 그건 신경도 쓰지 않은 채 나를 걱정한다.

명은 간단하다. 전사가 동행해서는 안 된다. 용왕의 신부 외에 여자도 안 된다. 무기도 안 된다. 오빠는 오늘밤 첫번째 명을 어겼다. 나는 두번째 명을 어겼다.

그리고 세번째 명. 나는 짧은 저고리 속에 숨겨둔 은장도를 손에 움켜쥔다. 고조할머니께 물려받은 것이다.

배가 폭풍우 한가운데에 이른 모양이다. 바람의 울음소리가 잦아들고, 갑판 위로 몰아치던 파도가 잠잠해지고, 무자비하게 쏟아져내리던 빗줄기마저 약해진다.

달빛이 구름에 가려져 사방이 어둡다. 나는 뱃전 가까이로 가서 바다를 내려다본다. 번갯불에 밝아지자 그것이 보인다. 그것을 본 어부들이 내지른 비명소리를 밤이 삼킨다.

배 밑으로 거대한 은청색 용이 움직인다.

뱀 같은 용의 몸체가 배 주변으로 원을 그린다. 비늘로 덮인 몸의 등성이가 해수면을 가른다.

번갯불이 사라진다. 다시 한번 어둠에 잠기고, 들리는 거라곤 끝없는 파도 소리뿐이다. 나는 우리를 기다리는 끔찍한 운명을 생각하며 몸을 떤다. 물에 빠져 죽거나 용왕의 신하인 용에게 삼켜지거나.

용이 선체로 미끄러져 올라오자 배가 삐걱댄다.

이렇게 하는 이유가 뭘까? 용왕은 무슨 생각으로 이 무시무시한 신하를 보냈을까? 자기 신부의 용기를 시험해보려는 걸까?

분노로 두려움이 거의 사그라들었다는 걸 깨닫고 나는 눈을 깜빡인다. 배를 둘러본다. 심청은 여전히 뱃머리에 서 있다. 하지만 더이상 혼자가 아니다.

"오빠!" 나는 심장이 쿵 내려앉아 소리친다.

오빠가 심청의 손을 놓으며 내 쪽으로 고개를 휙 돌린다.

그들 뒤로 용이 물 밖으로 조용히 솟아오르고, 긴 목이 하늘로 쑤욱 치솟는다. 용의 은청색 비늘에서 바닷물이 뚝뚝 떨어진다. 마치 배의 갑판으로 동전이 떨어지는 것 같다.

용은 검고 헤아리기 힘든 눈빛으로 심청을 뚫어질 듯 바라본다.

지금이 바로 그 순간이다.

무슨 일이 일어날지 모르지만, 우리가 기다려온 순간이 바로 지금이다. 너무 아름다운 바람에 평범하게 살아갈 수 없다는 것을 깨달은 날부터 심청이 기다려온 순간이다. 지금이 심청이 모든 것을 잃는 순간이다. 너무나 비참하게도 자신이 사랑한 남자까지도.

순간 심청은 주저한다.

용을 보던 심청은 눈을 돌려 오빠를 찾는다. 오빠를 바라보는 심청의 얼굴에는 이전에는 한 번도 드러난 적이 없는 표정이 있다. 고뇌와 두려움과 절망적인 간절함에 내 가슴이 아려온다. 오빠는 숨이 막히는 소리를 내며 심청에게 한 발 더 가까이 다가선다. 마침내 심청의 앞에 서서 그녀를 보호하듯이 두 팔을 넓게 벌린다.

오빠는 자신의 운명을 결정짓는다. 이 반항의 대가로, 용은 절대 그를 놓아주지 않을 것이다. 내 두려움이 맞았다는 걸 증명하듯 거대한 용이 귀가 먹먹할 정도로 큰 소리를 내질러 남아 있는 사람들의 무릎을 꿇린다.

오빠를 제외하고. 용왕의 노여움으로부터 자신의 사랑을 혼자서도 지킬 수 있는 것처럼 서 있는 사납고 고집 센 미련한 오빠.

나는 참을 수 없이 화가 난다. 화가 뱃속에서 점점 올라와 숨이 막힐 지경이다. 신들은 우리의 소원을 들어주지 않는 쪽을 선택한 모양이다. 종이배 축제 때 비는 소원뿐만 아니라 날마다 비는 작은 소원도. 평화와 풍요로움과 사랑까지도. 신들은 우리를 버렸다. 신들의 신이라는 용왕은 자기를 섬기고 사랑하는 사람들의 것을 자꾸만 빼앗아가려고 한다. 뺏고 또 뺏을 뿐 주려고는 하지 않는다.

신들이 우리의 소원을 들어주지 않더라도 나는 할 수 있을 것이다. 오빠를 위해서라면 내가 그 소원을 들어줄 것이다.

나는 뱃머리로 달려가 끄트머리에 올라선다. "저를 대신 데려가세요!" 나는 품고 있던 은장도를 꺼내 손바닥에 깊은 상처를 내어 머리 위로 높이 든다. "제가 용왕님의 신부가 될게요. 제 목숨을 용왕님께 바칩니다!"

용은 완전한 침묵으로 답한다. 잠시 모든 것이 혼란스럽다. 용왕이 심청 대신에 나를 데려가려 할까? 나는 심청만큼 아름답지도 우아하지도 않은데. 나에게는 그저 할머니가 늘 골칫거리라고 말씀하시던 고집스러운 의지만 있을 뿐인데.

그때 용이 고개를 숙이고 몸을 틀어 검은 눈 하나로 나를 똑바로 바라본다. 용의 눈은 깊고, 바다처럼 끝이 없다.

"제발." 내가 속삭인다.

나는 아름답지 않다. 손이 떨리는 걸 보니 그다지 용감한 것 같지도 않다. 하지만 이 순간 내 가슴속에는 누구도 빼앗아갈 수 없는 따스함이 있다. 지금 나를 지탱하는 힘. 두렵지만 이것이 나의 선택이다.

나는 나 자신의 운명을 만드는 사람이다.

"미나!" 오빠가 소리친다. "안 돼!"

용이 물 밖으로 솟아올라 오빠와 나 사이를 엄청나게 멀리 갈라놓는다. 용에게 완전히 둘러싸인 나는 용이 제대로 이해한 건지 알고 싶어 침묵 속에서 머뭇거린다.

나는 딱 맞는 말을 찾아낸다. 바로 진실을.

숨을 고르고 턱을 들어올리고 말한다. "제가 용왕님의 신부예요."

용이 배에서 몸을 떼어내자 물회오리의 입구가 열린다.

뒤도 돌아보지 않고, 나는 바닷속으로 뛰어든다.

2장
용왕의 나라

몸이 가라앉는다. 파도 소리가 돌연 끊기고 사위가 조용해진다. 내 주위로 길고 구불구불한 용의 몸통이 휘감으며 엄청난 소용돌이를 일으킨다.

우리는 함께 바닷속으로 빠져든다.

이상하게도 숨이 막히지 않는다. 물에 빠지는데 거의…… 평온하다. 평화롭다. 이것은 용이 조화를 부린 것이 틀림없다. 내가 빠져 죽지 않게 신령한 힘을 쓰고 있다.

목이 메고, 가슴이 안도감으로 두근거린다. 이전의 모든 신부들도 죽지 않고 살았겠구나.

어둠 속으로 깊이 가라앉아 마침내 내 위의 바다가 하늘이 된다. 그리고 용과 나, 우리는 떨어지는 별 같다.

용이 점점 더 가까이 원을 그리며 돈다. 꽉 조이는 몸통 사이로 살짝 보이는 반쯤 감긴 한쪽 눈은 반짝이는 칠흑같은 밤으로 가득하다. 시간이 느려진다. 세상이 멈춘다. 나는 손을 뻗는다. 벌어진 상처에서 흘러나온 핏방울이 우리 사이를 가로지르는 보석처럼 따라온다.

용이 눈을 한 번 깜박인다. 내 밑에 균열이 생기며 틈이 벌어진다. 나는 어둠 속으로 떨어진다.

* * *

할머니는 종종 신들과 혼령들, 신화 속의 동물 등 알 수 없는 존재들로 가득찬, 하늘과 땅 사이 어딘가에 있는 혼령들의 세상에 대해 이야기해주셨다. 할머니는 당신의 할머니께 이야기를 들었다고 하셨다. 아무튼 이야기꾼 모두가 할머니는 아니지만, 모든 할머니는 이야기꾼이지 않은가.

할머니와 나는 대나무 돗자리를 하나씩 들고 논을 지나 해변으로 잠깐씩 산책을 가곤 했다. 자갈이 깔린 모래 위에 돗자리를 깔고, 나란히 팔짱을 끼고 앉아 차가운 물속에 발을 담갔다.

이른아침 바다의 모습을 나는 기억한다. 태양이 수평선 너머로 올라와서 물을 가로질러 황금빛 길을 만들었다. 소금기 머금은 공기가 입맞춤하듯 우리 얼굴에 서렸다. 나는 할머니에게 바짝 기대어 온기를 듬뿍 받곤 했다.

할머니는 언제나 처음과 끝이 있는 이야기부터 해주셨다. 그러다

이른아침의 주황색과 보라색 하늘이 오후의 밝은 파란색을 띠기 시작하면, 부드러운 멜로디로 웅얼거리기 시작하셨다.

"혼령들의 세상은 아주 크고 신비가 깃들어 있단다. 그중에서도 가장 영험한 곳은 용왕님의 도시지. 누군가는 용왕님이 아주 나이 많은 노인이라고 해. 또 누군가는 용왕님이 한창때의 젊은이로 턱수염이 까맣고 나무처럼 키가 크다고 하지. 또 어떤 이들은 용왕님이 바람과 물로 만들어진 용 그 자체일지도 모른다고 해. 하지만 용왕님이 어떤 모습이건 신들과 혼령들은 용왕님을 섬긴단다. 용왕님은 신들의 신이자 신들의 지배자이시니까."

나는 평생 수많은 신에 둘러싸여 살았다. 개구리 울음소리를 통해 노래하는 우리 마을 가운데에 있는 우물의 신. 달이 뜰 때 서쪽에서 불어오는 바람의 여신. 준 오빠와 내가 진흙떡과 연꽃전을 바치곤 했던 우리 정원에 있는 개울의 신. 세상은 자연을 수호하는 작은 신들로 가득차 있다.

바닷바람이 거세게 물위를 휩쓸고 지나갔다. 할머니는 밀짚모자가 벗겨져 어둑해진 하늘로 날아갈까봐 손을 들어 모자를 잡았다. 이른 시간이었지만 비를 머금은 두툼한 먹구름이 머리 위로 모여들고 있었다.

"할머니, 용왕님은 왜 다른 신보다 강하신 거예요?"

"우리 바다의 화신이 곧 용왕님이고 용왕님이 곧 바다니까. 바다가 강력하기 때문에 용왕님이 강력하신 거란다. 바다는 강력해. 왜냐면……"

"용왕님이 강력하시니까요." 할머니가 못다 하신 말을 내가 끝마쳤다. 할머니는 했던 말을 또 하는 걸 좋아하셨다.

천둥소리가 낮게 신음하듯 하늘에 울려퍼졌다. 발밑의 자갈들이 물속에서 덜거덕거리며 물결에 휩쓸려갔다. 수평선 너머로 폭풍우가 시작되고 있었다. 먼지구름과 얼음 결정이 어둠의 깔대기 속에서 위로 소용돌이쳤다. 나는 숨이 찼다. 어떤 예감이 내 혼을 휩쓸고 지나갔다.

"시작됐구나." 할머니가 말씀하셨다. 우리는 재빨리 일어나서 돗자리를 말고, 해변과 마을 사이에 있는 모래언덕을 향해 빠르게 걸었다. 모래에 빠져 넘어질 뻔하자 할머니가 내 손을 잡아주셨다. 모래 언덕 위에 다다랐을 때 마지막으로 한 번 뒤를 돌아보았다.

구름이 햇빛을 가려 바다에 그림자가 드리워졌다. 아침의 바다와 너무나 달라 딴 세상 같았다. 방금 전 바닷가에 앉아 있었던 순간이 갑자기 몹시도 그리워졌다. 이후 몇 주 동안 폭풍은 점점 더 심해졌고 파도에 휩쓸릴까봐 바닷가 가까이 갈 수가 없었다. 폭풍은 걷잡을 수 없이 몰아치다가 아침이 되어서야 갈라진 구름 사이로 잠시 빛줄기가 비치는 걸 허락했다. 신부를 제물로 바칠 시간이 왔다는 신호였다.

"왜 용왕님은 저렇게 화가 나신 거예요? 우리 때문이에요?" 걸음을 멈추고 어두운 바다를 내다보시던 할머니께 물었다.

나를 들이보시는 할머니의 갈색 눈동자가 빛났다. "용왕님은 화가 나신 게 아니야, 미나. 길을 잃으신 거지. 이 세상에서 멀리 떨어진 용궁에서 당신을 찾아낼 만큼 용감한 사람을 기다리고 계시는 거란다."

* * *

나는 일어나 앉아 심호흡을 한다. 마지막으로 기억나는 것은 바닷속으로 떨어지고 있다는 것이다. 하지만 여기는 물속이 아니다. 마치 구름 속에서 깨어난 것 같다. 온 세상이 하얀 안개에 뒤덮여 무릎 아래로는 보이지 않는다.

나는 일어서다 소금기에 말라붙어 뻣뻣해진 옷깃에 긁혀 움찔한다. 치맛자락에서 고조할머니의 은장도가 떨어져 바닥에 달그락 소리를 낸다. 은장도를 집어들려고 손을 뻗자, 화려한 색의 무엇인가가 팔랑대며 눈에 들어온다.

용왕님께 맹세하기 위해 칼로 그었던 왼 손바닥의 상처가 길고 가는 천에 감싸여 있다.

새빨간 비단 끈이다. 한쪽 끝은 내 손을 감싸고 있지만, 다른 쪽 끝은 내 손바닥 중심에서 바깥쪽으로 뻗어 안개 속으로 이어져 있다.

공중에 떠 있는 끈. 이런 건 처음 보지만 무엇인지는 알겠다.

운명의 붉은 끈.

할머니의 이야기에 따르면, 운명의 붉은 끈은 운명의 사람과 이어 준다고 한다. 심지어 어떤 사람들은 그 끈이 당신이 간절히 원하는 사람과 이어준다고 믿는다.

낭만적인 준 오빠도 이것이 사실이라고 믿었다. 오빠는 심청을 처음 보았을 때, 삶이 결코 이전과 같지 않으리라는 걸 깨달았다고 했다. 마치 운명이 당기는 것처럼 자기 손이 미묘하게 심청의 손 쪽으로 끌리는 느낌을 받았다고.

하지만 운명의 붉은 끈은 산 자들의 세상에서는 보이지 않는다. 내 앞에 새빨간 끈이 확실하게 보인다. 그 말은……

내가 더이상 산 자들의 세상에 있지 않다는 뜻이다.

내 생각을 읽기라도 한 건가. 끈이 나를 강하게 잡아당긴다. 누군가, 또는 무언가가 나를 안개 속으로 끌어당기고 있다.

두려움에 사로잡혀 나는 완강하게 고개를 흔들며 억누른다. 다른 신부들도 견뎌냈을 터, 나도 심청을 대신하고자 한다면 이겨내야 한다. 용은 나를 받아들였지만 용왕과 이야기하기 전까지는 마을이 정말로 안전한지 모를 일이다.

그래도 내겐 은장도가 있고 할머니의 이야기를 기억하고 있으니, 다른 신부들보다는 그나마 처지가 나은 셈이다.

붉은 끈이 허공에서 펄럭이며 나를 앞으로 이끈다. 한 걸음 내딛자, 내 손바닥에 닿은 끈이 반짝반짝 빛난다. 나는 품속에 은장도를 넣고 끈을 따라 하얀 안개 속으로 나아간다.

나를 둘러싼 세상은 미동도 없이 고요하다. 나는 매끄러운 나무판자 위를 미끄러지듯 맨발로 걸어간다. 손을 뻗으니 손가락에 난간 같은 단단한 것이 닿는다. 다리 위에 있는 것 같다. 조금 경사진 이 길은 자갈길로 이어진다.

이곳의 공기는 더 후텁지근하고 군침 도는 향기로 가득차 있다. 안개 너머 음식 수레들이 줄지어 있다. 가장 가까운 수레에는 찐만두가 높다랗게 쌓여 있다. 또다른 수레에는 소금에 절인 생선 꾸러미들이 실려 있다. 세번째 수레에는 밤 절임과 설탕과 계피로 만든 설기가 펼쳐져 있다. 수레는 하나같이 버려져 있고 주인들이 보이지 않는다. 나는 눈을 가늘게 뜨고 안개 속에 팔을 뻗어가면서 어두운 형체를 분간해보려 하지만, 모두 다른 수레의 그림자일 뿐이다.

수레들을 뒤로하고 계속 걸어가자 주막들이 길게 줄지어 있다. 아궁이에서 피어난 연기가 열린 문으로 빠져나간다. 가장 가까운 곳을 들여다보니 방이 있고, 그곳엔 작은 반찬 그릇부터 구운 닭과 생선 요리를 담은 커다란 접시에 이르기까지 다양한 음식이 차려져 있다. 화사한 방석이 상 주위에 아무렇게나 놓여 있는데, 마치 방금 전까지 사람들이 편안하게 앉아 술과 식사를 즐긴 것처럼 보인다. 툇마루 디딤돌에는 신발들이 가지런히 놓여 있다. 식당에 들어간 손님들이 아직 나오지 않았다는 뜻이다.

나는 문가에서 뒷걸음질친다. 주인 없는 수레들, 지키는 사람 없는 주방, 신을 사람이 없는 신발들.

혼령들의 도시.

누군가 웃으며 내쉰 부드러운 숨결이 내 목에 느껴진다. 급히 돌아보지만 아무도 없다. 그럼에도 보이지는 않아도 나를 지켜보는 시선이 느껴진다.

이곳은 어떤 곳이지? 즐겁게 잔치를 벌이는 혼령들과 작은 신들이 있는 곳이라던, 할머니께 들은 용왕의 나라에 대한 이야기와 그 어떤 것도 비슷하지 않다. 안개가 망토처럼 왕국을 뒤덮어 시야와 소리가 가려진다. 나는 짧은 홍예다리를 건너고, 사람 없는 거리를 지난다. 안개를 가르듯 아릿하게 빛나는 끈 말고는 내 주변의 모든 것이 색이 없고 칙칙하다.

용왕의 신부들은 붉은 끈만이 안내자 역할을 하는 안개 속에서 깨어났을 때 어떤 기분이었을까? 나 말고도 이전에 많은 신부가 이곳에 왔을 것이다.

그을음으로 뒤덮인 듯 짙은 속눈썹에 눈이 정말 사랑스러운 소아. 그리고 남자처럼 키 크고 강인하며 웃는 입매에 용모가 수려한 월이 있었다. 넓은 강을 두 번이나 가로지를 정도로 수영을 잘하는 혜리가 용왕의 신부가 되어 떠날 때 수많은 사람의 마음을 아프게 했다.

소아, 월, 혜리. 그리고 미나.

다른 이름들에 비해 내 이름은 별 볼 일 없게 느껴진다. 이 소녀들은 항상 대단한 존재처럼 보였다. 그들은 용왕의 신부가 되기 위해 멀리서 왔다. 수도에 가까운 마을 출신도 있었고, 심지어 월은 수도 출신이었다. 자신의 생명을 포기하라는 운명의 강요가 아니었다면 결코 바닷가 마을에 올 필요가 없는 이들이었다. 이 소녀이자 어린 아가씨들은 모두 나보다 나이가 많았다. 신부가 되는 나이는 열여덟이니까. 그들도 내가 지금 걸어가고 있는 길을 걸었을 것이다. 그 소녀들도 긴장하거나 두려워했을까? 아니면 그들 모두 희망에 속았을까.

꽤 오랫동안 걷다 끈을 따라 모퉁이를 도니 넓은 길이다. 안개가 조금 옅어진다. 지금은 끈이 어디로 이어지는지 보인다. 끈은 넓은 길을 휙 가로지르더니 웅장한 계단 위로 올라가 붉은색과 금색의 거대한 문 사이로 사라진다. 화려한 기둥과 금박 지붕으로 보아 용궁 입구가 분명하다.

나는 서둘러 앞으로 간다. 끈이 반짝이며 소리를 내기 시작한다. 내가 끝으로 다가가고 있는 것을 아는 것 같다.

나는 한 계단, 두 계단 올라간다. 대문의 문지방을 막 넘어가려는 데 어떤 소리가 귓가에 들린다. 부드러운 풍경소리다. 세상이 고요 속에 잠겨 있지 않았다면 들을 수 없었을 만큼 희미하다. 그 소리는 내 왼쪽 어디선가, 계단 아래 미로 같은 거리에서 들려온다.

큰오빠 성은 모든 바람소리가 똑같다고 말했다. 하지만 그건 자세히 들어보는 인내심이 없어서다. 청동방울에 조개껍데기가 부딪쳐 쨍그랑거리는 소리와 동종을 칠 때 나는 소리가 다른 것처럼, 바람도 기분에 따라 완전히 다른 소리를 낸다. 화가 났을 때는 풍경에서 날카롭고 새된 소리가 난다. 행복할 때는 풍경이 활기찬 춤을 추듯 울린다.

하지만 이 소리는 다르다. 낮고 처량한 소리다.

나는 계단을 다시 내려간다. 끈이 하릴없이 길게 늘어나며 나를 따라온다.

귓가에 할머니의 목소리가 들린다. 혼령들의 세상에는 규칙이 있어, 미나. 어떤 규칙을 어기게 될지 신중하게 선택하렴. 이 도시가 안개에 휩싸인 이유가 있을 것이다. 내가 운명의 끈을 통해서만 이동할 수 있는 이유가 있을 것이다. 하지만 풍경소리는 가까이서 들리고 전에 들어본 소리인 것만 같다.

소리에 이끌린 나는 큰길에서 떨어진 작은 상점 문 앞에 이른다. 안으로 들어서자 놀라운 광경에 숨이 막힌다. 가게는 수만 가지 풍경으로 가득차 있다. 풍경이 벽을 덮고 눈물처럼 천장에 매달려 있다. 조개껍데기와 도토리와 철로 만들어진 작고 둥근 장식이 달린 것이 있는가 하면, 어떤 장식은 황금 종으로 이뤄진 커다란 폭포 같다.

하지만 하얀 안개 속에서처럼 가게 안에는 바람이 불지 않는다.

그런데도 나는 틀림없이 풍경소리를 들었다. 중앙의 틈 사이로 보이는, 저멀리 단 하나의 풍경이 걸린 벽에 끌려 그곳을 본다. 가느다란 대나무 줄에 별과 달을 매단 동종으로, 단순한 모양이다.

나는 바로 알아본다.

내가 물에 떠내려온 나뭇조각으로 별을 조각하고, 해변에서 발견한 아름다운 하얀 조개껍데기로 달을 조각했다. 수레에 있는 종들을 다 울려보며 장돌뱅이 종 장수를 괴롭히고서야 산 종. 완벽한 소리를 찾을 때까지 나는 만족하지 않았다.

풍경을 만드는 데 꼬박 일주일이 걸렸다. 내 여 조카가 바람소리를 들을 수 있게 요람 위에 걸어줄 선물이었다.

조카는 조산아였다. 가을에 태어났다면 살았을 것이다. 하지만 알다시피 폭풍 속에서 태어난 아이들은 첫 숨도 제대로 쉬지 못한다.

큰오빠는 슬픔에 잠겼다.

나는 한 번도 느껴보지 못한 분노에 휩싸여 그 풍경을 해안 절벽 아래로 던져버렸다. 풍경이 떨어져 바위에 부딪치는 모습을 보았다. 풍경은 산산이 부서져 바닷속으로 휩쓸려갔다.

내 주위의 풍경들이 소리를 내기 시작한다. 상점 안이 불협화음으로 떠들썩해지도록 바람 한 점 없는 공기 속에서 흔들리고 있다.

바람이 불지 않아도 풍경이 울리다니, 주위에 혼령들이 있다는 뜻이겠다.

나는 풍경소리로 귀가 먹먹해진 채 밖으로 나온다. 여기에 내겐 보이지 않은 혼령들이 지켜보고 있다면, 그들의 눈에 나는 어떻게 보일까?

나는 빠르게 걷는다. 밤은 길고 내 손에 달린 끈은 무겁다. 용궁 문 너머로 웅장한 뜰이 하나둘 나타난다. 나는 아무것도 보지 않는다. 다섯번째 뜰에 와서는 달리고 있다.

나는 마지막 문을 지나 돌계단을 올라 용왕의 옥좌가 있는 대전에 들어와서야 걸음을 멈추고 숨을 돌린다.

천장의 서까래 사이로 달빛이 들어와 부서지며 넓은 대전을 비스듬히 비춘다. 황혼의 어스름이 안개에 옅게 드리워져 으스스한 침묵이 감돈다. 날 맞이하러 나오는 궁인은 없다. 내 길을 막는 수문장도 없다. 운명의 붉은 끈이 나풀거린다. 밝게 반짝이는 선홍빛에서 짙은 핏빛으로 서서히 바뀌기 시작한 끈이 나를 대전의 가장 안쪽으로 이끈다. 그곳에는 단 위에 옥좌가 있고, 그 뒤로는 용이 여의주를 쫓아 하늘을 가로지르는 그림이 그려진 병풍이 쳐져 있다.

장려한 면류관에 얼굴이 가려진 용왕이 옥좌에 쓰러져 있다. 용왕은 은색 용이 수놓인 아름다운 파란색 곤룡포를 입고 있다. 용왕의 왼손이 내 끈의 끝부분과 이어져 있다.

나는 내 혼이 운명에 순응하며 타오르기를 기다린다.

신화에 따르면 운명의 붉은 끈은 둘의 운명을 이어준다고 한다. 어떤 이들은 그 끈이 간절히 원하는 사람과 맺어준다고 믿기도 한다.

용왕이 어떻게 내 운명과 이어진 거지? 내가 정녕 용왕과 이어지길 원한다고?

가슴속이 찌릿하지만 이건 사랑이 아니다.

더 어둡고 더 뜨겁고 더 격렬한 느낌이다.

나는 용왕이 밉다.

한 걸음 내딛는다. 그리고 또 한 걸음. 끈이 매달린 손으로 품속의 은장도를 꺼내든다.

용왕이 없다면 세상은 어떻게 될까? 우리는 여전히 느닷없는 폭풍우로 배가 난파하고 바닷물에 논이 잠기는 고통 속에 살까? 여전히 사랑하는 사람을 잃고 굶주리고 고통에 시달릴까? 작은 신들은 여전히 용왕이 노여워할까봐 우리의 기도를 들어주지 못하고 외면할까?

"제가 지금 용왕님을 죽인다면 무슨 일이 일어날까요?"

그 말이 거대한 대전에 울려퍼지고야 깨닫는다. 용왕의 나라에 도착한 이후로 내가 처음으로 입 밖에 꺼낸 말이라는 것을.

나는 증오의 말을 멈출 수 없다. 내 분노는 멈출 줄 모르는 파도처럼 부풀어오른다. "저는 지금 용왕님을 죽이고 제 운명의 끈을 끊어버릴 거예요."

내 말은 무모하다. 내가 뭔데 신을 거역해? 하지만 내 안에 견딜 수 없는 고통이 있다는 건 알려야 해……

"왜 저희에게 저주를 내리셨나요? 왜 도와달라며 울부짖을 때 외면하셨나요? 왜 저희를 버리셨나요?" 마지막 말에서 목이 멘다.

옥좌에 있는 이는 대답하지 않는다. 쓰고 있는 커다란 면류관이 얼굴 위로 아주 많이 기울어져 눈까지 그림자가 진다.

단까지 몇 발자국 더 나아간다. 손을 뻗어 용왕의 머리에서 면류관을 벗긴다. 면류관은 내 손가락에서 미끄러져 비단 깔개 위로 쿵 하고 떨어진다.

눈을 들어 모든 신들의 신의 얼굴을 본다.

용왕은……

소년이다. 내 또래로밖에 보이지 않는.

소년의 피부는 매끈하고 상처 하나 없다. 머리카락은 이마를 지나 얇은 귀 주위에 감겨 있고 한쪽 귀에는 황금 가시가 박혀 있다. 속눈썹은 눈에 띄게 길어서 뺨에 드리워져 있고, 뿌옇게 물기에 젖어 있다. 입 주변을 보니 부드러운 숨을 내쉬고 있다.

용왕은…… 잠들어 있다.

은장도의 손잡이를 꽉 쥔다. 내가 무엇을 기대했는지는 모르지만 이런 건 아니다. 이렇게…… 인간처럼 보이는 소년이라니. 이웃이나 친구일 수도 있는 아이라니. 그의 얼굴에서 눈물이 떨어진다. 눈물이 입술로 흘러내려 턱을 지나 목 아래로 흐른다.

"왜 울고 있죠?" 내가 화난 목소리로 말한다. "눈물을 흘리면 제

심지가 약해질 거라고 생각하시나요?"

내 심지가 약해지는 걸 느낄 수 있다. 나는 심성이 고운 준 오빠와 다르다. 나는 고집 세고 잔인할 수 있다. 비통하고 분노에 차 있을 수도 있다. 지금은 이 모든 감정이 온통 나여야만 한다. 그래야 내 안의 용기와 분노가 사라지지 않을 테니까. 용왕이 우리 마을과 우리 가족에게 한 짓을 보면 내가 화를 내야 마땅하지 않은가?

하지만 용왕의 표정은 배 위의 심청과 비슷하다. 외로움과 견딜 수 없는 깊은 슬픔이 있다.

또다른 생각이 내 마음에 스며들고 나는 궁금해진다……

용왕님이 세상 사람을 울리는 건가요? 아니면 세상 사람이 용왕님을 울리는 건가요?

다리에 힘이 풀려 바닥에 주저앉는다.

하룻밤 사이에 너무나 많은 일이 일어났다. 사라진 준 오빠를 찾아 빗속을 헤맨 데서부터 바다로 뛰어들기까지. 지금쯤 오빠는 심청과 마을로 돌아가서 내 일을 가족에게 말했을 것이다. 새언니는 흐느껴 울 것이다. 내가 큰 슬픔을 안겨주었다는 생각에 가슴이 아프다. 큰오빠는 더이상 나를 지켜줄 수 없다는 것을 받아들이지 못하고, 나를 찾아 바다를 뒤지고 싶어할 것이다. 할머니로 말할 것 같으면 내가 혼령들의 세상에 들어갔고, 지금 이 순간 용왕을 만나러 가는 길이라고 믿고 계실 것이다.

"용왕님의 신부가 용왕님을 찾으면 무엇을 할까요?" 나는 바닷가 작은 신전에 할머니와 서 있었다. 그날은 폭풍우가 온 첫날 밤이었고 비가 지붕의 기와를 두드렸다.

"자신의 마음을 보여드리겠지?"

내가 이마를 찌푸렸다. "마음은 어떻게 보여줘요?"

"네 마음을 용왕님께 보여드린다면, 그건 어떤 모습일 것 같니?"

나는 신전에 바쳐진 물건들에 눈이 갔다. 조개껍데기, 바람꽃, 기이한 모양의 돌 등. 그 조합은 이상했지만 마을 아이들이 제물로 바치는 물건들.

나는 앞으로 손을 뻗어 까치의 꽁지깃을 들어올렸다.

"신부들이 용왕님을 위한 선물을 가지고 가지는 않잖니." 할머니가 꾸짖으셨다. "네 목소리를 이용해봐."

"하지만 할말이 없어요! 폭풍을 멈춰주세요. 우리 가족을 보호해주세요. 우리 모두를 굽어살피세요. 이 모든 것을 용왕님은 안 들어주셨잖아요." 눈물이 핑 돌았다.

할머니가 돗자리를 톡톡 치자 나는 할머니 옆에 무릎을 꿇고 앉았다. 할머니는 두 손으로 부드럽게 내 손을 잡으셨다. "널 보면 네 나이 때의 내가 생각나. 많은 걸 잃고 슬픔과 실망이 내 마음속 깊이 자리잡았지. 이 신전으로 날 데려온 분이 우리 할머니셨어. 할머니는 너하고 꼭 닮았단다. 아주 거칠지만 사랑하는 모든 이들에게 헌신적이셨지."

할머니가 나를 할머니의 할머니에게 비유한 것은 이번이 처음은 아니었다. 나는 본능적으로 내 가슴에 묵직하게 위안을 주는 은장도에 손을 뻗었다.

"너한테 지금 들려줄 노래를 가르쳐주신 분도 할머니였단다."

대전에서 나는 두 발로 일어선다. 할머니가 내게 불러주시곤 했던 노래를 지금 용왕에게 들려주기 위해.

깊은 바닷속에서 용이 잠자요.
무슨 꿈을 꾸고 있나요?

깊은 바닷속에서 용이 잠자요.
언제 깨어날까요?

여의주에 대고 빌면
당신의 소원이 이루어질 거예요.

여의주에 대고 빌면
당신의 소원이 이루어질 거예요.

내 목소리는 대전을 가득 채우며 메아리친다. 눈물이 뺨에 흘러내려 주먹 쥔 손등으로 눈물을 닦는다.
신화에 따르면 용왕의 진정한 신부만이 그의 무자비한 분노를 끝낼 수 있다. 간택된 신부가 아니더라도, 내세울 거라고는 가신밖에 없는 나 같은 소녀도, 용왕의 진정한 신부가 될 수 있다고 믿는다면 너무 큰 소망일까?

　나는 곁눈으로 미묘한 움직임을 잡아낸다. 용왕의 손가락에 경련이 인다. 미세한 떨림.

　나는 용왕에게 손을 뻗는다. 운명의 붉은 끈이 그 순간의 거대함을 감지한 듯 팽팽해지고, 희망이 새의 날개처럼 퍼덕거린다. 내 운명이 바뀌는 것일까?

　강철 같은 목소리가 침묵을 가른다. "이제 그만."

3장
'신'과의 만남

복면을 쓴 세 사람이 단 아래에 초승달처럼 반원을 그리며 서 있다. 대전은 휑뎅그렁한데 나는 그들이 다가오는 소리를 전혀 듣지 못했다. 머리 위로 지나가는 구름이 서까래 사이로 들어오는 빛을 막아 대전에 어둠의 장막을 드리운다. 어둠은 옥좌 가까이에 있는 두 사람은 두고 그들과 떨어져 있는 세번째 사람을 감싼다. 그가 어둠 속에 파묻히기 전 내가 마지막으로 볼 수 있었던 것은 창백한 뺨의 곡선이다.

"이게 뭐지?" 오른쪽에 선 사람이 공중에 단검을 던졌다 잡으며 묻는다. "폭풍 속에 길 잃은 까치? 아니면 용왕님의 또다른 신부?" 그의 낮은 목소리는 복면 아래에 묻혀 있다. "당신은 신부인가요? 아니면 세인가요?"

나는 입술을 핥는다. 소금맛이 난다. "당신은 친구인가요? 아니면

적인가요?"

"내가 친구라면……?"

"그러면 나는 신부죠."

"내가 적이라면?"

"정말요?"

"친구가 되고 싶은 적일지도 모르죠." 그가 머리를 기울이자 눈 위로 검은 곱슬머리가 떨어진다. "어쩌면 당신은 신부가 되고 싶은 새일지도 모르고요."

그 말이 진실에 가까워 나는 움찔한다. 우리 마을 어르신들은 이렇게 말하셨다. 까치는 학이 되고 싶어하지만 절대 그럴 수 없다.

"내가 보기에……" 왼쪽에 있던 사람이 중얼거리듯 입을 연다. 머리카락은 어깨 길이에, 첫번째 사람과 똑같이 검은 옷을 입고 있다. 묘한 연갈색 눈이, 반쯤 풀린 내 땋은 머리카락부터 거친 무명옷까지 쫙 훑어본다. "당신은 용왕님의 신부처럼 보이지는 않는데."

곱슬머리 젊은이와 달리 이 젊은 남자는 무기를 들고 있지 않다. 기이하게도 나무로 만든 새장을 밧줄로 매달아 어깨에 걸치고 있을 뿐이다. "당신네 마을 어르신들은 제사를 지내기 일 년 전에 신부를 뽑던데. 신부는 늘상 엄청 뛰어난 재주가 있거나 아름답고."

"둘 다면 더 좋고." 단검을 든 젊은이가 끼어든다.

"평범한 사람이나 약한 사람, 경솔한 사람을 신부로 간택하는 건 명예가 아니지. 그러니 말해봐요. 누구의 신부도 아닌 자여, 누가 당신을 선택했나요?"

곱슬머리 젊은이가 칼을 휘두른다면 차가운 눈의 이 낯선 이는 말을 휘두른다. 나는 사랑하는 가족, 용기, 건강 같은 많은 복을 받았지만, 아름다움이나 뛰어난 재능 같은 건 없다.

오빠와 심청이 돌아가자마자 마을 어른들이 불경스럽다며 얼마나 나를 저주했을지 짐작이 간다. 하지만 그들은 그날 밤 배에 타지 않았다. 살을 엘 듯한 물줄기를 느끼지 못했고, 사랑하는 가족이 위험에 처할 때 심장이 멈출 것 같은 공포를 느끼지 못했다. 나는 경솔할지도 모른다. 평범한 사람일지도 모른다. 하지만 약한 사람은 아니다.

"내가 날 선택했어요."

뒤에 있던 세번째 사람이 발을 옮긴다. 그를 경계하고 있던 터라 미묘한 움직임도 의식된다. 이상하게도, 그를 등지고 나를 심문하던 두 사람도 마찬가지로 그의 움직임을 알아차린다. 두 사람은 머리를 안쪽으로 기울이고…… 신호를 기다리는 건가? 그는 아무 말도 하지 않고 두 사람은 다시 자리를 잡는다.

첫번째 젊은이가 팔짱을 끼고 가슴 한쪽에 단검을 끼운다. "기린, 정말 낭만적이잖아? 어리고 평범한 까치가 무시무시한 용에게서 동족을 구하고 싶어서 용과 혼인하려고 하잖아. 이윽고 그녀는 용이 강력한 저주에 걸려 파괴적인 충동에 휘둘리고 있다는 걸 알게 돼. 용감하고 영리한 까치는 그 저주를 깨뜨릴 방법을 찾고 마침내 용과 사랑에 빠지지. 하늘과 땅과 바다에 다시 평화가 찾아와. 내가 이제까지 들었던 것 중에 가장 멋진 이야기야. 이걸 '용과 까치'라고 부를래."

"아니, 남기." 차가운 눈의 이방인 기린이 느릿느릿 말한다. "전혀 낭만적이지 않아."

남기가 빈정거리며 말하자 기린도 차갑게 대꾸한다. 티격태격하는 분위기가 달아오르는 걸로 보아 평소에도 그러는 모양이다.

나는 그런 건 무시하고 대신 남기가 한 이야기에 집중한다. 할머니는 항상 이야기에 집중하라고 하셨다. 이야기에 숨겨진 진실이 있는 법이라고.

"그럼 그게 저주라는 건가요?" 남기와 기린은 말다툼을 하다 말고 다시 내게 관심을 갖는다. "용왕님이 사람들을 버린 게 아니었군요. 저주에 걸려 있는 거였어요."

다른 사람들이 내 가치를 어떻게 평가하는지는 내가 좌우할 문제가 아니지만, 친숙한 이야기와 신화라면 내가 다룰 수 있다. 이야기와 신화는 내 피이자 숨결이다.

이미 신화로 짜인 악보처럼 하나의 규칙이 보인다. 용은 용왕의 신부를 이 나라까지 안전하게 데리고 오는 임무를 띠고 있다. 안개로 덮인 세상에서는 운명의 붉은 끈이 신부를 용궁까지 데려온다.

그런데 왜 아무도 용왕의 저주를 풀지 못했을까? 짧게 끊어진 악보처럼, 이야기를 끝내려던 참에 무언가가 그들을 막아섰을까?

용왕이 비명을 지른다. 낯선 감정이 단단한 매듭처럼 내 심장을 옥죄어 숨이 가빠온다. 운명의 붉은 끈이 뜨거워진다. 나는 내 뒤의 마루 판자가 삐걱대는 소리에 돌아선다.

남기와 기린이 움직였다.

남기는 여전히 같은 자세로 팔짱을 끼고 있고, 기린은 새장을 든 채 움직이지 않고 있지만 아까보다 세 걸음 더 가까워졌다.

나는 낯선 땅의 이방인으로서 내가 누구인지 해명하기 급급했는데 정작 그들은 누구인가? 복면을 한 사람들은 어떤 사람들이지? 정체를 드러내지 않고 싶어하는 사람들. 도둑들.

자객들.

"이제 때가 됐어." 기린이 남기에게 말한다.

남기가 팔짱을 풀고 단검을 손에 쥔다. "미안, 까치님. 이야기를 너무 많이 믿으면 안 됩니다."

나는 여전히 은장도를 쥐고 있다. 할머니의 가르침대로 위협하듯 날을 세우고 방어 자세를 취한다. "물러서요."

또 한번의 급격한 반전에 나는 고통스러워 이를 악문다. 제대로 생각할 수가 없다. 나 이전의 신부들도 모두 이들이 죽였나? 손이 떨린다. 급하면 은장도를 쓰겠지만 나는 전사가 아니다. 이 대 일. 그림자 속에 있는 사람까지 셋이다.

기린은 얼굴을 돌리고 나를 무시한다. "당신은 오지 말았어야 했어요. 누구의 신부도 아닌 자여."

이런 일이 왜 일어나는 걸까? 내가 심청이 아니라서, 내가 용왕의 신부가 아니라서 용왕이 나를 거부하나? 이 모든 것이 심청과 함께 시작됐다. 준 오빠는 심청을 잃는 걸 받아들이느니 목숨을 걸었고, 나는 오빠를 잃는 걸 받아들이느니 내 목숨을 걸었다. 그리고 심청은…… 무엇을 받아들일 수 없었을까?

나는 바다에서 솟구쳐오른 용을, 자신의 운명을 마주하며 배에서 있던 심청을 똑똑히 기억한다. 원치 않았던 운명. 심청이 거부한 운명.

옥좌에서 눈을 꼭 감은 채 여전히 자고 있던 소년 모습의 용왕이 이리저리 몸부림친다. 운명의 붉은 끈이 나를 무섭게 때린다.

나는 필사적으로 뛰어올라 용왕에게 손을 뻗는다. 동시에 내 뒤에서 고함소리가 들린다. 나는 그 소리를 무시하고 용왕의 손을 꼭 잡는다. 잠깐 동안 움켜쥔 우리의 손바닥 사이에서 운명의 붉은 끈이 사라지고, 나는 눈부신 빛 속으로 갑작스럽게 빨려들어간다.

뭐가 뭔지 모를 정도로 빠르게 움직이는 수많은 장면을 마주한다. 바닷가 절벽, 계곡에서 불타는 황금 도시, 피로 검게 물든 땅, 진홍색 예복, 거대한 그림자.

나는 올려다본다. 마치 용이 달을 들고 있는 듯, 거대한 발톱 사이로 여의주를 움켜쥐고 위에서 내려온다.

그때 그 장면에서 찢겨져 나온다. 내 손이 용왕의 손과 떨어져 있다. 세번째 자객에게 내 손목이 잡혔음에도, 아직도 용왕의 꿈속에 있는 것 같다. 그의 검은 눈 속에서 용이 비친 것 같아서.

다음 순간 그는 나를 놓아주고 뒤로 물러선다. 나는 꿈속의 장면을 떠올리려고 애를 쓴다. 그건 누군가의 기억이었을까? 친숙한 절벽이 해안을 따라 길게 뻗어 있다. 도시는 수도가 틀림없다. 우리 마을에 왔던 모든 전령들은 황제의 승전 소식만을 전했지, 전쟁이나 파괴에 관한 소식은 없었다. 예복으로 말할 것 같으면 용왕의 예복은 은색과 파란색이다.

40

"그 장면들." 나는 집중하려고 애쓰며 고개를 젓는다. "용왕님의 눈을 통해 보고 있는 느낌이었어요."

"그건 용왕님의 악몽이야. 해마다 같은 악몽을 꾸시지." 나는 자객의 대답에 놀란다.

"그러면 용왕님은 신부와 정말로 연결되어 있는 거네요. 저주를 풀 힘이 용왕님의 신부에게 있는 거예요."

"방금 전까지 용왕님을 죽이려고 했으면서."

나는 자객을 매섭게 노려본다. 자객 무리는 내가 도착했을 때 이미 방에 들어와 있었던 게 틀림없다. 내가 은장도를 들어올리는 모습을 본 거라면 왜 나를 막지 않았을까? 그들이 용왕을 해칠 마음인 것 같지는 않다. 그러려고 했다면 몽중의 무방비 상태인 그를 공격했을 테니까.

남기와 기린처럼 세번째 자객도 무명천으로 만든 예복을 입고 있다. 검게 보일 만큼 짙은 파란색이다. 복면을 하고 있어도 그가 젊다는 건 부인할 수 없다. 매끄러운 피부에 단단하고 늘씬한 몸매다. 기껏해야 열일곱 정도로 보인다.

"내가 화를 내면 안 되는 건가요?" 나는 퉁명스럽게 말한다. "백성들은 용왕님에게 버림받고 그토록 많이 고통받았는데, 용왕님은 모른 척하고, 다른 신들 역시 우릴 거들떠보지도 않잖아요."

기도를 올리자고 신전으로 나를 부르시던 할머니의 모습이 떠오른다. 조카를 위해 만든 풍성을 절벽으로 던져버린 일이 생각난다. 그리고 내 깊은 곳에서 어두운 숲과 구불구불한 길이 떠오른다.

나는 그 기억을 쫓아내려고 머리를 흔든다. "하지만 그건 내가 여기 오기 전의 일이에요. 여긴 내 예상과 딴판인데다 그건 용왕님 역시 마찬가지예요." 이제 막 소동이 있었는데도 용왕은 옥좌에서 평화롭게 자고 있다. 그는 내가 예상했던 잔인하고 이기적인 신이 아니라 잠든 채 꿈속에서 울고 있는 소년 신이다.

나는 용왕의 신부가 되려고 바다로 뛰어든 것이 아니라 오빠를 구하려고 왔다. 하지만 나는 지금은 여기에 있다. 내가 오빠만이 아니라 모두를 구할 수 있다면 그러려고 애써야 한다.

아마도 이 일이 다 끝나면 집에 갈 수 있을 것이다. 우리 마을로. 가족에게로. 그 생각을 하니 가슴이 뛴다.

"용왕님을 괴롭히는 것이 저주라면, 내가 그 저주를 풀 방법을 찾을 거예요."

용왕이 부드럽게 숨을 내쉰다. 우리 사이에 운명의 붉은 끈이 펄럭거리고 희망이 내 심장으로 슬그머니 들어온다.

"당신도 그저 다른 신부들과 같을 뿐이야." 검은 눈의 소년이 부드럽게 말한다. 돌아보니 그는 한 발 물러나 눈을 내리깔고 있다. "인간들은 자신들이 이해할 수 없는 것을 설명하기 위해 신화를 만들어내지."

다시 고개를 든 그의 눈은 바다의 깊은 곳같이 차갑고 알 수가 없다. 나는 깨닫는다. 그의 생각을 알 수 없게 하는 건 복면이 아니라 그의 눈이라는 사실을.

"하지만 내가 설명해주지." 그가 말을 잇는다. "사람들은 신의 위대한 뜻이 아니라 자신들의 거친 행동 때문에 고통받고 있지. 전쟁을 일으켜 숲과 들판을 불태우고 피로 강과 시내를 오염시키고. 신들을 비난하는 건 땅 그 자체를 비난하는 거야. 적을 찾고 싶으면 당신들이나 되돌아봐."

뼈를 아리게 하는 진실이 담긴 그의 말이 온 대전에 울려퍼진다.

나는 바다로 돌아간 것 같다. 차가운 물이 나를 점점 더 깊이 끌고 들어가는 것 같다.

"당신은 앞서 온 모든 신부들처럼 실패할 거야."

나를 구하러 올 용은 없다. 붙잡고 있을 희망도 없다. 저 위 세상의 별처럼 빛을 잃어가고 있다.

"어쩔 수 없어." 그가 시선을 피하며 말한다. "당신의 운명이니까."

내 운명이라고?

물에 빠진 듯한 감각이 사라진다.

이 운명은 시작부터 내 것이 아니었다. 나는 바다에 빠질 때 나 스스로 운명을 외쳤지만, 그전에도 나는 이야기의 규칙을 바꾼 사람이 아니었다. 오빠를 놓지 않으려 운명을 거부한 것은 심청이었다. 적어도 그래서 심청은 용에게서 돌아선 것이 아닌가? 나는 그 생각을 떨쳐낸다. 심청의 동기는 잘 이해할 수 없지만, 내 동기는 확실히 잘 알고 있다.

"당신 말이 맞아요." 내 말에 그의 눈이 가늘어진다. "나는 다른 신부들과 같아요. 누군가를 지키기 위해서라면 무엇이든 할 수 있는 게 사랑이라는 걸 알고 있죠. 내 운명이 무엇인지, 내가 실패할지 성공할지 말하는 당신은 누구죠? 내 운명을 결정하는 사람은 당신이 아니에요. 내 운명은 내게 달려 있어요."

소년은 이마를 살짝 찌푸리더니 나를 지켜본다.

남기가 낮게 휘파람을 분다. "연꽃 가문의 위대한 군주 신Shin 님이 용왕님의 신부 앞에서 할말을 잃을 줄은 생각도 못했네요."

귀족이었군. 나는 놀라지 않는다. 그가 가장 어리지만 기린과 남기가 모든 면에서 그를 따르고 있는 것 같으니.

"신 님." 기린이 낮은 목소리로 다급하게 말한다. "안개가 걷히고 있습니다." 기린의 눈이 하늘을 향하고 있다. 달빛이 서까래를 스치며 대전 안에 빛을 뿌린다.

신이 한 발 물러선다. "운명을 지켜내보시오, 용왕님의 신부여. 나와는 상관없으니." 그는 옆구리로 손을 뻗어 검집에서 검을 빼어든다. 조용한 대전에서 울리는 금속 날의 소리에 귀가 먹먹하다.

"내 이름은 미나예요."

그가 멈춘다.

"나는 용왕님의 신부도 아니고, 누구의 신부도 아닌 자도 아니고, 까치도 아니에요. 내게는 이름이 있어요. 영리하고 강하게 자라라고 할머니가 지어주신 이름이죠. 나는 내가 누구인지 알고, 내가 무엇을 해야 하는지도 알아요."

나는 고조할머니의 은장도를 들어올린다.

"그리고 당신에게 내 목숨을 빼앗기진 않을 거예요."

신은 손을 들어 복면을 잡아당긴다. 미끄러진 천이 목둘레를 감싼다. "미나." 그의 말에 내 의지와 무관하게 심장이 뛴다. "용왕님의 신부여."

나는 꿀꺽 침을 삼킨다. 복면에 가려지지 않은 그의 목소리는 맑고 따뜻하다. 오똑한 코와 부드러운 입술을 가진 아름다운 얼굴이다. 바다처럼 깊은 눈을 한 그는 숨이 멎을 정도로 아름답다.

"나는 당신의 목숨을 앗아가지 않아."

아릿한 희망이 내 안에서 피어오른다.

"당신의 혼을 가져갈 뿐이지."

그의 손이 내 손목을 감싸며 비튼다. 은장도가 땡강 하고 바닥에 떨어진다. 다른 손으로 그는 검을 들어올려 아래로 긋는다. 나는 비명을 지른다. 그가 검을 내려치는 순간 귀를 찢는 비명소리가 뚝 끊어진다.

끈과 함께.

그가 말끔히 잘라낸 건 운명의 붉은 끈이다.

새의 깃털이 반토막 난 것처럼, 베인 끈이 천천히 떨어지는 장면에 입이 딱 벌어진다. 어떻게 이럴 수 있지? 일순간 모든 것이 조용하고 고요해진다. 그리고 비명은 내 입이 아니라 내 몸에서 밖으로 나와 공중으로 떠오른다. 비명이 소용돌이치고 합해져서 밝은 빛깔로 무리지어 빙빙 돈다. 끈은 내 손에서 미끄러져 날아오르고 용왕의 손에 있던 절반의 끈도 따라간다. 두 끈은 비명을 감싸고, 눈부신 둥근 빛이 된다.

신은 앞으로 한 발 내딛고 손을 뻗는다.

색이 눈부시게 번쩍이는 탓에 나는 눈을 깜박인다. 그리고 내 귀에는 이 황량한 대전에서 들을 수 있으리라곤 예상치 못한 소리가 들려온다. 새가 경쾌하게 지저귀는 소리.

신의 손바닥 한가운데, 날개 끝이 붉은 아름다운 까치가 얌전히 날개를 접은 채 웅크리고 있다.

4장
까치

까치가 신의 손바닥 위에서 소리를 낸다. 우리 마을에서 날아다니는 검고 하얀 까치와 달리, 이 까치는 날개 끝이 선명한 붉은색으로 빛난다. 운명의 붉은 끈과 완전히 똑같은 색.

까치가 날개를 퍼덕이자 내 가슴 한편에 낯선 통증이 퍼진다.

기린이 큰 걸음으로 단숨에 다가온다. 그가 나무로 만든 새장을 들어올리자 신이 까치를 새장 안에 부드럽게 넣는다. 새는 가둬져도 아무렇지 않은지 좁은 새장을 가로지르는 가느다란 횃대에 깡충깡충 오르내리며 만족해한다. 기린이 대나무 끈으로 새장 문을 묶는다. 신이 돌아서며 검을 다시 검집에 넣는다.

내가 새장을 가리키며 묻는다. "저 까치는 어디서 왔죠?"

소리가 입 밖으로 나오지 않는다.

"저 까치가 어디서……?"

아무 소리도 안 난다. 내 목소리가 들리지 않는다.

목에 손가락을 대어본다. 맥박이 힘차게 뛰고 있다. "어떻게 된 건가요?" 나는 내 말을 느낄 수 있다. 익숙한 떨림이다. "왜 내 목소리가 들리지 않는 거죠?"

"저 까치가 당신의 혼이에요."

복면을 끌어내린 남기가 맨 아래 단에 서서 날 보고 씩 웃는 게 보인다.

"그게 무슨 말이에요?"

남기는 내 표정만으로도 내가 무슨 말을 하는지 안다. 그는 기린에게 천천히 걸어가 허리를 굽히고 새장 안을 들여다본다. "신 님이 운명의 붉은 끈을 잘랐을 때 붉은 끈이 당신의 혼도 가져갔어요. 그런데 당신의 혼은 목소리와 묶여 있기 때문에 목소리가 안 나오는 거예요. 소리꾼과 이야기꾼들에게는 흔한 일이죠."

내…… 혼?

남기가 나무로 된 빗장을 손가락으로 톡톡 치자, 안에 있던 까치가 붉은 날개 끝을 퍼덕거린다. "일시적인 상태입니다. 별로 심각한 건 아니에요. 심장박동이 삼분의 일 정도 사라진 거라고 생각하시면 됩니다."

나는 새하얗게 질린다. 내겐 매우 심각하게 들린다.

기린이 남기의 손아귀에서 새장을 잡아당긴다. "이달 말에 연화당 남문으로 와요. 하인이 당신의 혼을 돌려줄 겁니다." 기린의 목소리는 전에도 여러 번 똑같은 말을 해온 듯이 단조롭다. "당신이 나타나지 않아도 우리에겐 책임이 없습니다."

나는 이해하려고 애쓴다. 신화를 믿는 것과 신화 속에서 사는 것은 얼마나 다른가. 그들의 말을 정녕 믿는다면, 내 혼은 까치이고 어찌된 일인지 지금 내 몸의 밖에 있다. 하지만 이 세계에서 처음으로 정신을 차렸을 때와 별다른 느낌이 들지는 않는다. 소금기가 조금 남아 있고 뼛속까지 피곤하지만, 내가 혼의 일부를 잃었다고 상상할 만한 것은 없다. 심장박동이 조금 줄어들고 내 안의 세상이 조금 더 넓어진 느낌뿐이다.

"신 님." 기린이 소리친다. "허락해주신다면 남기와 저는 연화당으로 돌아갈까 합니다."

신이 바닥에서 뭔가를 들어올리려 숙였던 몸을 똑바로 세운다. "고마워, 기린. 곧 합류하지."

기린이 절을 하고 남기도 바로 따라 한다. 두 사람은 떠나려고 돌아선다. 까치가 날카로운 소리를 내지른다.

"기다려요!" 내가 소리쳐보지만 전과 마찬가지로 아무 소리도 나지 않는다.

남기와 기린은 내 혼인 까치를 데리고 방을 나서고, 눈 깜짝할 사이에 사라진다.

"돌아오라고 말해줘요!" 내가 뛰어가 신의 팔을 붙잡는다. 신의 얇은 옷 아래로 그의 따스한 체온과 꿈틀거리는 근육이 느껴진다. 신이 돌아서자 오른손에 칼날이 반짝인다. 나는 한 발 물러서서 팔을 들어올린다. 아무런 공격이 없어서 고개를 든다. 신은 눈썹을 치켜세우고 은장도의 손잡이 쪽을 내게 내밀며 지켜본다.

"내가 지금 당신을 죽일 거라고 생각했나? 당신의 혼을 빼앗기 위해 이 고생을 한 후에?" 신이 조롱하듯이 말한다.

그의 냉소적인 말투에 화가 난다. "상관없을 줄 알았어요. 당신 같은 사람에게 혼 없는 육체가 무슨 대수겠어요?"

신의 눈이 즉시 내 몸을 훑어내리고, 나는 얼굴을 붉히지 않으려 이를 악문다. 몇 초 후 아무런 흥밋거리도 찾지 못했는지 다시 내 얼굴로 시선이 돌아온다.

나는 신이 내민 은장도를 받아들고 작은 단의 귀퉁이로 걸어가 그와 가능한 한 거리를 두려 한다.

"은장도는 가지고 있어. 인간 세상에서 만들어진 무기는 신들의 세계에서도 날카롭게 쓰이니까."

그의 충고는 필요없다. 내가 입고 있는 옷 말고 내 세상에서 가져온 유일한 물건인 은장도는 어떻게든 챙길 테니. 내가 사랑하는 사람들과 가족과의 유일한 접점은 반드시 지킬 것이다.

신의 말대로 그가 내 혼을 훔쳤다면 가족을 생각하는 것만으로도 왜 나는 이토록 가슴이 아픈 걸까? 혼이 없다면 고통은 어디에서 오는 걸까?

"우리 할머니가 이 칼을 내게 주셨어요." 나는 뼈로 만든 손잡이에 거칠게 새겨진 달 문양을 엄지손가락으로 쓰다듬는다.

"원래 고조할머니의 은장도인데, 할머니는 나를 보면 고조할머니가 생각나신대요."

은장도를 손바닥에 놓고 옆으로 굴리자, 맹세할 때 생긴 상처가 드러난다.

"아까 부른 노래…… 그 노래도 할머니가 가르쳐줬나?"

나는 은장도를 저고리 속에 다시 넣는다. "할머니는 내게 옛날이야기와 신화뿐 아니라 노래도 많이 가르쳐주셨어요. 노래와 이야기를 통해 내가 세상과 세상에서 살아가는 사람들에 대해 배울 수 있다고 말씀하셨죠."

그리고 내 마음에 대해서도, 라고 하려다 이 말은 하지 않는다.

그때 한 가지 생각이 떠오른다. 어떻게 우리가 이런 대화를 하고 있는 거지? 내가 말을 하고 있기는 하지만 소리는 나지 않는다. 나는 눈을 가늘게 뜬다. 신이 내 마음을 읽을 수 있나? 나는 기다린다. 그의 얼굴은 확실히 멍한 상태다.

"당신은 내 입술을 읽는 거네요."

"맞아."

"왜 운명의 붉은 끈을 자른 거죠?"

"용왕님을 지키려고."

"내게서요?" 내가 믿을 수 없어 묻는다.

신은 옥좌에 있는 용왕에게로 시선을 돌린다. 소동이 벌어지는 내내 용왕은 잠들어 있었다. "인간 신부는 혼령들의 세상에서 계속 살수 없어. 당신 같은 부류는 악에서 이 세상의 위협에 쉽게 부서지지. 어떤 존재든 마음만 먹으면 쉽게 당신을 죽일 수 있어. 그런데 운명의 붉은 끈은 당신의 혼과 용왕님을 이어놓지. 무슨 말이냐면, 당신이 죽기라도 하면 용왕님도 죽을 수 있다는 뜻이야. 용왕님을 지키기 위해 당신과의 유대를 끊은 거고."

나는 이 말을 이해하려고 애쓴다. "아까 기린이 이달 말에 내 혼을 되찾을 수 있다고 한 말은 무슨 뜻이었어요?" 신이 대답하지 않자 나는 그가 내 말을 못 읽었다는 걸 알아챈다. 신은 여전히 용왕을 바라보고 있다. 신의 소매를 잡아당겨 그가 나를 보자 다시 묻는다.

"한 달이 지나면 당신은 영적인 세상에서 삼십 일을 보낸 게 되지. 그러면 당신도 혼령이 되는 거고. 아까 말한 대로 인간의 몸은 약해. 이 세상과 더 강한 고리로 굳건히 맺어지지 않으면 인간의 몸은……"

"그 말은 내가 죽는다는 건가요?"

"당신은 어쨌든 죽게 돼. 때가 되면."

"나는 열여섯 살이에요. 아직 살날이 많다고요!"

그가 얼굴을 찌푸린다. "그럼 당신이 있는 곳에 그대로 머물렀어야지."

"내가 속한 세상, 내가 속한 곳은 당신들 때문에 파괴되고 있잖아요. 당신들이 이 상황을 바로잡지 않는다면 내가 할 거예요."

"어떻게?"

"용왕님이……"

신의 눈이 번득인다. "용왕님이 뭐? 오 그래, 당신네 귀중한 신화. 당신들은 인간 신부만이 그를 구할 수 있다고 믿는다지. 용왕이 사랑

52

에 빠지면, 신부를 사랑해서 그녀의 사람들을 다 구할 거라고."

"아뇨." 나는 이를 간다. "나는 그렇게 순진하지 않아요."

"당신네 사람들은 그렇게 믿던데. 전에 왔던 신부들도 모두 그렇게 믿고 있었고."

"당신은 모르겠죠. 신부들은 모두 자신만의 이유가 있어요. 그 이유가 당신이 바라는 것처럼 거창하지 않을지도 모르죠. 신부들의 희생으로 남은 가족들은 보살핌을 받고 먹을 것과 입을 것을 제공받아요. 신부들은 사랑하는 사람들을 보호하기 위해 있는 힘껏 모든 것을 했어요. 다른 어떤 사람도 할 수 없는 걸 하기 위해 애썼다고요!"

신이 이마를 찌푸린다. "천천히 말해. 다 못 알아듣겠으니까."

"당신이 뭔데 그 사람들의 희망을 함부로 재단하죠? 적어도 그들에겐 희망이 있어요. 당신은 뭘 가지고 있죠? 베어내는 검. 증오로 가득 찬 말."

우리는 둘 다 힘겹게 숨을 쉬고 있다. 신은 내 입을 바라보다가 시선을 옮겨 눈을 바라본다. "말을 할 수 없는 사람치고는 꽤 말이 많군." 그가 천천히 말한다. 그의 목소리에서 뭔가 느껴진다. 존중인가? 그는 더 말하려는 듯 보이지만 내 시선을 피한다. "하지만 상관없어. 다른 생에서는 여기보다 더 당신을 환영하는 나라가 있을지도 모르지. 하지만 이곳의 바다는 어둡고, 용왕은 잠들어 있고, 다른 나라는 너무 멀어 닿을 수가 없군."

나는 이런 말들의 운율을 들은 적이 있다. 이긴 긱별의 말이다.

"기다려요!" 내가 소리치지만 아무 소리도 나오지 않는다. 신에게 손을 뻗어보지만 잡히는 것은 텅 빈 공기뿐이다.

신은 소리 없이 나무 바닥을 가로질러 뛰쳐나간다. 숨 한 번 쉬는 사이에 사라지고 없다.

방금 무슨 일이 있었던 걸까? 이성적으로는 내가 혼 없이도 살 수 있다는 걸 안다. 어쨌든 지금 이 순간 살아서 숨을 쉬고 있으니까. 하지만 마음으로는 까치가 없으면 온전한 내가 아니라고 느낀다. 혼이 없어 가벼워진 몸이 흔쾌하지만은 않다. 바람 위의 나뭇잎처럼 이리저리 휩쓸리는 느낌이다.

익숙한 내 숨소리가 없으니 무겁게 느껴졌던 이전의 침묵이 이제는 공허하게 느껴진다. 나는 두 팔로 떨리는 몸을 감싼 채 뒤돌아 용왕을 마주한다.

용왕은 한 가지만 빼고 그대로다. 끈이 묶여 있던 손이 텅 비어 그와 내가 한때 맺어졌다는 증거가 사라졌다. 우리 사이의 허공에는 어떤 색도 없고 운명의 붉은 끈도 없다. 용왕이 지금 깨어난다면 나를 자신의 신부로 알아볼까?

용왕이 부드러운 숨을 내쉰다.

내가 한 발 다가선다.

그때 천둥 같은 소리가 나 나는 다시 물러난다. 발꿈치를 바닥에 딱 붙이고 버텨보려 하지만 단단한 바람이 나를 잡아당긴다. 보이지 않는 힘에 대전에서 끌려나와 빈 뜰을 차례로 통과하자 용왕은 저멀리 흐릿해진다. 출입구를 지날 때마다 문이 쾅 닫히고, 뒤에서 커다란 나무 빗장이 스르르 걸리는 소리가 들린다.

나는 용궁 밖으로 쫓겨난다. 비틀거리다 거대한 계단에서 떨어질 뻔한다. 큰 소리에 돌아보니 대문이 닫히고 있다. 벌떡 일어나 몸을 던져보지만 문은 쿵 하고 닫히고 만다.

나는 단단한 문에 주먹을 휘두른다. 그 노력에 대한 보답이라고는 멍든 손과 가슴의 심한 통증뿐이다. 나는 녹초가 되어 땅바닥에 주저앉는다. 맥박이 불규칙하게 뛰고 심장의 거친 고동을 진정시키기 위해 호흡수를 세어본다.

땅에 주저앉아 몇 분간 멍하니 있다, 뭔가 바뀐 것을 눈치챈다. 공기가 맑다.

그때 바람에 실려 떠도는 웃음소리가 들린다. 나는 천천히 일어서서 돌아선다. 정체를 알 수 없는 안개가 걷히고 밤이 되었다.

내 뒤로 용왕의 도시가 그림처럼 넓게 펼쳐진다.

전에 본 적 없는 광경이다. 곡선 지붕과 홍예다리로 이뤄진 미로 같은 전각들이 무지개의 둥근 호처럼 여기저기 흩어져 있다. 삼층 높이의 기둥에 매달린 등불은 불붙은 배의 돛처럼 황금빛으로 반짝인다. 도시를 관통하는 수로에는 거목의 빛나는 가지처럼 더 많은 등불이 떠 있다.

밝은색 물고기들이 하늘이 바다라도 되는 듯 바람을 따라 헤엄친다. 구름 같은 고래들이 머리 위에서 여유롭게 떠다닌다. 그리고 멀리서 용이 땅에서 풀려난 연처럼 허공에서 미끄러진다.

이토록 아름다운 광경을 또 볼 수 있을까. 이토록 무서운 광경도.

이 경이로운 광경은 부인할 수 없는 진실을 드러낸다. 나는 새로운 세상에 들어와 있다. 용들과, 무자비한 힘을 가진 신들과, 어둠 속에서 보이지 않게 움직이는 자객들의 세상. 목소리가 새가 되고 또 그것을 도둑맞을 수 있는 세상. 그리고 내가 사랑하는 사람들이 내게 다가올 수 없는 세상.

5장
탈과 다이, 미키

나는 용궁 밖에서 모든 존재들에게 너무나 눈에 띄는 존재다. 아무리 신Shin이 싫어도 그의 경고는 옳았다. 인간들은 신들의 세계에서 연약하다.

나는 거친 파도와 훨씬 더 거친 바람에 휩쓸려 쑤시는 몸을 이끌고 계단을 비틀거리며 내려온다. 가장 가까운 골목길로 들어가 어느 한 집 문간의 처마 아래 쭈그리고 앉는다. 종이 등불은 나무틀에 금이 갔는지 삐걱거리고, 안에 있는 작은 촛불이 무시무시한 그림자를 벽에 드리운다. 하루 묵은 생선 냄새가 풍겨오는 것으로 보아 이 앞은 생선가게가 틀림없다. 인기척도 없이 누군가 와 있을지도 모르지만, 이차피 곧 눈물이 앞을 가려 아무것도 보이지 않는다.

나는 온몸을 떨며 소리 없이 흐느껴 운다.

내가 할머니의 이야기 속 여주인공들처럼 강해져야 한다는 건 안다. 하지만 이 모든 상황이 힘들고 지친다. 그리고 신의 말이 사실이라면 내게는 혼이 없다. 이상하게도 신이 내 앞에 있을 때 나는 그에게 화를 낼 정도로 쉬이 용감해졌다. 그런데 춥고 외로운 지금은 쉽게 용기가 나지 않는다.

이제 뭘 해야 하지?

다리를 가슴까지 끌어당기고 무릎에 얼굴을 묻는다. 할머니가 해주신 많은 말 중 하나라도 떠올리려고 애를 써본다. 나를 위로해주고 내게 힘을 줄 수 있는 현명한 말을. 하지만 지금은 절망이 나를 붙잡고 놓아주지 않는다. 전에도 딱 한 번 이런 걸 느낀 적이 있다. 온 세상이 나 혼자만 남겨두고 멀리 달아난 느낌.

그날은 종이배 축젯날 밤이었다. 우리 종이배가 강을 떠내려갈 때, 우리도 쫓아가자는 준 오빠의 말에 나는 신이 나 있었다. 내가 같이 갈 수 있을 정도로 자란 뒤로는 해마다 그렇게 했다. 나는 강둑에 무릎을 꿇고 마지막 소원을 종이에 쓰다가 오빠의 말을 들었다.

"청이는 마을에서 가장 아름답지만, 그건 청이에게 저주나 마찬가지겠지."

그것이 그들의 이야기의 시작이었다. 적어도 당분간은 내가 낄 부분이 조금도 없는 이야기.

오빠가 심청을 따라 다리 반대편으로 갈 때, 나는 다리 한쪽 끝에 서 있었다. 오빠가 돌아보기를 바라며 멀어져가는 모습을 지켜보던 기억이 난다. 오빠가 여전히 날 잊지 않았다는 걸, 내 생각을 하고 있다는 걸 보여주는 작은 손짓이라도 해주길 바라며. 하지만 오빠는 돌아보지도, 손짓을 해주지도 않았다. 모든 일이 다시는 예전과 같지 않으리라는 예감이 들었다.

나는 열두 살이었고, 우리의 어린 시절이 바닷가 모래처럼 내 손가락 사이로 스르르 빠져나가는 걸 느낄 수 있었다.

그날 늦은 밤, 할아버지가 우리집 정원의 연못가에서 울고 있는 나를 발견하셨다. 할아버지는 풀이 무성한 물가에 앉아 물위에 비친 흐릿한 달의 그림자를 바라보셨다. 오리들이 진주 같은 달의 얼굴을 가로질러 수영하는 것처럼 보였다. 우리 둘 다 한참 동안 아무 말도 하지 않았다. 조용히 함께 있는 것만으로도 위로가 된다는 걸 할아버지는 잘 알고 계셨다.

내가 들을 준비가 되자 할아버지가 말씀하셨다. "내 평생 오리처럼 멋진 생명은 본 적이 없단다." 할아버지는 당황하는 내 표정을 보고 잠시 껄껄 웃으셨다. "오리는 태어나면 자기가 처음 본 것, 대체로 엄마겠지, 그 모습이 각인되어 다 자랄 때까지 그 뒤만 따라다닌단다. 알고 있었니?"

나는 아무 말도 못하고 고개를 저었다. 내 목에서는 여전히 울음이 차오르고 있었다.

"너는 이 세상에 태어나자마자 고아가 되었지." 할아버지의 눈길은 물위를 향했고, 나는 할아버지가 당신의 딸, 우리 엄마를 생각하고 계시다는 걸 알았다.

"너는 눈을 꼭 감은 채 울고 또 울었지. 어떤 것도 널 달래지 못할 것 같았단다. 네가 울다 지쳐 죽어버릴까 겁이 났어. 네 할머니조차 어떻게 널 도울지 정신을 못 차렸지. 그때 준이 정원에서 내내 기다리고 있다가 집안으로 조용히 들어왔어. 준도 태어나서 세 번의 여름을 난, 세 살밖에 안 되는 어린아이였어. 준은 널 안겠다고 고집했지. 할머니가 준의 팔에 널 부드럽게 안겨주자 네가 처음으로 눈을 뜨고 준의 눈을 보았어. 그때 네 얼굴에 떠오른 미소는 내 삶을 통틀어 가장 놀라운 모습이었단다. 폭풍 후에 비친 햇빛 같았지."

"할아버지, 제가 오리라는 말씀이세요?" 내가 할아버지를 올려다보며 물었다.

할아버지가 거친 두 손으로 내 얼굴의 눈물을 닦아주셨다. "미나야, 내 말은 준은 네가 태어난 날부터 계속 널 예뻐해주었다는 말이야. 그리고 항상 널 사랑할 거야. 그건 준이 네게 준, 영원히 변치 않을 선물이지."

내가 고개를 저었다. "그러면 왜 날 놔두고 가버린 건데요?"

"미나 네가 오빠를 가게 해줄 만큼 사랑한다는 걸 아니까."

용왕의 도시의 축축하고 차가운 골목길에서 나는 눈을 꼭 감는다. 할아버지. 어떤 말로 상황을 나아지게 할지 항상 잘 알고 계셨던 분.

할아버지는 오래전에 세상을 떠나셨다. 할아버지, 할아버지가 그리워요. 다른 누구보다 지금 할아버지가 곁에 계셨으면 좋겠어요.

"저거 봐!"

가까운 곳에서 어린 남자아이의 걱정스러운 목소리가 들려온다.

"생선가게 뒤에 울고 있는 여자애가 있어. 어떻게 할까, 탈Mask?"

한 소녀가 남자아이의 목소리보다 훨씬 더 차분하고 조금 숨죽인 목소리로 대답한다. "당연히 눈물을 다 쏟을 때까지 기다려야지. 일단 다 울고 나면 다시 울지는 않을 거야. 강한 아이니까."

나는 무릎에서 얼굴을 들어올려 마주한 너무도 이상한 광경에 숨이 헉 멎는다.

키가 나와 엇비슷한 한 소녀가 고개를 한쪽으로 기울이고 내 앞에 서 있다. 얼굴이 나무로 만든 탈에 다 가려져 있다. 그녀가 쓴 탈은 할머니의 얼굴 같다. 주름처럼 나무에 홈이 나 있고, 양쪽 뺨과 이마에는 연지가 그려져 있다. 입은 아래쪽으로 찡그린 모습이다.

"어떻게 알아, 탈? 곧 그칠 것 같아 보이지는 않는데."

나는 돌아보다가 내 옆에 웅크린 작은 소년과 코가 닿을 뻔한다. 소년은 여덟아홉쯤 되어 보이는데, 헐렁한 삼베 바지에 나무 단추가 달린 얇은 저고리를 입고 있다. 머리카락은 뻣뻣해서 한쪽이 꽃처럼 제멋대로 솟구쳐 있다. 등에는 포대기처럼 보이는 것을 업고 있다.

"미키도 저애처럼 많이 울지는 않아." 남자아이가 이마를 찌푸리며 말한다.

이내 바다에서 거품이 올라오는 듯한 소리가 난다.

소년이 등뒤로 손을 뻗어 포대기 끈을 풀어 뒤적이자 안에 있는 아기가 보인다.

"아이고, 미키." 소년이 포대기에서 작은 여자아이를 들어올리며 미소 짓는다. "자, 아기에게 웃어줘."

소년이 아기를 내 앞에 내민다. 아기는 돌도 채 지나지 않은 것 같다. 뺨이 붉고 머리카락은 소년과 비슷하게 뻣뻣하지만 한쪽으로 단정하게 빗겨져 있다. 자그마한 분홍 꽃들이 수놓인 부드러운 면 옷을 입고 있는 걸 보니, 아이가 얼마나 사랑받고 있는지 알 것 같다. 미키와 나는 서로 마주한 채 눈을 깜박인다. 주술인지 아니면 미키의 전염성 있는 미소 덕분인지 눈물이 완전히 멈춘다. 미키는 까르르 웃으며 작은 손을 내 쪽으로 내민다.

"안 돼, 안 돼, 미키." 소년이 꾸짖더니 포대기를 넓게 펼쳐 아기를 다시 감싼다. "넌 나랑 같이 있어야지." 소년은 아이의 머리를 쓰다듬은 후, 포대기를 다시 등에 두른다.

나는 탈을 쓴 소녀를 본다. 나무탈 위에 새겨진 표정이 찌푸린 할머니에서 웃는 할머니로 바뀌었다. "훨씬 낫네. 가끔은 눈물을 흘려도 좋지만 낭비하는 건 별로야."

"누, 누구세요?" 내가 묻는다. 아니 물으려고 애쓴다. 전과 마찬가지로 소리가 나지 않는다.

소녀의 대답에 내가 놀란다. "우리는 혼령이야." 탈에 가려져 나지막이 들리는 소녀의 목소리는 부드럽다. "나는 탈." 소녀는 자기를 가리키며 말한다. "그리고 여기는 다이와 미키." 소녀가 즉흥적으로 둘에게 손을 흔들고 다이는 활짝 웃어준다. "네가 골목에서 소리 없이 시끄럽게 우는 걸 보고 알아보러 왔지."

다이는 탈과 나를 번갈아 본다. "어떻게 저애가 말하는 걸 알아, 탈? 저애 목소리가 들려?"

"당연히 못 듣지!" 탈이 화를 내며 말한다. "저애 목소리는 까치잖

아. 나는 그냥 짐작을 해본 거야. 저애 같은 인간 아이가 용왕님의 도시 한가운데 골목에서 혼자 있으면 뭐라고 묻겠어? 누구야? 뭐 하는 사람이지? 왜 여기에 있어? 뭘 원해? 난 이 모든 질문에 답을 해줬어. 네가 물은 것 중에 하나라도 내가 제대로 답을 하고 있으면 고개를 끄덕여봐."

나는 고개를 끄덕인다.

다이가 손뼉을 친다. "이름을 물어봐, 탈! 아주 예뻐."

"예쁜지 안 예쁜지 네가 뭘 알아? 그런 말을 하기에 넌 아직 어린 애잖아!" 나는 둘의 말다툼을 무시하고 탈이 했던 말에 매달린다. 저애 목소리는 까치잖아.

두 사람의 관심을 끌기 위해 나는 허공에 손을 흔든다. 엄지 두 개는 붙이고 다른 손가락들을 펼쳐 위아래로 움직여 새의 날갯짓을 흉내낸다.

"알겠어!" 다이가 손가락으로 딱 소리를 낸다. "저애가 무슨 말을 하려는지 알아."

나는 응원하듯이 고개를 끄덕인다.

"날고 싶은 거야, 새처럼. 가장 높은 폭포로 데려갈까, 탈? 우리가 밀어준다면 저애는 날 수 있을 거야!"

나는 입을 쩍 벌린다.

"아니야, 그런 말을 하고 있는 게 아니야!" 탈이 킥킥거린다. "네 현통이 별로란 건 이미 알고 있었어!"

"취소해, 탈! 당장 사과해."

나는 두 사람이 집중할 수 있도록 무릎을 꿇고 몸을 앞으로 기대 손을 흔든다. "내 목소리가 까치인 걸 어떻게 알았어? 내게 무슨 일이 있었는지 봤어? 그 사람들이 내 목소리를 어디로 가져갔는지 알아?"

탈과 다이는 멍하니 날 본다. 다이만 그랬는지도. 탈은 할머니 얼굴에 여전히 행복한 미소를 보이고 있다.

다이가 콧등을 긁으며 말한다. "어, 방금 저애가 뭐라고 말했는지 알아?"

탈이 고개를 흔든다. "우리는 생각을 읽지는 못해." 탈은 친절하게 말한다. "입술을 잘 읽지도 못하고. 네가 말을 해도 우리가 못 듣는다는 걸 알아둬."

"까치." 내가 입 모양으로 다시 말한다. 내 손을 들어올려 새 모양을 만들고 이번에는 허공에서 극적으로 아래로 내리꽂는다. 까치보다는 매가 나는 모양에 가깝지만, 그런 것까지 생각할 여력이 없다.

다이가 내 손을 가리킨다. "그건 매 같아 보이는데."

"아!" 탈이 소리친다. "이제 알겠어. 까치야, 맞지? 기린 님과 교활한 도둑 남기가 까치가 된 네 혼을 새장에 가둬서 가져가는 걸 우리가 봤어. 넌 그걸 돌려받아야 하잖아. 그러지 않으면 용왕님이 널 신부로 알아보지 못할 테니까."

내 눈이 커진다. "내가 용왕님의 신부인 걸 알아?"

탈이 대답을 하는 걸 보니 내가 묻고 있는 게 뭔지 알아챈 모양이다. "그럼 네가 뭐겠어? 혼령들의 세계로 들어올 수 있는 인간은 용왕님의 신부뿐인데. 용왕님의 신부는 온전한 인간만이 될 수 있어. 혼령은 불가능하지." 탈이 마지막에 자기 자신과 미키, 다이를 가리킨다. "우리 같은."

탈이 한쪽으로 고개를 갸웃하며 내게 묻는다. "너 죽지는 않았지, 그렇지?"

나는 목소리가 있다 해도 할말이 없다.

"모든 인간에게는 혼이 있어." 탈이 설명한다. "인간이 죽으면 몸은 위쪽 세상에 그대로 두고 혼은 강 아래로 떠내려와. 혼령은 강에서 빠져나온 인간의 혼이야. 너무 고집이 세서 다른 세상으로 못 넘어간 거야. 우리는 혼령들의 세상에 머물면서 대혼란을 일으키고 제사상 덕분에 살이 찌고 있지." 탈이 자기 배를 두드리고, 미키는 까르르 웃는다.

나는 눈을 크게 뜨고 그들을 바라본다. 탈이 한 말대로라면 그들은 죽은 사람이다.

"우리가 도와주자, 탈." 미키가 어깨를 깨물자 다이가 움찔하며 말한다. "내가 신부를 연화당 안으로 들여보내줄 수 있어. 기린과 남기가 갈 곳이 거기잖아. 우리가 저애가 일을 찾고 있다고 담당자에게 말하는 거야." 다이가 내 머리를 부드럽게 어루만진다. "아주 조용하니까 틀림없이 널 쓸 거야."

"혼령이 아니라 인간인 걸 알아차리지 못한다면 말이지." 탈이 웃는다. "알면 먹어치우려 할 텐데."

나는 움찔한다. 농담이겠지.

나는 탈이 내민 손을 잡는다. 탈이 날 일으켜세우고 내 옷의 엉덩이에 묻은 먼지를 털어주려 돌려세운다. 탈은 나와 키가 같다. 나는 탈의 옆얼굴을 유심히 살펴본다. 쓰고 있는 탈은 뒷머리에 두꺼운 끈으로 묶여 있다. 따뜻한 갈색 머리카락을 길게 땋은 걸 보니 혼인하지 않은 낭자다. 머리와 앳된 목선으로 보건대 내 나이쯤이다.

"가자!" 다이의 말에 등에 있던 미키가 까르르 웃는다. 탈은 곧장 다이와 함께 따라나선다. 나는 망설인다. 보통은 사람을 잘 믿지만, 신과 그 일행과의 실랑이를 겪고 나니 경계심이 든다. 하지만 나는 이 혼령들에게 이상한 친밀감을 느낀다. 죽은 자들이라기엔 너무나 다정하고 생명력으로 가득차 있다.

큰오빠 성은 신뢰란 얻는 것이며, 누군가를 신뢰하는 것은 그에게 나를 해칠 칼을 주는 것과 같다고 말했다. 하지만 준 오빠는 신뢰란 믿음이며 누군가를 믿는다는 것은 사람들의 선함과 그들을 선하게 만든 세상을 믿는 것이라고 반박하곤 했다.

나는 타인을 믿기에 지금 당장은 너무 미숙하지만, 나 자신은 믿는다. 탈과 다이, 미키가 좋은 사람이라고 말하는 내 마음과, 까치를 찾아 혼을 돌려받으려면 그들의 도움이 필요하다고 말하는 내 이성을 믿는다.

"오고 있어?" 다이가 어깨 너머로 소리친다. 나는 서둘러 탈과 다이, 미키를 따라 골목길을 빠져나가 용왕의 도시 한가운데로 향한다.

6장
혜리의 선택

골목길에서 대로로 나가자마자 나는 압도당한다. 기껏해야 장날에 이삼십 명밖에 모이지 않고, 축제 때에도 오십 명 정도가 모이는 작은 우리 마을 밖으로 나는 나가본 적이 없었다. 그러나 용왕의 도시에는 화려한 보석 빛깔의 옷을 입은 사람들이 수백 명, 수천 명 있다. 마치 산호들이 모여 이룬 거대한 산호초 같은 모습이다.

겹지붕의 웅장한 전각들이 거리에 늘어서 있고, 눈 닿는 끝까지 층층이 쌓여 있다. 전각마다 처마에는 빛나는 등불이 수없이 매달려 있고, 창호지 문 안에서 움직이는 사람들이 그림자로 비쳐 보인다. 지붕 위로 거대한 잉어가 망령처럼 조용히 떠다니고, 빛나는 금붕어들이 등불 주위로 날아든다.

문 하나가 미끄러지듯 열리자 빛과 웃음이 거리로 쏟아진다. 젊은 여자가 찻상을 절묘하게 이고 사람들 사이로 사라진다.

휘파람소리와 왁자지껄한 소리가 들린다. 고개를 드니 폭죽에서 터져나온 불꽃이 밤하늘을 밝히고 피라미떼를 흩뜨린다.

"조심해!"

탈이 나를 제때 잡아끌어 소년이 모는 꽃수레를 가까스로 피한다.

"앞을 잘 보고 다녀야지!" 다이가 주먹을 들어올리며 소년에게 소리친다. "용왕님의 신부란 말이야!"

"그러시겠지." 소년이 돌아보며 맞받아친다. "나는 용왕님이고!"

거리의 모든 이가 이 말을 듣고는 킥킥 웃는다.

자갈길엔 바다 생물 문양이 조각보처럼 수놓아져 있다. 푸른 상괭이와 회색 상괭이로 이어진 거리를 지나 홍게의 거리까지 간 후, 마침내 우리는 커다란 옥 거북이 그려진 거대한 중앙 광장에 다다른다.

광장은 사람들로 가득하다. 소녀들이 동그랗게 모여 앉아 공기놀이를 한다. 할아버지들은 낮은 탁자에 바둑판을 두고 앉아 말싸움을 하고 있다.

모두 혼령임이 틀림없다. 하지만 미키와 다이처럼 건강하고 활기차 보인다.

탈은 광장을 돌아 먹거리 수레가 줄지어 있는 비좁은 샛길로 우리를 이끈다.

떡과 갖가지 음식들, 소금에 절여져 꼬리째 줄줄이 꿰인 생선이 가득 쌓인 수레를 지난다. 군밤과 고구마 마탕이 있는 수레들이 더 보인다. 다이는 다가오는 수레를 이리저리 피하다가 찐만두를 실은 또다른 수레에 등을 기댄다. 다이가 한 발 내딛자 미키가 손을 뻗어 수레에서 만두 하나를 움켜쥔다.

"아이고, 미키!" 다이가 소리친다. "그런 짓은 도둑이나 하는 거야!"

다이는 주머니에서 주석과 구리로 만든 동전 꾸러미를 꺼낸다. 작은 동전 하나를 던지자 수레의 주인이 허공에서 야무지게 잡는다. "만두 네 개 주세요!"

다이는 만두를 받아 우리에게 하나씩 나누어준다. 나는 탈이 만두를 먹기 위해 탈을 벗는지 보려고 힐끔거리지만, 그녀는 자기 만두를 미키에게 건네준다. 아이는 세 입 만에 만두를 먹어치운다.

만두에서 뜨거운 김이 피어오른다. 나는 미키를 따라 만두를 들이마시듯 먹는다. 겉은 부드럽고 푹신푹신하고, 속은 짭짤한 부추와 돼지고기의 조화가 절묘하다. 미키와 나는 손가락까지 깨끗이 핥고는 애원하는 눈길을 함께 모아 다이에게 보낸다. 다이는 크게 한숨을 쉬며 동전 꾸러미에서 하나를 더 빼낸다.

나는 두번째 만두는 천천히 먹으며 맛을 음미한다.

먹자골목은 또다른 분주한 거리로 이어진다. 그 끝에는 부드럽게 흘러가는 강 위에 멋진 다리가 놓여 있다. 빨간색, 초록색, 하얀색 등 불들이 물살에 실려 나른하게 떠다닌다. 강둑에 묶여 있는 배가 있는가 하면 어떤 배는 하류로 이동중인데, 깃털 모자를 쓴 뱃사공들이 노를 젓고 있다.

다리는 중요한 건널목임에 틀림없다. 다리 위에는 사람들, 수레들, 노새들로 넘쳐나고, 심지어 뿔 사이에 화환을 매단 황소까지 있다. 다이 또래의 아이들이 난간 위로 올라가 가느다란 봉들을 가로질러간다. 따라 하려는 다이의 어깨를 탈이 잽싸게 붙잡는다.

다리를 절반 정도 건너자 북소리가 들려온다. 북적이는 사람들 사이로 가마 행렬이 천천히 지나간다. 다른 사람들처럼 우리도 길을 내주기 위해 한쪽으로 붙어선다.

창으로 무장한 병사들이 지나간다. 병사들은 크고 멋지게 장식된 가마를 호위하고 있다. 가마꾼들은 양쪽에 두 명씩 짝을 지어 넓은 어깨에 균형 있게 가마를 멨다.

수도에서는 귀족이 가까운 거리를 갈 때 흔히 가마를 이용한다는 얘기를 들은 적이 있다. 휘장에 가려 가마 안에 있는 사람을 엿보기는 어렵다.

흥분된 속삭임이 행렬을 뒤따른다. 나는 금장으로 빛나는 가마 안에 누가 앉아 있는지 알고 싶어 앞으로 몸을 내민다.

"시키 님의 신부래."

몸을 돌려 가마를 따라가는 탈을 본다. 탈은 호위병들이 찬 검과 빨간 제복을 가리키며 고개를 끄덕인다. "저건 시키 님 가문의 색이야."

나는 탈의 소매를 잡고 시선을 끌기 위해 내 입술을 툭툭 친다. "시키 님?"

"죽음의 신이야."

내 눈은 금빛 가마로 향한다. 안에 있는 사람은 죽음의 신의 신부다. "아주 예쁘겠네. 어떤 여신이야?"

"여신이라고 했어? 저분은 너나 나처럼 여신이 아니야. 그냥 소녀일 뿐이지. 용왕님의 전 신부."

용왕의 신부. 나는 행렬 쪽으로 고개를 획 돌린다.

눈부시게 밝은 빛을 띤 손이 가마 휘장을 걷자 언뜻 둥글고 상냥한 얼굴이 보이지만, 이내 호위병이 내 시야를 가린다.

혜리.

일 년 전, 용왕의 신부는 옆 마을에서 온 소녀였다. 그전까지 신부들은 매년 수십 리에 달하는 행렬과 함께 사방에서 도착했다. 때로는 작은 마을에서 오기도 하고 때로는 대도시에서 왔다. 심지어 수도에서 오는 경우도 있었다. 하지만 혜리는 한밤중에 도착했다. 어깨에 자루 하나만 걸치고, 머리는 평범하게 등뒤로 땋아 내린 모습이었다.

혜리는 우리 마을 촌장 어르신 집에 사흘 밤을 머문 다음 우리집 문을 두드렸다. 혼례 준비를 도와줄 사람이 필요했던 것이다.

한 번도 본 적 없는 소녀와 한방에 앉아 사랑과 행복과 번영을 의미하는 밝은색 혼례복을 입게 도와주려니 이상한 기분이었다. 아침이 오면 신부는 물에 빠질 테고 혼례복은 바닷물을 머금어 무겁게 가라앉을 텐데.

"도망가도 되잖아요." 입 막을 새도 없이 그 말이 튀어나와버렸다.

혜리는 날 돌아보았다. 짓이긴 진달래꽃을 발라 그녀의 입술은 분홍색빛을 띠고 있었다. 눈은 그을린 화로에서 나온 숯처럼 검었다. "내가 어디로 도망갈 수 있겠어?"

"도와줄 사람 없어요? 지켜줄 가족이나?"

혜리가 느리게 고개를 저었다. "언니뿐이야. 오 년 전에 떠나버렸지만."

"떠나버렸다고요?" 나는 언니가 떠난 곳으로 혜리도 갈 수 있지 않을까 생각하며 용기를 내 몸을 앞으로 내밀었다. 어쩌면 수도나 다른 안전한 곳으로. "어디로 갔는데요?"

혜리가 시선을 돌렸다. 창은 논 쪽으로 열려 있었고 그 너머는 바다였다. 어둠 속에서, 보이지는 않지만 소리를 들을 수는 있었다. 방까지 따뜻한 공기를 몰고 오는 한결같은 바람. 피부 위에 마치 재처럼 소금이 도톰하게 뭉치는 것을 느낄 수도 있을 것이다.

혜리의 목소리는 나직했다. "항상 내가 수영을 더 잘했어. 물을 무서워한 언니보다 훨씬 잘했지. 내일 사람들이 날 바다에 던져 넣으면 나는 헤엄칠 거야. 더이상 할 수 없을 때까지 헤엄치고 또 헤엄칠 거야."

"하지만 그 언니는……"

"오 년이 지났어. 사람들은 용왕님의 신부가 매년 똑같다고 말하지. 하지만 그들은 모두 각각 달랐어. 왜 모르는 거지?"

혜리의 말이 빨라졌다. 그녀는 내 손목을 잡고 눈시울을 붉히며 나를 더 가까이 끌어당겼다. "어떤 신부는 간택되지만 어떤 신부는 스스로 선택하기도 해."

내 손목을 놓고 혜리는 눈을 감았다. "신부들이 왜 목숨을 포기하려는지 궁금할 거야. 절대 이해할 수 없을 테지."

"누가요? 마을 사람들이요?"

혜리가 고개를 끄덕였다. "신부가 되면 돈을 제법 주니까 자기 가족을 위해 신부가 되려는 여자들도 마을마다 있어. 비극적으로 희생되는 아름다운 몇 명 중 하나가 되는 영광을 누리고 싶은 소녀들도 있고. 전해지는 모든 이야기가 진짜라고 믿고 물에 빠져도 용왕님이 구해줄 거라고 믿는 소녀들도 있지."

혜리는 눈을 뜨고 창과 그 너머의 밤을 보았다. "처지가 너무 힘들어서 용왕님의 신부가 되려는, 우리 언니 같은 소녀들도 있고."

나는 가까이 다가가서 차가운 혜리의 손을 감싸 잡았다.

"화장이 다 번지겠네. 눈물 대신 먹물을 흘리는 것 같겠다." 혜리가 웃음을 참으며 말했다.

"내가 닦아줄게요." 나는 그릇에 담긴 물에 천을 적셔 혜리의 눈밑을 톡톡 두드렸다.

"넌 착한 아이구나, 미나. 자신 있어 보일지도 모르지만, 사실 몹시 겁나. 살고 싶어. 사람이 죽어서도 살 수 있는 방법이 있을까?"

그때 나는 그 말에 답을 할 수 없었다. 밤이었고 혜리는 아침이면 떠나 제물로 바쳐질 예정이었다. 그리고 일 년 동안 나는 왜 혜리가 용왕의 신부가 되기를 선택했는지 이해할 수 없었다.

뱃머리에 서 있던 나의 혼에 폭풍우가 닥친 것처럼 화가 치솟아 바닷속으로 뛰어들기 전까지는.

"너무 많이 울어." 나를 올려다보던 다이가 내 턱 밑에 손을 모아 얼굴에서 흘러내리는 눈물을 받는다.

"내가?" 나는 웃으며 말한다. 혜리가 여기서 잘 지내고 있는 걸 보니 내 마음속이 행복으로 환히 빛나는 것 같다. 나는 천천히 움직이는 행렬을 가리킨다. "내게 더 말해줘. 어떤 이야기든 해줘."

"시키 님의 신부에 대해 알고 싶은 거야?"

나는 힘주어 고개를 끄덕인다.

"나도 잘은 몰라." 다이가 잠깐 멈추었다 말한다. "하지만 시키 님은……"

"응?" 나는 미소를 지으며 다이를 격려한다.

"시키 님은 차가운 심장을 가진 악당이야!"

"말조심해." 탈이 꾸짖는다. "시키 님은 그렇게 나쁘지 않아. 조금 진지한 편이지. 그리고 약간 나쁘다고 해도 죽음의 신이 새 신부를 무척 아낀다는 소문이 있어. 혼례가 무척 성대했거든."

나는 탈과 움직이는 행렬 사이에서 과장된 몸짓으로 눈을 크게 뜬다. "어땠는데?"

"난 초대받지 못했어." 탈이 말한다. "도시의 아주 중요한 이들만 초대받았어. 호랑이 가문과 학 가문의 군주. 위대한 혼령들. 자기 이름의 신전을 가지고 있는 작은 신들 모두." 탈은 나무로 된 뺨을 긁으며 말을 잇는다. "그렇게 따지면 많은 사람들이 초대받았네."

"우리만 빼고!" 다이가 소리친다.

"물론 용왕님도. 하지만 백 년 동안 용궁을 떠나지 않는데 초대하면 뭐 해! 그리고 정황상, 신 님도 초대를 받았을 거야. 진짜 갔는지는 모르겠지만."

"둘이 크게 싸웠거든." 다이가 탈을 바라보며 묻는다. "뭣 때문에 싸웠는지 알아?"

"싸움은 항상 그것 때문에 일어나지."

"음식?" 다이가 답을 제시해본다.

나는 고향땅을 두고 싸운 지역의 장군들을 떠올린다. "권력?"

탈의 표정은 그대로지만 반감이 느껴진다. "둘 다 누가 키웠어? 아무도 가르치지 않은 거야? 둘이 멀어진 건 사랑 때문이야. 그리고 사랑이 둘을 모으기도 해. 너무 고집이 세서 서로를 용서하지 않기도 하지만!"

"신 님도 헤리 아가씨를 사랑했어?" 다이가 묻는다.

탈은 완전히 질린 듯 두 손을 들어올린다. 그러고는 몸을 돌려 멀어져가는 헤리의 행렬과 흩어진 군중 속으로 걸어간다. 우리도 서둘러 따라간다.

신과 시키 모두 헤리를 사랑한 게 아니라면 무엇 때문에 싸웠을까? 어떤 아픔이 서로를 용서할 수 없게 만들었을까? 나는 연꽃 가문의 신을 만나고 난 후이기에, 그가 다른 신god이나 다른 누군가와 불화를 겪고도 남을 법하다고 본다. 검은 눈의 그 소년을 생각하면 너무나 화가 난다. 내 목소리를 훔쳐갔으니! 그는 관심도 없고 알지도 못하겠지만, 나와 그 사이에는 이미 불화가 싹텄다.

우리는 다리를 건너 반대편에 닿는다. "바로 저기야! 연꽃 가문의 연화당!" 다이가 소리친다.

거대한 돌담이 서리 하나글 다 차지히고, 돌담 뒤로 키 큰 나무든이 줄지어 서서 그 안을 가리고 있다. 유일한 입구는 검은 옷을 입은 수문장이 지키는 넓은 대문이다. 수문장들은 교지처럼 보이는 두루마리에서 한 사람씩 이름을 확인한 후 안으로 들여보내고 있다.

나는 내가 해내야 하는 일이 얼마나 불가능한지를 깨닫고 침을 꿀꺽 삼킨다. 나는 목소리도 없는데 저 대문을 통과해서 안으로 들어가야 한다. 그다음 어떻게 해서든 까치의 위치를 확인하고 원래대로 되돌리는 방법을 알아내야 한다.

나는 탈과 다이, 미키를 만나는 행운을 얻었지만 그들은 곧 떠날 것이다. 나는 은장도와 할머니의 이야기만 간직한 채 다시 혼자가 될 것이다.

탈이 내 어깨를 따뜻한 손으로 어루만진다. "네가 용감하다고 생각했는데! 그렇게 겁먹을 필요 없어. 너는 용왕님의 신부잖아, 안 그래? 너에게는 목표가 있고 그걸 이뤄낼 때까지 포기하지 않을 거야. 적어도 최선을 다하겠지. 아니면 여기까지가 너의 최선이야?"

나는 고개를 젓는다.

"좋아!" 탈이 나를 문에서 돌려세워 다이가 기다리는 모퉁이로 이끈다. 사람들이 덜 다니는 뒷길로 난 쪽문 방향이다. 다이는 포대기를 풀고 미키에게 입을 맞추고는 탈에게 안겨준다. "내게 맡겨줘." 다이가 말한다.

다이는 자신 있게 옆문으로 다가가 나무문을 세차게 두드린다.

나는 서둘러 따라가 문이 끼익 소리를 내며 열릴 때 바로 뒤에 선다. 내 또래의 소녀가 우리를 내려다본다. 큰 입으로 언짢은 듯 삐죽인다. 날카롭고 영리한 눈매에, 긴 갈색 머리는 아무렇게나 올려 비녀로 쪽을 찌었는데, 그 아래의 얼굴은 친근하고 갸름하다.

나는 숨이 헉 멎는다. "나리 언니?"

7장
나리 언니

 우리 마을에는 내가 누구보다도 존경하면서도, 무서워한 소녀가 있었다. 나보다 두 살이 많은 준 오빠의 친구 나리 언니. 그녀는 밝은 한낮 같았고 겁이 없었다. 오빠는 자기 또래보다 키가 크고 순했기에 다른 아이들의 놀림을 자주 받곤 했다.

 그 시절 오빠를 지켜준 사람이 나리 언니였다. 언니가 끼어들면 오빠를 놀리던 아이들이 숨죽였고, 오빠를 놀리지 말라고 꾸짖으면 싹싹 빌었다. 언니에게 칭찬을 듣는 건 햇볕을 쬐는 것과 같았다. 아니, 그런 기분일 거라고 상상했다. 그녀는 내게 별 관심이 없었으니까. 언니를 마지막으로 보았을 때는 일 년 전, 그녀가 나루터에서 멀어져가는 배를 붙잡으려고 폭우로 넘치는 강물에 뛰어들었을 때였다. 강물이 밀려들어와 배를 쓸어가고 나리 언니도 그 틈에 바다에 휩쓸려갔다. 다시 언니를 볼 수 있으리라고는 상상도 못했다. 하지만 여기 나리 언니가 내 앞에 있다. 웃었다 울었다 하면서.

"미나, 이럴 수가." 언니가 나를 문안으로 끌어당기더니 꼭 껴안는다. 강둑에서 자라는 야생화와 강인한 갈대 냄새가 난다. "네가 여기에 있다는 건…… 죽었다는 거잖아!"

아, 물론 나리 언니는 그렇게 생각할 것이다. 혼령들의 세상에 들어오려면 죽거나 용에게 끌려와야 하니까. 그리고 우리 마을 사람들처럼 언니 역시 심청이 올해의 신부라는 건 알고 있었다.

"나는 살아 있어. 이건……" 나는 한숨을 쉰다. 언니는 내 말을 들을 수 없다.

"그리고 준! 네 불쌍한 오빠. 하룻밤에 너와 심청을 한꺼번에 잃다니. 준은 정신을 못 차릴 거야. 내게 말해봐, 대체 무슨 일이야? 폭풍우 때문에 물에 빠져 죽은 거야? 북쪽에서 침략자들이 쳐들어온 거야?"

"다 틀렸어요!" 크고 화가 난 목소리로 누군가가 끼어든다. "미나는 죽지 않았어요! 용왕님의 신부가 된 거예요."

나리 언니가 날 풀어주며 다이 쪽으로 돌아선다. 다이는 문밖에 홀로 서 있다. 탈과 미키는 사라지고 없다.

"저애는 누구야, 미나?" 언니가 얼굴을 찌푸리며 묻는다. "저애가 널 괴롭히는 거야? 말만 해, 내가 혼내줄 테니." 언니가 벽에 세워둔 긴 낫자루로 손을 뻗는다. 이제야 깨닫지만 그녀는 대문 앞에 있던 수문장들과 똑같이 갑옷에 검은 옷 차림이다.

"난 미나의 친구예요." 다이가 소리친다. "용왕님의 신부가 확실한 사람더러 죽었다고 말하는 당신과는 달리."

나리 언니의 눈이 커진다. "신부라고? 하지만…… 올해가 몇 년이지? 황제가 사라진 지 백 년이야. 내 기억이 맞는다면 사람들이 심청을 제물로 삼기로 했는데. 그리고 신부는 항상 열여덟 살이잖아. 너는 지금 열여섯이고. 내가 죽을 때랑 같은 나이. 미나, 왜 아무 말도 하지 않아?"

"난 말을 못해."

"말을 못해요." 다이가 날 대신해서 말한다. "까치로 변한 목소리를 뺏겨버렸다니까!"

이런 설명은 믿기 힘들 텐데.

"아." 나리 언니가 말한다. "이해가 되네. 작년에 신 님이 혜리 아가씨의 운명의 붉은 끈을 잘랐더니 아가씨의 혼이 피라미로 변했지. 혜리 아가씨의 연인이자 죽음의 신인 시키 님이 혼을 돌려달라고 했지만, 신 님이 거절해서 큰 싸움이 났어. 바로 이 집에서."

다이가 고개를 한쪽으로 갸웃한다. "누가 이겼어요?"

"잘 모르겠어. 싸움을 목격한 사람들은 신 님이 유리하다고 말했는데. 혜리 아가씨가 마지막에 끼어들지 않았다면 신 님이 이겼을 거야."

그 말은 신이 졌다는 말이다. 나는 그 결말에 괜히 만족스럽다.

"마지막으로 질문이 하나 있어요." 다이가 음모를 꾸미듯 몸을 앞으로 내민다. "당신 주인님을 거스를 수 있나요?"

"당연히 아니지." 나리 언니가 손에 든 낫자루를 꽉 잡는다. "나는 연꽃 가문의 충성스러운 하인이야."

다이가 내 팔을 잡는다. "가자, 미나."

"기다려!" 언니가 손을 뻗어 내 소매를 잡는다. "네가 정말로 용왕님의 신부라면, 넌 혼을 찾으러 왔다는 말이잖아." 그녀는 이마를 찌푸린 채 생각에 잠긴다. "네가 기억나, 미나. 넌 준과 나를 졸졸 따라다녔지. 바닷가로, 숲길로. 솔직히 네가 귀찮았어. 나는 참을성이 없었거든. 항상 앞서 달려나가고 싶었어."

나리 언니가 잠시 말을 멈춘다. 그녀는 미간을 찌푸리며 생각에 잠긴다. "어린 동생이 있다는 게 이런 건가? 나는 궁금했어. 준과 달리 난 외동이라 몰랐거든. 준은 네가 따라올 걸 알고 항상 조금 천천히 걸었으니까."

심장이 조여오는 느낌이다.

"준은 널 아꼈어, 미나. 그리고 나는 진정한 친구로서 준을 좋아했고. 나는 여기서 새로운 삶을 살고 있고 오래도록 이렇게 살고 싶어. 하지만 너와 너의 오빠를 위해 널 도울 거야. 날 믿어도 돼."

이번에는 나리 언니가 내민 손을 잡는다. 다이가 문가에서 지켜보며 씩 웃는다. "미나를 어떻게 안으로 들여보낼 생각이었어?" 언니가 다이에게 묻는다.

"하인처럼 보이게 해서 들여보내려고 했어요."

언니가 한 발 물러서서 나를 자세히 보고는 흡족해하며 고개를 끄덕인다. "할 수 있을 것 같아."

"잘됐네요! 이제 당신 손에 맡길게요." 다이가 날 안으로 밀며 말한다. "행운을 빌어, 미나!"

다이가 거리로 나서며 어깨 너머로 소리친다. "다시 만날 때는 목소리를 들을 수 있으면 좋겠어!"

나는 문 쪽으로 고개를 내밀어 다이가 모퉁이를 돌아 사라질 때까지 손을 흔든다. 다시 문안으로 들어가보니 작은 안뜰에 자갈이 깔려 있다. 열린 오른쪽 문으로 집 안쪽 깊숙이 들어가는 길이 보인다. 뜰 한가운데 벚나무에 하얀 꽃과 분홍 꽃이 피어 있다. 우아한 가지에 달린 종이 부적이 몇 개는 흔들리고 몇 개는 가벼운 바람에 천천히 돌고 있다.

"여기는 하인들이 쓰는 마당이야." 문을 닫은 나리 언니가 내 옆으로 다가오며 말한다. "우리는 당분간 여기서 눈에 띄면 안 돼." 언니는 내게 거북 모양 석상 위에 앉아 있으라고 손짓한다. 그런 다음 빗물이 가득찬 양철 대야를 나무 아래에서 가져와 내 발 가까이에 놓는다. "씻고 있어. 네가 신을 만한 신발을 찾아다줄게."

언니가 말한 대로 따스한 물속에 발을 넣고, 거리에서 묻은 흙과 먼지를 닦아낸다. 언니가 돌아와 허리에 두를 앞치마와 하얀 천을 건넨다. 나는 코와 입 주위에 천을 둘러 얼굴을 가린다.

"혼령들의 세상에 질병은 없어." 언니가 설명해준다. "하지만 술을 많이 마시고 난 다음날에는 얼굴을 가리고 싶어하기도 해." 마지막으로 언니는 내게 튼튼한 신발 한 켤레를 건넨다. 일어나서 신발을 신자 언니가 나를 살펴본다. 고개를 끄덕이고 돌아서서 오른쪽 문으로 따라오라 손짓하는 걸 보니 내 모습이 하인처럼 보이는 모양이다.

우리는 하인들이 쓰는 마당에서 넓은 흙길로 걸음을 옮긴다. 양쪽에 커다란 주방이 있고 창밖으로 간장과 막걸리의 고소한 향이 풍겨온다. 왼쪽 문이 스르르 열리자 우리는 가장 가까운 벽에 등을 댄다. 연청색 옷을 입은 하인들이 갖가지 음식을 상에 올려 들고 나온다. 하인들이 지나갈 때 우리는 숨을 죽이고, 큰 항아리들이 줄줄이 늘어선 돌담 앞의 풀밭 길을 조용히 지나쳐 간다.

꽃이 핀 배나무가 드문드문 있는 작은 언덕을 올라갈 때 나리 언니가 설명한다. "연화당은 정원과 들판, 호수 주위의 집 여러 채를 아우르는 넓은 주거지야. 우리가 혹시 헤어지게 되면 넌 지금 우리가 있는 곳에서 북동쪽 방향 별채를 찾아가야 해. 별채는 작은 연못 위쪽에 있는데, 배를 타거나 남쪽에 있는 다리를 건너야 닿을 수 있어. 거기가 네 혼을 보관해두는 곳일 거야. 거긴 사람들이 잘 찾지 않는데 오늘밤은 특히 더 그럴 거야. 오늘밤 연회는 누각을 중심으로 치러지니까."

연화당의 마당이 다 보이는 언덕에 오르자 나는 숨을 고르기 위해 걸음을 멈춘다.

아래에 웅장한 호수가 펼쳐져 있고, 호수는 거의 모든 길로 연결되어 있다. 어두운 물을 가로질러가면 한가운데 연꽃이 피어 있고, 작은 섬에 빛나는 누각이 자리하고 있다. 오늘밤 그곳에서 축하 연회가 열리는지 밝은색 옷을 입은 사람들이 거대한 돌기둥 사이로 움직이고, 음악과 웃음 소리가 위층 노대에서 들려온다. 누각으로 이어지는 다리는 두 개다. 서쪽 다리엔 가마꾼들이 메고 가는 가마가 네 대는 넘어 보이는 반면, 동쪽 다리에는 횃불도 켜져 있지 않다.

나는 오늘 사람들이 모이는 이유가 궁금했다. 일찍부터 대문에 서 있던 수문장들이 한 사람 한 사람 확인하고 들여보내던 것이 기억난다.

"모두 두 눈 똑똑히 보려고 여기에 오는 거야." 나리 언니가 내 시선을 따라가며 말한다. "해마다 이 세계의 큰 가문들이 용왕님과 용왕님의 신부를 잇던 끈이 끊겼는지 확인하러 모여. 용왕님이 잠들어 있는 동안 도시에서 주인 행세를 하려는 자들이 있거든." 언니가 대문을 지나 들어가는 장대한 두 행렬 쪽으로 고갯짓을 한다. 한 행렬은 빨강과 금색으로 단장했고 다른 행렬은 은색과 청색이다. "호랑이 가문과 학 가문의 군주들이야. 서로 더 야심찬 지도자로 명성을 날리고 싶은 거지. 용왕님이 너와 끈으로 이어져 있다가는 죽을 수도 있으니까 신 님은 끈을 끊었어. 용왕님을 보호한다는 명분으로 다른 가문들을 적어도 다음해까지 통제하려는 거야."

나리 언니가 호수에서 눈을 돌린다. "충분히 꾸물거렸어. 가자, 미나. 거의 다 왔어."

신은 용왕의 대전에서 진실을 얘기했던 거였다. 용왕의 자리에 다른 자를 앉히려는 이들로부터 용왕을 보호하기 위해 운명의 붉은 끈을 잘랐다. 누구나 그런 충성심에 경의를 표할 것이다. 내가 그런 검은 눈의 군주에게 환영받지 못했다는 생각에 가슴이 저린다.

호수를 등지고 돌아 언덕 반대편으로 내려간다. 나리 언니는 이미 숲속으로 사라졌다. 언니는 낮은 덤불 뒤에 웅크리고 앉아 누가 오는지 내다보고 있다.

"연못은 이 건물 바로 반대편에 있어." 젖은 풀밭에 빛을 쏟아내는 탁 트인 커다란 누각을 향해 언니가 고갯짓한다. 사람들이 상 앞에 앉아 있는 형체가 보인다. 왁자한 웃음소리와 도자기 잔이 부딪치는 소리가 들려오는 것으로 보아 술을 마시는 모양이다.

나는 누각 너머 수풀 쪽으로 시선을 돌린다. 저 나무들 뒤 어딘가에 연못과 별채와 내 목소리가 있다.

"어두우니 잘됐어." 나리 언니가 말한다. "너 먼저 가. 아무도 하인에게는 관심이 없을 거야. 준비됐지?"

나는 내 입 주위가 확실히 가려졌는지 확인해보고 길 위로 걸음을 옮긴다. 어둠 속에서 누각은 훤히 보이는데 안에 있는 사람들은 자기네들 놀이에만 열중한다. 볼에 연지가 그려진 하얀 각시탈을 쓴 광대가 마치 큰 파도에 휩쓸린 듯 상 주위를 돌아다니고 고수가 북을 친다.

나는 서둘러 누각을 지나 반대편 숲으로 움직인다. 나무들이 내 앞에 우뚝 솟아 있고, 울창한 덤불 사이로 작은 오솔길이 어둠 속으로 뻗어 있다. 그 모습에 나는 주춤하지만, 숨을 깊이 들이마시고, 달리기 위해 치맛자락을 꽉 쥔다.

"잠깐!"

아는 목소리다. 내 머릿속에 남은 몇 시간 전 한 장면이 불현듯 떠오른다. 곱슬머리. 비뚤어진 미소. 당신은 신부인가요? 아니면 새인가요?

남기다.

8장
잠입

나는 코와 입이 천으로 잘 가려졌는지 다시 확인하고, 나무까지의 거리를 가늠해본다. 남기가 다가오는 발소리가 들리고 자갈 하나가 그 앞에서 튀어 내 신발 뒤꿈치를 친다.

"술이 다 떨어졌어." 남기가 낮고 거친 목소리로 말한다. 틀림없이 날 하인으로 생각하는 모양이다. "술 한 병이나 두 병을 더……"

남기의 쾌활한 목소리가 갑자기 주춤한다. "왜 그쪽으로 가고 있는 거지? 거기에는 네가 할 일이 없을 텐데."

대답을 할 수가 없다. 목소리가 없으니까! 또 목소리가 있다손 치더라도 뭐라고 말하겠는가? 나는 살짝 고개 숙여 절하고 땅만 쳐다본다. 남기의 그림자가 거의 내 그림자에 닿는다. 속에서 욕이 나온다.

"남기 님!" 나리 언니가 크고 자신 있는 목소리로 외친다. "그애는 내버려두세요. 하릴없는 남기 님과 달리 할일 많은 애예요."

나는 잠시 움직이지도, 제대로 숨을 쉬지도 못한다. 그때 남기가 나리 언니 쪽으로 몸을 돌리며 껄껄 웃는다. "너의 가시 돋친 혀는 결코 실망시키는 법이 없다니까."

"넌 그만 가봐." 나리 언니가 여전히 단호한 목소리로 말한다. "남기 님이 술에 취해 횡설수설하는 말들은 신경쓰지 말고."

나는 나리 언니가 만들어준 틈을 타 가려던 길을 간다.

"내가 취했다고?" 나무 사이로 미끄러져들어갈 때 남기의 목소리가 들린다. "난 모르겠는데. 멀쩡할 때나 술 취했을 때나 세상은 똑같아 보여."

"그럼 확인해봐요." 나리 언니가 말재간을 부린다. "저랑 골패로 내기하실래요?"

누각을 뒤로하고 나는 숲속 더 깊이 들어간다. 그곳에서 멀어질수록 잘 빠져나왔다는 환희는 옅어진다. 눈앞의 길은 어둡고 구불구불하다. 하인들의 거처나 호수 옆 누각과 달리 여기는 나무가 너무 많다. 하늘을 뒤덮은 나뭇잎이 달빛을 가린다. 으스스한 침묵이 숲 전체에 깔리고, 나는 되돌아가고 싶은 유혹에 빠진다. 다시 사람의 목소리만 들을 수 있다면.

어릴 적 나는 우리 마을 뒤편 커다란 숲에서 길을 잃은 적이 있었다. 준 오빠와 나리 언니를 따라갔다가 여우에 정신이 팔려 길을 잃었다. 몇 시간을 헤매다 마침내 커다란 녹나무 뿌리 사이에서 쉴 곳을 찾았다. 나는 무릎을 가슴까지 올리고 웅크리고 앉아 서럽게 울었다. 숲에서 영원히 길을 잃으면 어쩌나, 도깨비에게 잡아먹히면 어쩌나 두려웠다.

결국 어떻게 숲을 빠져나왔는지는 기억나지 않는다. 누가 나를 찾아냈는지, 아니면 스스로 길을 찾아 나왔는지. 그때 나는 대여섯 살은 되었을 텐데도 그 기억은 안개 속에 가려져 있다. 마치 내 마음이 더 큰 아픔으로부터 나를 보호하려는 듯이. 내가 기억하는 거라고는 두려움뿐이다.

어둠에 싸인 나무들 사이에서 불빛이 깜박인다. 나는 조금 안도하며 숲 가장자리에 이를 때까지 불빛을 따라간다. 나리 언니가 묘사한 대로 연못 한가운데 떠 있는 섬에 별채가 있고, 좁은 나무다리를 건너야만 다다를 수 있다. 천천히 다리를 건너는 한 사람이 든 등불에서 깜박이는 빛이 새어나온다. 나는 바로 등불의 주인을 알아본다. 행운의 여신이 오늘밤 나를 비웃고 있는 게 틀림없다.

기린이 가까워지자 나는 나무 뒤로 숨는다. 나리 언니처럼 무장한 여자가 어둠 속에 녹아 있다 그에게 다가서자 나는 간이 떨어질 뻔한다.

여자가 고개를 숙인다. "기린 님."

기린은 품위 있게 고개를 숙여 그녀의 인사에 답한다. "새로 보고할 게 있나?"

"손님들을 모두 몸수색했습니다. 여우 가문의 여사제들에게서 몇 가지 호신용 무기를 발견한 것 말고 주목할 만한 건 없었습니다. 신님의 명령에 따라 여사제들이 무기를 소지하도록 두었습니다. 손님

대부분은 투덜거렸지만 몸수색에 협조적이었습니다. 하지만 호랑이 가문과 학 가문의 군주들은…… 어려웠습니다. 큰 소리로 항의하며 연꽃 가문이 손님을 무시한다고 비난했습니다."

기린이 으르렁거린다. "그런 건방진 태도는 용납할 수 없어. 신 님 이 관대하시기에 망정이지……"

호위 무사가 별 반응이 없자 기린이 묻는다. "뭔데? 더 보고할 게 있나?"

호위 무사가 망설이다 말한다. "손님들 사이에 용왕님의 힘이 쇠 하면서 신 님의 힘도 약해지고 있다는 소문이 돌고 있습니다. 일 년 전쯤 신 님이 시키 님에게 지고, 둘의 우정은 돌이킬 수 없이 깨져버 렸잖습니까. 그렇게 강직하고 힘센 동맹자가 없으면 이제 신 님이 이 도시를 수호할 수 없다고들 믿을 겁니다. 그리고 용왕님은 신 님이 보호하지 않으면……"

두 사람이 나무에서 멀어지면서 목소리가 잘 들리지 않는다. 두 사 람의 대화를 더 듣고 싶어 땅바닥 가까이 몸을 숙인 채 따라간다. 하 지만 내가 따라잡았을 때는 기린의 우울한 목소리만 들려올 뿐이다.

"다들 정신 바짝 차리라고 전해. 나는 학이나 호랑이가 오늘밤 문 제를 일으키는 걸 두고 보지만은 않을 거야."

호위 무사가 고개를 숙이고 뒤로 물러선다. "알겠습니다. 기린 님." 그녀는 등장의 역순으로 어둠 속으로 스르르 녹아들며 내 눈앞 에서 사라진다.

다시 혼자가 된 기린이 한숨을 쉬며 연못 쪽으로 시선을 돌린다.

왜가리 한 마리가 수련에 날개 끝을 스치며 물위를 날아간다. 그가 혼잣말을 한다. "용왕님을 지켜드리는 게 참으로 어렵군요. 당신이라 할지라도요, 신 님."

나는 뒤로 물러서다 나뭇가지를 밟는다. 순간 기린이 고개를 돌리고, 나는 어리숙한 행동을 자책하며 몸을 휙 숙인다. 나뭇잎 사이로 숲을 빤히 들여다보는 기린의 모습이 보인다. 잠깐 동안 기린의 눈은 타오를 듯 밝고 이글거리는 은빛을 띤다. 그때 다람쥐 한 마리가 수풀에서 뛰어와 나무를 타고 쪼르르 올라간다. 그사이 기린의 눈은 색을 되찾아 갈색빛이다.

기린은 호위 무사가 갔던 호수 쪽 길로 천천히 내려간다. 그가 시야에서 사라지자 나는 나무들 사이에서 빠져나와 다리를 건넌다.

마음속 깊은 곳에서 느끼는 꺼림칙한 기분은 아마도 내가 신을 잘못 판단했기 때문일 것이다. 나는 아직 이 세계의 문제를 완전히 이해하지는 못하지만 왠지 내 고향이 떠오른다. 통치자가 나약하면 호전적인 장군들이 분란을 일으키고, 작은 일로도 많은 피를 흘린다. 여기도 똑같은 모양이다. 용왕이 없으니 여러 군주들이 틈을 비집고 자기들 좋을 대로 균형을 깨뜨리려는 것이다.

신은 홀로 그 기류를 바로잡으려고 애쓰고 있다. 우리 마을 사람들처럼. 나처럼.

나는 딴생각을 하려고 애쓰며 고개를 젓는다. 그에게 공감하든 말든 나는 내 일을 해야 한다. 먼저 내 혼부터 되찾아야 한다.

별채는 어둠에 휩싸여 있다. 나리 언니가 그토록 확신에 차 이곳에 까치가 있다고 하지 않았다면, 나는 이렇게 방치된 곳이 아니라 경비가 더 삼엄한 곳을 찾았을 것이다. 문을 열자 내 뒤의 달빛이 밀려들어와 나무 바닥을 비춘다. 좁은 회랑 양쪽에 방들이 있고, 구름의 그림자가 두꺼운 벽을 가로질러 움직인다.

내가 등뒤로 문을 닫자마자 회랑 저편에 있는 문 하나가 갑자기 열린다. 나는 얼른 구석으로 가 그림자 속에 숨는다. 검은 옷을 입은 두 사람이 회랑을 지난다. 그들이 반대편 문으로 사라지기 전 잠깐 몰래 훔쳐본다. 덩치가 있는 사람은 허리에 검을 차고 있고 족제비같이 마른 사람은 어깨에 커다란 석궁을 메고 있다. 도둑들인가?

얼마나 모순적인가. 그들은 신이 내게서 훔친 것을 다시 훔치러 온 것이다. 어느 이야기에서나 까치는 도둑을 향해 울지 않던가.

오늘밤은 예외다.

위층으로 가는 계단은 오른쪽에 있다. 나는 소리를 내지 않으려 조심하며 재빨리 계단을 오른다. 계단 끝에 또다른 좁은 회랑이 있고 이 회랑은 아래층 회랑보다 짧다. 문은 단 하나다. 문 안쪽에서 안절부절못하는 날갯짓소리가 들린다. 까치다! 나는 문을 옆으로 밀어 열고 안으로 들어가 닫는다.

열심히 방안을 훑어보지만 여기에 까치는 없다. 내 심장이 쿵 하고 내려앉는다. 내가 들은 건 창호지 사이로 불어대는 차가운 바람소리였다. 방에는 가구가 거의 없다. 낮은 시렁 하나가 문 반대편 창문 아래 놓여 있다. 오른쪽 벽에는 오래된 옷장이 있고 왼쪽에는 병풍 하나만이 있을 뿐이다.

까치가 여기 없다면 아래층 방들 중 하나에 있을 것이다. 하지만 도둑들을 어떻게 피하지?

그때 바깥쪽 회랑에서 발소리가 다가온다. 나는 손을 뻗어 은장도 손잡이를 잡는다. 그리고 문이 열리는 순간 서둘러 병풍 뒤에 숨어 바짝 웅크린다.

9장
재회

누군가 촛불을 들고 방으로 들어온다. 그의 그림자가 병풍 위에 드리워진다. 침입자의 그림자로 보건대 내가 아래에서 본 두 남자는 아니다. 그림자에는 등이 이상하게 툭 튀어나와 있다.

갑자기 그림자가 길어지더니 날개를 펼친다. 천사처럼. 어쩌면 악마일지도 모르지만. 나는 벽에 등을 기댄다. 그때 정적을 깨뜨리는 소리가 들린다. 까치의 잔잔한 울음소리.

신.

그는 소리 없이 방을 가로질러와 새장을 어깨에서 미끄러뜨리더니 낮은 시렁 위에 놓는다. 오늘밤 행운의 여신이 이렇게까지 장난을 칠 줄이야! 처음에는 남기, 그다음에는 기린, 지금은 신이다.

새장과 너무 가까워서 까치가 날개를 퍼덕일 때마다 내 심장이 쿵

쾅거린다.

신의 그림자가 다시 방을 가로지른다. 그가 까치만 두고 떠난다! 승리가 눈앞이다.

그 순간, 신은 뭔가를 눈치챈 듯 걸음을 멈춘다. 나는 무엇이 그의 관심을 끌었을까 생각하며 머리를 쥐어짠다. 방에 들어와서 아무것도 만지지 않았다. 혹시 바닥에 발자국을 남겼나?

신이 촛불을 불어 끈다. 연기와 매화꽃 향이 훈훈하게 공기를 채운다.

심장이 빠르게 뛰고 침묵은 끝없이 이어진다. 나는 더이상 참을 수 없어 병풍 밖을 내다본다. 신은 사라지고 없다. 방이 전처럼 비어 있다.

아니, 다른 점이 하나 있다. 지금은 낮은 시렁에 새장이 놓여 있다. 까치가 내 존재에 신이 나 이리저리 날개를 움직인다. 지금은 주저할 때가 아니다. 재빨리 방을 가로질러 새장으로 손을 뻗는다.

"도둑이 있을 줄 알았지."

몸을 휙 돌리자 신이 문에 기대어 있다. 목욕을 했는지 살짝 젖은 검은 머리카락을 뒤로 넘긴 채다. 내가 마지막으로 본 모습과 달리 옷깃에 은실로 연꽃을 수놓은 검은 비단옷을 입고 있다. 허리에는 검을 차고.

"인상적이야." 신은 나를 반쯤 뜬 눈으로 바라보며 말한다. "여기까지 오다니 운이 좋군."

"웃기시네. 밤새 운이 따르지 않은 것 같은데."

신이 이마를 찌푸린다. "여기선 당신 입술을 읽을 수 없어. 뭐라는지 모르겠어."

"당신이 들을 수 없다고 해서 내가 말하지 않은 건 아니죠."

신이 몸을 곧게 펴고 문지방을 넘어온다. "지금껏 이토록 많은 문제를 일으킨 신부는 없었던 것 같은데."

"헤리 언니는요? 들은 바로는 당신은 헤리 언니 때문에 싸움에서 졌다던데요. 인간 때문에 좌절당했으니 자존심이 상하지 않았나요?"

신의 눈이 가늘어진다. "여전히 말을 하고 있군."

"내 말을 못 듣는 건 당신 잘못이죠. 어쨌든 이 편이 더 나아요. 내가 하는 말을 알아들으면 기분 나쁠 테니."

신이 방을 가로질러 내 앞의 달빛 속으로 들어온다. 우리의 키 차이가 실감나 조금 짜증이 난다. 내 눈높이에서 보이는 것은 그의 옷깃에 정교하게 수놓인 연꽃이다. 너무 가까워서 나는 맥박에 따라 꾸준히 움직이는 그의 목젖을 볼 수 있다. 그의 옷에서는 꿀풀, 박하, 백단 향이 섞인 신선한 향기가 느껴진다.

"당신 죄를 말해봐. 이제 똑똑히 볼 수 있으니까."

신이 너무 가까이 있어서 뺨이 확 붉어진다. 나는 이를 악물고 턱을 들어올린다.

"진짜 도둑은 당신이잖아요."

신이 내 입술을 읽어내느라 잠시 침묵이 흐른다. 그다음 이어진 그의 말이 너무 나직해서 나는 귀를 쫑긋 세운다. "당신이 그렇게 쉽게 포기하지 않으리란 것을 알았어야 했는데." 신의 눈길이 내 어깨를 넘어 새장을 향한다.

나는 다음에 일어날 일을 안다. 용궁에서처럼 연화당에서도 쫓겨나고 내 혼을 되찾을 모든 기회도 함께 사라질 것이다. 나는 앞으로 한 발 내디디며 그의 시선을 다시 내 쪽으로 끈다.

"내가 당신을 도울게요."

처음에 그를 잘못 판단했다는 것을 이제 인정할 수 있다. 용왕을 도우려는 그의 행동을 오해했다. 나 역시 용왕을 도우려 한다는 걸 이해시킬 수 있다면, 우리는 동맹자가 될 수 있을 것이다. 그의 거대한 가문과 연꽃 가문 가신들의 충성심이라면, 그는 나의 아주 강력한 동맹자가 될 수 있을 것이다.

신은 내 입술에서 시선을 옮겨 눈을 바라본다. "당신은 날 도울 수 없어."

나는 숨을 들이마신다. "도둑이 있는 게 맞아요." 신이 내 입술을 읽는다. 내 말을 이해했는지 그의 눈살이 찌푸려진다. "아래층 방들 중 하나에 도둑 둘이 들어가는 걸 봤어요. 한 명은 몸집이 커서 곰 같아요. 또 한 명은 작지만…… 더 위험해 보여요. 아마도 그들은 당신이 훔친 것 때문에 당신을 해치러 온 것 같아요. 당신이 내게서 훔친 것 때문에 내가 당신을 해치고 싶듯이 말이에요." 나는 이 마지막 말을 덧붙이지 않을 수 없다.

"왜 내가 당신 말을 믿어야 하지?"

회랑 쪽에서 끽 하는 소리가 들린다.

"나도 나중에 당신의 도움이 필요할 테니까요."

그의 눈이 내 입술을 떠나 내 눈을 응시한다.

조용해서 거의 들리지 않지만 발소리가 가까워진다. 발소리로 짐작건대 둘 이상이다. 이제는 내가 그의 입술을 읽을 차례다.

숨어, 그가 병풍을 향해 고개를 까딱하며 입 모양으로 말한다. 나는 병풍 뒤에 몸을 숨기고 웅크린다.

문이 쾅하고 열린다.

적들이 거친 발소리를 내며 신을 에워싸고 몰려온다. 나는 병풍이 벽으로 밀쳐질 때마다 더 뒤로 물러난다. 무릎에 병풍이 닿는다. 무거운 침묵이 흐르고 긴장감이 감돈다.

신이 검을 뽑자 스르르 쇳소리가 난다. 고함소리가 들리고 도둑들이 쓰러진다. 방 전체가 혼돈에 휩싸인다. 쇠와 쇠가 맞부딪는다. 낮게 신음하는 소리와 비명이 사방에 울린다. 나는 계속 숨어 있어야 하는지 싸움에 끼어들어야 하는지 알 수 없어 은장도를 붙잡고만 있다. 신의 목소리와 나머지 사람들의 목소리가 분간되지 않는다. 만약 그가 다친다면, 그에게 내 도움이 필요하다면. 뭔가 커다란 것이 엎어져 쿵 하고 바닥에 부딪힌다. 옷장이다. 화선지 위의 먹물처럼 피가 병풍에 번진다.

까치가 불안한 울음소리를 낸다. 나는 일어나 병풍 밖으로 한 걸음 걸어나간다.

바닥에는 십수 명의 남자들이 여기저기 흩어져 있다. 두 침입자만이 서서 신을 마주보고 있다. 둘 중 하나는 아까 본 곰 같은 남자다.

"신 님!" 그가 어깨에 난 상처를 한 손으로 누르며 소리친다. "당신은 나약하고 은혜도 모르는 주인을 섬기고 있습니다. 당신의 힘을 우리 주인님에게 빌려주신다면 큰 보답을 받으실 겁니다."

신은 검을 옆으로 든 채 창가에 서 있다. 그렇게 불리한 싸움을 한 뒤인데도 등을 곧게 펴고 무표정한 얼굴로 평정을 유지한다. 그때 그의 팔목에서 피가 떨어진다. 다친 것이다. "그러는 넌 누구를 섬기는 거냐?" 신이 낮은 목소리로 묻는다.

곰이 막 대답할 기세인데 그의 동료가 가로막는다. "멍청하게 굴지 마! 지금 우리 주인님을 알아내려는 거잖아. 그런 다음 바로 우릴 죽일 거야. 해야 하는 일에만 신경써. 우리 목적은 저 새야."

나는 얼굴을 찌푸린다. 왜 내 혼을 쫓는 거지?

신의 눈이 내가 선 곳으로 향한다. 비록 두 남자는 알아차리지 못하지만. 곰 같은 남자가 포효하며 앞으로 돌진한다. 신이 몸을 뒤로 젖히고, 검이 목을 스쳐지나간다. 신은 전광석화처럼 움직여 다른 도둑의 어깨를 잡고 배를 찌르고, 도둑은 바닥으로 쓰러진다. 곰 같은 남자는 혼비백산해 검을 떨어뜨리고 문으로 달려간다.

그가 문지방을 넘을 때, 그림자에 가려진 방구석의 무언가를 달빛이 반짝하고 비춘다. 석궁을 멘 족제비처럼 생긴 남자다. 정신이 없어 그를 깜박하고 있었다.

그가 신의 가슴을 겨누고 은빛 화살을 쏜다.

머뭇거릴 새가 없다. 방을 가로질러 달려간다. 순식간에 모든 일이 일어난다. 나는 신과 부딪친다. 석궁을 떠난 화살이 우리 머리를 스쳐지나가 창에 박힌다. 계획이 실패하자 족제비 같은 남자가 방에서 달아난다. 신과 나는 같이 넘어지면서 낮은 시렁에 부딪힌다. 새장이 가장자리에서 흔들리다가 떨어진다.

새장이 바닥에 떨어져 깨지고 새가 달아나려던 순간, 시간이 우뚝 멈춘 듯하다. 까치가 붉은 날개 끝을 퍼덕이며 날카로운 소리를 내지르는 순간 빛이 폭발한다.

나는 광휘에 움찔한다. 불빛 뒤의 어둠에 눈이 멀고, 새의 울음소리 뒤의 고요로 귀가 먹먹하다.

그때 소리를 듣는다.

나의 숨소리. 무겁고 할딱거리는.

그리고 본다.

내 손과 신의 손 사이에 붉은 끈이 이어져 있는 것을.

운명의 붉은 끈.

신과 나의 눈이 마주친다.

"아, 안 돼."

내 목소리가 풍경소리처럼 또렷하게 울린다.

10장
운명의 붉은 끈

신도 나도 우리 사이에 연결된 운명의 붉은 끈을 보며 움직이지 않는다. 이윽고 신이 먼저 움직인다. 그가 검을 들어 끈을 내려친다. 검이 끈을 통과해 나무 바닥에 부딪힌다. 그가 곤혹스러운 눈빛으로 나를 본다. 내가 은장도를 꺼내 끈을 올려 쳐 잘라본다. 소용없다. 운명의 붉은 끈은 멀쩡히 빛무리를 이루며 아련하고도 생기 있게 빛난다.

"어떻게 이럴 수 있지?" 신의 말은 혼잣말에 가깝다.

나는 새장이었던 나뭇조각들을 밟으며 허둥지둥 일어선다. "당신이 까치가 내 혼이라고 했었잖아요…… 혼이 내게로 돌아오면서 당신의 혼과 엉켜버렸나봐요." 내가 생각해낼 수 있는 유일한 가설이다.

신이 고개를 흔든다. "그건 불가능해."

나는 여전히 바닥에 앉아 있는 신에게 손을 내민다.

내 말을 믿지 않는지, 그는 눈살을 찌푸린다. "지금 뭐 하는 거지?"

"우리 손이 닿으면, 운명의 붉은 끈이 제자리로 돌아가 사라질지도 몰라요. 우리의 혼도 되돌아올 테고요."

신이 얼굴을 찡그린다. "그럴 리가…… 없어."

나는 발을 구른다. "뭐라도 해봐야죠. 내가 용왕님에게 손을 뻗었을 때 잠깐 동안 끈이 정말로 사라졌단 말이에요. 설마, 두려운 건 아니죠?"

의도한 대로 그의 달라진 표정에 나는 조금 우쭐하며 미소를 짓는다. 하지만 그때 신이 내 손을 잡으려고 움직이자, 용왕과 있었을 때처럼 불현듯 내가 그의 기억 속으로 들어갈 수 있지 않을까 싶은 생각이 든다. 혹은 그가 내 기억 속으로 들어올 수도 있지 않을까?

반으로 찢어진 종이배. 울고 있는 새언니. 쉼없이 달려나가는 내 뒤로 내 이름을 소리쳐 부르시던 할머니.

신이 내 손을 꽉 잡는다. 그의 손은 건조하고 따뜻하다.

아무 일도 일어나지 않는다. 나는 내 계획이 얼마나 실없는지 깨닫는다. 부끄러움에 몸을 빼려고 하지만 그가 놓지 않는다. 나는 눈살을 찌푸린다. "뭐 하고 있는……"

그가 나를 앞으로 끌어당겨 하마터면 바닥에 쓰러질 뻔한다. 그가 다른 손으로 재빠르게 내 머리를 받친다. 나는 깜짝 놀라 천장을 보며 잠시 눈을 깜박인다. 그때 그가 천천히 내 손을 잡아 깍지를 끼더니 손바닥을 꽉 누른다. 타오르는 별을 쥔 듯, 운명의 붉은 끈에서 불꽃이 튄다. 고개를 들어 끈을 보려는데 신의 검은 눈에 놀란 내 얼굴이 비친다.

"그러니까……" 그가 신중하게 말을 고른다. "당신의 혼이 돌아왔다는 건가?"

신이 날 놀리고 있다는 걸 알면서도 내 심장은 여전히 두근거린다. 그가 내 손을 놓는 순간 남기가 검을 들고 방으로 뛰어들어온다.

"신 님!" 남기가 소리친다. "소동이 있다고 들었는데……" 남기는 바닥에 앉은 신과 나를 주시하며 말을 줄인다. 그리고 검을 내리며 말한다. "이건 예상 못했는데."

신이 남기의 말을 무시하고 일어난다. 그는 방을 돌아다니며 쓰러진 도둑들을 살피고, 몸을 숙이자 운명의 붉은 끈이 길게 늘어난다. "이자들의 옷에는 휘장이 없어."

"누가 감히 연꽃 가문을 공격했을까요?" 남기가 큰 소리로 말한다. "제게 말씀해주세요. 다 잡아다 팔다리를 잘라놓을게요. 놈들이 가진 거라면 집과 자식, 가축도 다 처리해버리고……"

내가 그의 말에 끼어든다. "여태껏 어디에 있었나요? 설마 술이나 진탕 마시고 있었던 건 아니겠죠."

"아." 남기가 나를 가리킨다. "목소리가 돌아왔네요."

순간 웅크리고 있던 신이 고개를 든다. "남기, 이거 안 보이나?"

남기가 옆으로 고개를 돌린다. "뭐 말이에요?"

붉고 빛나는 끈이 펄럭인다. 틀림없이.

내가 신을 향해 돌아선다. "남기에게 안 보인다는 건 무슨 의미죠?"

신이 얼굴을 찡그린다. "좋은 일은 아니지."

우리 뒤에서 타닥, 펑 하는 소리가 들린다. 도둑들의 몸이 연기만 남긴 채 사라지기 시작한다. 몇 분 후 남은 것은 주인 없는 옷가지와 버려진 무기뿐이다. 심지어 병풍 위의 피도 사라져 있다.

"어디로 간 거예요?" 내가 묻는다.

"혼령들의 강으로 돌아간 거야." 신이 말한다. "그들의 두번째 삶이 끝난 거지."

"그들의 마지막 삶이죠." 남기가 덧붙인다. "이제 더이상 돌아오지 못해요."

몸이 떨린다. 죽음이 무엇인지 모르는 건 아니지만, 죽음을 목격하는 일은 절대 익숙해지지 않는다.

신이 바닥에서 집어든 검을 검집에 넣는다. "서둘러 누각에 가는 게 좋겠군. 거의 자정이 다 됐어."

신은 깨진 창문 쪽을 바라본다. 밤이 깊다. 공기 중에 유황 같은 새로운 향이 난다.

"이 아가씨는요?" 남기가 내 쪽을 힐끗 보며 말한다.

"우리랑 같이 갈 거야."

이 말에 남기는 눈살을 찌푸리지만 굳이 다시 묻지는 않는다.

별채를 나서니 한때 따뜻했던 여름밤은 이제 덥고 건조하다.

남기가 신을 따라가며 넓은 소매를 걷어올리자, 팔에 새겨진 복잡한 무늬의 문신이 드러난다. "혼에 대한 건 어떻게 하실 건가요?" 남기가 나를 힐끗거리며 묻는다. "모두가 혼을 가져왔다는 증거를 기대하고 있을 텐데요."

"방법을 찾아야지." 신은 그렇게 말하고 발을 성큼 내딛는다.

우리는 아까 기린이 갔던 쪽의 푸른 들판을 가로지른다. 고개를 들어 별을 보려 하지만 하늘은 검고 불길한 구름으로 뒤덮여 있다. 매캐한 연기 냄새가 나는 걸 보니 어디에선가 불이 난 모양이다.

남기가 나에게 맞춰 걸음을 늦춘다. 칼자루를 쥔 채 하늘을 올려다본다. 침울하고 걱정스러운 얼굴이다.

"아까 말한 거요." 내가 말한다. "내 혼이 증거로 쓰인다는 게 무슨 말이에요?"

"아, 그건 말이죠. 해마다 열리는 제사 의식의 일부예요. 왜 온갖 기회주의적인 혼령들이 연화당에 와서 좋은 술을 축내고 있겠어요. 운명의 붉은 끈이 끊어졌다는 것을 확인시켜주면, 내년까지 어느 정도 평화를 보장해주겠다는 거죠. 그 증거는 신부의 혼, 즉 아가씨의 혼이고요. 그런데 그 혼이 사라져버렸으니 우리가 뭘 할 수 있을지 모르겠네요." 남기는 태평하게 칼로 턱을 긁는다.

"이 의식은 얼마나 오래되었나요?" 내가 묻는다.

"확실한 건 모른답니다. 하지만 아가씨가 백번째 신부라면 그만큼은 오래되었다는 거겠죠. 혼령들과 신들이 영원히 살 수 있는 용왕님의 나라에서는 뭐든 좀 흐릿해요. 매일매일이 아주 비슷해서요. 그렇게 반복되는 백 년 동안, 신 님은 힝싱 용왕님을 지켜왔어요. 연꽃 가문의 수장으로서 용왕님을 섬기는 것이 그의 의무죠. 신 님은 막중한 책임감을 느끼고 있을 거예요."

하지만 용왕을 지키는 확실한 방법은 용왕의 신부가 저주를 끊도록 하는 게 아닌가? 왜 신부를 돕지 않는 거지? 나는 이런 의문을 꿀꺽 삼킨다. 지금은 때가 아니다.

아까 보았던, 불이 켜져 있지 않은 동쪽 다리를 건너 호수의 누각 쪽으로 신이 우리를 이끈다. 밝은 실내는 과일과 다채로운 떡으로 가득한 상과 비단 방석에 앉아 있는 사람들로 가득차 있다. 나는 누각 양쪽에 세워둔 깃발의 문장으로 호랑이 가문과 학 가문의 군주가 누구인지 바로 알아본다.

우리가 도착하자 음악이 멈춘다. 기린이 다가온다. 속내를 알 수 없는 연한 색의 눈으로 나를 먼저 훑어본 뒤 신을 본다.

"그들이 와 있습니다." 기린이 말한다.

처음에 나는 그가 호랑이 가문과 학 가문의 군주에 대해 말하는 줄 알았다. 하지만 곧 누각의 모든 이들이 호수 위 하늘을 바라보고 있는 걸 눈치챈다.

폭풍우가 몰고 온 유황냄새가 더욱 뚜렷해진다. 손님들이 비단 천을 입까지 들어올린다. 견디기 힘들 만큼 열기가 짙어지고, 공기는 건조해진다. 델 듯한 뜨거운 바람이 땅까지 낮게 밀려오자 운명의 붉은 끈이 한쪽으로 휩쓸린다. 어둠 속에서 거대한 열기가 부풀어오르며 하늘이 뒤틀리기 시작한다.

소란 탓에 처음에는 분간할 수 없었지만, 무언가 모습을 드러내기 시작한다. 용만큼이나 거대하지만 뿔이나 다리는 없는, 진홍색, 남색, 검은색 뱀 같은 생명체가 하늘을 누빈다.

"이무기." 기린이 으르렁거린다.

할머니의 이야기 속에 강만큼 크거나, 밤을 삼켜버릴 만큼 무리 지어 출몰하는 그런 동물에 관한 내용은 없었다.

누군가 내 어깨를 누른다. "여기 있어." 신이 나를 기린 쪽으로 가 볍게 밀며 말한다. "남기는 날 따라오고." 신이 고개를 돌리자 기린 이 미간을 찡그린다. 밝게 빛나는 끈에 시선을 두지는 않는다. 남기 처럼 기린도 끈을 보지 못하는 거다.

신과 남기가 불이 환히 켜진 서쪽 다리와 이어지는 누각 입구로 이동하자 사람들이 물러선다.

하늘에 있는 이무기들이 하나씩 누각 앞 호수로 내려온다. 그들이 내려오며 일으킨 바람 때문에 다리 위 등불은 모두 꺼지고 누각의 불 빛만 남는다. 요란한 굉음이 들리고 호수의 물이 매끄러운 나무 바닥 까지 튄다. 몇몇 손님들이 비명을 지르자 옆 사람이 재빨리 그들의 입을 막는다. 이어진 침묵 속에서 모든 사람의 눈이 다리 끝과 누각 이 만나는 곳으로 향한다. 머릿속에서, 뱀같이 생긴 용이 아가리를 벌리고 눈에서 불길이 이는 섬뜩한 모습을 그려본다.

어둠이 물결친다. 가장 가까운 곳에 서 있는 사람들이 공포에 질 려 흩어진다. 나는 숨을 참는다.

한 남자가 다리에서 내려오고 다른 두 남자가 바짝 뒤따른다. 그들 은 키가 크고 몸이 다부지며 머리카락과 눈은 검은데, 외모가 왠지 친숙하다. 군중을 헤치며 조용하고 빠르게 움직여 누각까지 온다. 그들 뒤로 보이는 호수는 텅 비어 있고, 뱀 같은 동물의 흔적은 없다. 하지만 이 사람들이 가까이 오는 걸 보자, 나는 거대한 짐승들이 사라지지 않았다는 뚜렷한 느낌을 받는다. 그들이 우리 사이로 걸어온다.

그들 중 첫번째 사람이 묵례하며 신에게 다가온다. "신 님."

"류기."

"우리는 달과 기억의 여신의 명으로 왔습니다. 신부의 혼은 어디 있습니까?"

신이 잠깐 머뭇거리더니 누각에 다 들리도록 말한다. "혼은 없다."

군중이 웅성거리는 소리가 들린다. 곁눈으로 힐끗 보니 학 가문의 키 큰 군주가 몸을 숙여 다부진 호랑이 가문 군주의 귀에 대고 뭔가를 속삭인다.

류기가 얼굴을 찌푸린다. "믿을 수가 없어요. 항상 혼을 가지고 오지 않았습니까." 그는 눈을 가늘게 뜨고 모인 사람을 훑어본다. "당신이 신부를 데리고 있나보군요. 신부는 어디 있나요?"

신의 눈이 운명의 붉은 끈을 빠르게 훑고 지나간다. 지금까지 우리 말고는 아무도 그 끈을 보지 못하는 것이 분명하다. "내가 너에게 다 설명할 의무는 없지."

류기가 씩씩거리며 한 발 다가온다. "뭐라고요? 달과 기억의 여신을 거역하는 겁니까?"

나는 달과 기억의 여신을 기억해내려고 애쓰지만, 세상의 신과 여신 대부분을 잘 알고 있는 내게도 그 여신은 생소하다.

다만 강한 수하를 둔 걸 보니 강력한 여신임에는 틀림없다.

신이 즉시 답하지 않자 류기는 화가 난 듯 콧구멍을 벌름거린다. 붉은 눈이 이글거리는 것 같다. "여신께서 대답을 원하실 겁니다, 신님."

"그분은 내가 섬기는 여신이 아니야." 신이 냉담하게 말한다.

류기 뒤에 선 두 남자가 즉시 이를 드러내며 칼자루에 손을 뻗는다. 남기가 그들의 행동을 그대로 따라 하며 허리춤에서 단검을 빼어 들고 사납게 웃는다.

기린이 침착한 목소리로 끼어든다. "피를 흘릴 필요는 없습니다. 용왕님의 신부는 여기 있습니다." 기린이 나를 밀자 나는 비틀거리며 앞으로 나간다.

뜰에 있던 모든 사람이 지켜보는 가운데 짧은 침묵이 흐른다. 그때 류기가 기린에게 으르렁댄다. "은족 애송아, 감히 날 조롱하는 거냐? 저 계집애가 신부라는 말을 믿는다면 내 눈이 삔 거겠지!"

류기의 말에 군중 속에서 불안한 웃음이 터져나온다.

"만약 내 말이 의심스러우면, 너의 여신에게 데려가봐. 여신이라면 이 아가씨가 인간이고 혼이 있다는 걸 알아보실 테니."

기린의 말에 낮고 묵직한 목소리가 끼어든다. 호랑이 가문의 군주가 제자리에 서서 말한다. "그러다 여신이 저 소녀를 죽이고 스스로 권력을 잡으면 어떻게 하지?"

"만약 그녀가 신부라면 운명의 붉은 끈은 어디에 있는 겁니까?" 나를 날카롭고 지저인 눈으로 조심스럽게 지켜보던 한 가문의 군주가 묻는다.

"이상한 일이 잇따르더니 신부와 용왕님을 이어주던 끈이 끊어졌습니다. 그리고 그녀의 혼이 다시 돌아갔어요." 남기가 말한다. "가장 이상한 일은 삼십 분 전에 일어났습니다. 누군가 도둑을 보내 신부의 혼을 훔치려다 실패했죠. 보낸 사람이 아직 밝혀지지 않았지만 누가 우리를 배신했는지에 대한 의견을 말씀해주신다면, 군주님들, 귀기울여 듣겠습니다."

이 엄포는 효과가 있다. 유 군주와 범 군주 둘 다 한 발 물러서며 더이상 논쟁을 하지 않으려 한다.

"신 님은 충성스러운 분입니다." 기린은 막힘없이 말을 이어간다. "용왕님과 신부가 붉은 끈으로 이어져 있다면, 절대로 그녀를 데려가게 두지 않을 겁니다."

류기가 몰아세운다. "우리가 저 소녀를 데려가겠습니다. 하지만 만약 우리에게 한 말이 거짓이라면, 여신의 분노가 당신들 모두에게 돌아갈 겁니다." 류기가 내 쪽으로 고개를 까딱하자 그의 심복 중 하나가 다가온다.

나는 고조할머니의 은장도를 손에 쥔다. 어쨌든 그들에게 끌려가면 혼을 빼앗긴 것보다 더 큰 문제가 일어날 것이다. 내가 잘 모르는 강력한 여신. 할머니는 가장 위험한 신은 잊힌 신이라고 자주 말씀하셨다.

심복이 내게 손을 뻗기 직전에 신이 앞을 막아선다. "기린의 선의와 상관없이 그는 날 대변하지 못한다."

기린이 고개를 숙이고 뒤로 물러나 입을 앙다문다.

류기가 조바심이 나는 듯 눈을 가늘게 뜬다. "저 소녀의 혼이 본인에게 돌아갔다면, 우리가 용왕님의 신부를 데려가는 걸 막을 수는 없습니다."

"그녀는 용왕님의 신부가 아니다."

신의 말에 류기가 으르듯 말한다. "지금 장난하는 겁니까, 신 님? 내 인내심이 바닥나고 있어요. 내게 신부를 주지 않으면……"

"그녀는 나의 신부다."

모두의 말문이 막힌다. 기린이 충격을 받아 고개를 든다. 남기가 신 뒤에서 씩 웃는다.

류기가 눈을 깜박인다. "신 님, 이해가 안 됩니다만."

"너희 여신에게 내가 신부를 맞는다고 전해라. 미나 아가씨를 만나고 싶거든 문안 오거나 혼례까지 기다리라고. 내 신부는 나와 함께 가장 안전한 곳에 머무를 것이다. 어쨌든 그녀는 인간이니까."

"혼례요?" 내가 속삭인다.

신의 조심스러운 눈길이 내 눈길과 마주친다. "이달 말에." 그는 눈으로 뭔가를 말하려고 애쓴다. 나는 잠시 알아듣지 못하다 도둑들이 내 혼을 훔치러 왔을 때 신에게 했던 말을 떠올린다. 내가 당신을 도울게요. 아마도 이것이 그가 내 제안을 수락하는 방식일 터.

류기가 따지고 든다. "당신 머리가 어떻게 된 겁니까?"

"내 생각에는." 남기가 말한다. "어떻게 된 건 신 님의 심장이야."

남기가 류기의 정신을 산만하게 만드는 데 성공한다. 류기가 거의 기쁜 듯 악의에 찬 표정으로 남기를 바라본다. "이야, 동생. 아까 검을 먼저 뽑던데. 피를 흘리고 싶어 죽겠나보지?"

동생? 나는 남기와 류기, 그의 부하들을 번갈아 본다. 그러고 보니 그들이 누각으로 들어올 때 어딘가 낯익다고 생각했다. 류기가 남기와 얼굴을 마주하고 있으니 확실히 알겠다. 둘은 닮았다. 흑발에 번득이는 까만 눈.

하지만 다른 점이 있다. 류기의 눈은 위협적이지만 남기의 눈은 장난기로 밝게 빛난다. 남기가 한숨을 쉬며 말한다. "아, 난 정말 형이 그립지 않았는데."

"엄마가 널 보고 싶어하셔. 와서 안부 좀 묻지 그러냐."

"엄마가 날 보면 내 머릴 쥐어뜯으실 텐데."

류기는 기린에게 시선을 돌린다. "아직도 은족과 한편을 먹고 싸우는구나. 저놈이 제 동족을 우리가 다 죽여버린 걸 알고, 자다가 흐느껴 울지는 않던?"

이 말에 무거운 적막이 흐른다. 나는 기린을 힐끗 보지만 그의 무표정한 얼굴에는 생각이 드러나지 않는다.

남기가 어깨를 으쓱한다. "난 모르지. 같이 자지 않으니까."

류기가 신에게서 돌아서기 전에 씩씩대며 경멸로 가득찬 목소리로 말한다. "우리는 이 소식을 여신께 꼭 전할 겁니다."

류기의 신호에 따라 일행은 누각을 떠나 다리 위로 날아오른다. 그들이 어둠 속으로 사라지자 세찬 바람소리가 땅을 치고, 하늘은 거대한 짐승들이 내는 천둥 같은 소리로 가득찬다. 그 소리가 멀리 사라질 때까지 숨소리 하나 들리지 않는다.

나는 신을 향해 돌아선다. "한 달이라고 했죠?"

그 기간은 내게 너무나 중요하다. 그가 용왕 앞에서 했던 말이 사실이라면, 나는 삼십 일 뒤 혼령이 될 것이다.

"당신이 용왕님을 구해낼 방법을 찾아낼 한 달이자, 내가 어떻게 하면 당신에게서 해방될 수 있을지 알아낼 한 달이지." 신이 대답한다.

"신 님." 뒤에서 기린이 다가온다. "축하드립니다. 놀라긴 했습니다."

"늘 그렇듯이 외교적인 선택이지." 남기가 기린에게 말한다. "그냥 해명을 부탁드려봐."

기린은 자신의 종족이 모두 이무기에게 살해당했다는 말을 류기에게 들었을 때보다 더 모욕당한 것 같은 얼굴이다. "나는 결코 신 님께 해명을 청하지 않아."

"여우 가문에서 온 여사제들이 아직 있나?" 신이 묻는다. 그는 남기와 기린의 말다툼을 못 들었거나 무시하기로 한 모양이다.

기린이 대답한다. "네, 있습니다. 지금은 밤의 행사를 보러 와 있지만 곧 떠날 거예요."

"그들에게 우리가 같이 갈 거라고 전해. 여우 가문 주인에게 조언을 얻고 싶어." 신이 명을 내린다.

기린은 더 질문을 하고 싶지만 참는 것 같다. 그가 고개 숙여 절하며 명을 전하러 떠난다.

남기는 즐거운 표정으로 기린을 지켜보다가 주위를 둘러보더니 목소리를 낮춰 묻는다. "우리 모두가 여우 가문으로 가는 것이 현명할까요?"

"여우 가문은 가장 오래된 가문이고 그 주인은 아주 현명하지. 그녀라면 내가 찾는 답을 알고 있을 거야."

"네. 하지만 거기에 미나 아가씨를 데려가도 안전할까요?" 남기가 다시 한번 확실하게 묻는다.

신이 마침내 남기의 질문을 제대로 알아들은 모양이다. 그가 알 수 없는 표정으로 나를 힐끗 본다.

"왜 안 되는데요?" 내가 궁금해서 묻는다. 신은 나를 돕기로 했지만 나는 여전히 그를 완전히 믿을 수가 없다. "여우 가문에 문제가 있나요?"

"아가씨는 인간이니까." 남기가 별 도움이 안 되는 대답을 한다.

"그래서요?"

남기의 환한 미소는 촛불도 켤 수 있을 것 같다. "여우 가문의 군주는 구미호거든요."

11장
여우 여신

배 두 척이 연화당을 떠난다. 배 한 척에는 신과 남기, 내가 타고, 다른 한 척에는 기린과 홍백색 예복을 입은 사나운 인상의 여사제 셋이 타고 있다.

연화당에서 일어난 일은 이미 도시 전역에 퍼진 모양이다. 우리는 반대쪽으로 가는 배들을 지나친다. 신의 모습이 보이자마자 배에 탄 사람들은 그에게 그 소문이 사실이냐고, 정말로 인간 여자와 혼인할 생각이냐고 묻는다. 게다가 그 여자는 용왕의 신부인데!

신은 뱃머리에 기대어 눈을 감고 그들을 무시한다. 신 대신 노 하나를 들어올리며 대답하는 이는 남기다. "드디어 연꽃 가문에 안주인이 생겼습니다!" 그가 소리치자 환호성이 울린다.

내가 하인으로 보이는지 내게 관심을 갖는 이는 아무도 없다.

"도시 사람들은 항상 가문의 일에 흥미가 많나봐요?" 물길이 급격하게 바뀌는 곳에서 애써 노를 저어 나아가는 남기의 모습을 바라보다 묻는다.

남기는 겨우겨우 길을 다시 찾은 후에야 대답한다. "혼령들에게는 그날이 그날이어서 사소한 변화에도 열광하죠. 그래서 용왕님의 신부가 오는 게 그토록 큰 축하연을 열기에 좋은 구실이 되는 거예요."

이전에 탈, 다이, 미키와 함께 시내를 걸을 때 많은 이들이 거리를 채우고 수많은 등불, 음식, 불꽃놀이 등으로 도시가 온통 축제 분위기에 휩싸여 있던 모습이 떠오른다. 심지어 연화당에서는 잔치가 벌어졌다.

내 고향과는 너무나 다르다. 그래서 신들이 우리를 버린 걸까? 인간 세상은 혼령들의 세상과 아무런 관련이 없기에 인간의 고난 따위 신경쓰지 않는 걸까?

혼령들은 자신이 인간이었을 때를 기억하지 못하는 건가? 남겨두고 온 이들이 걱정되지 않나? 아니면 남기가 암시한 것처럼 혼령들의 세상에서는 시간이 지날수록 기억이 점점 희미해지나?

수로 위에 세워진 웅장한 찻집 밖에는 모여든 군중이 우리가 탄 배를 보려고 서로 밀치고 있다. 확실하지는 않지만 등에 포대기로 아이를 업은 머리숱 많은 소년을 본 것 같다.

"어떤 가문의 일이 다른 가문보다 더 혼령들의 관심을 끄는 건 사실이에요." 남기가 쾌활하게 말을 잇는다. "용왕님의 도시에는 여덟 개의 큰 가문이 있어요. 모두 용왕님을 섬기죠. 신 님은 가장 강력한 가문의 주인이자 모든 가문을 이끌어갈 거라는 기대를 받고 계신 분이고요. 혼령의 집이 혼령들을 보호하고, 호랑이 가문과 학 가문이 각각 군인과 학자를 보호하듯이 연꽃 가문은 신들을 보호하죠."

"그리고 신들은 인간들을 보호하고요." 내가 말한다.

신이 천천히 일어나 앉아 나를 자세히 본다. 내가 신경 쓰이는 모양이다. 배가 기울자 나는 나무판자에 발을 딛고 자리를 옮겨잡는다.

그를 화나게 해서는 안 될지도 모른다. 내가 그렇게 부른다 해도, 우리의 동맹은 기껏해야 잠정적이다. 하지만 지금 들리는 흥겨운 소리들이 귀에 거슬린다. 소란스러운 웃음소리, 음정이 맞지 않는 노랫소리, 그리고 그 사이를 뚫고 들어오는 크고 맑은 풍경소리.

배가 흔들려 신과 나는 몸이 가까워진다.

내가 묻는다. "혹시 신들이 인간을 보호해야 한다는 생각을 못 받아들이나요?"

"당연히." 신의 목소리는 용왕의 대전에서 들었던 것처럼 낮고 가차없고 잔인하다. "인간들은 변덕스럽고 폭력적이야. 자기가 죽을까 봐 두려워서 전쟁을 일으키잖아. 몇 년에 걸쳐 자라는 생명을 몇 초만에 죽이고."

"죽음의 그림자가 너무 가까이 있기 때문이죠." 내가 쏘아붙인다. "죽음이 자비도 없이 자신들의 집에 찾아와 어린아이들의 숨결을 빼앗는데 인간을 탓할 수 있나요?"

"탓할 수 있지. 당신이 인간의 잘못을 갖고 신들을 탓하는 것처럼."

"하지만 그것이 순환 아닌가요? 신들은 인간을 보호하고 인간은 신에게 기도를 드리고 경의를 표하잖아요."

"세상이 자기 주위로 돈다고 생각하는군. 강이 인간을 위해 존재하고 하늘도 바다도 인간을 위해 존재한다고 생각하지. 인간은 세상의 많은 부분 중 하나일 뿐이고, 내 생각에는 이 모두를 병들게 하는 존재인데 말이야."

남기의 눈이 우리 사이를 왔다갔다한다. 언성이 높아지자 조금 떨어진 배 위에 선 기린도 우리를 지켜본다.

나는 천천히 고개를 들어 신의 시선을 붙잡는다. "그래서 당신은 신들을 보호하는군요. 인간들로부터."

* * *

배를 타고 가는 내내 침묵이 흐른다. 우리 둘 다 좁은 자리에 앉아 몸을 기울여 서로에게서 떨어져 있다. 수로는 더 큰 지류로 이어지고 우리는 도시의 빛나는 전각들을 뒤로한 채 어둠 속으로 들어간다. 앞서가는 기린의 배에서 밝은 빛이 뿜어져나온다. 남기가 그 뒤를 따라가며 신에게 건넨 횃대에 불을 붙인다.

곧 횃불 너머로는 아무것도 볼 수 없게 된다. 어둠이 짙어진다. 뱃전을 잡으니 나무가 안개로 촉촉해져 있다. 갑자기 주변의 공기가 무거워진다. 분명 누군가 여기에 있다. 어둠 속에서 용처럼 거대한 괴물이 흐릿하게 보인다. 수백, 수천이나 있다. 나는 은장도를 잡고 신과 남기를 바라보지만, 둘 다 걱정하는 기색이 아니다. 더 자세히 보니 거대한 괴물처럼 보이던 것은 바로……

나무들이다.

나무들은 수면 위로 어렴풋이 드러나 끝없이 하늘로 치솟는 것처럼 보인다. 배가 나무에 너무 가까이 다가가자 남기가 나무 밑동을 발로 차 배의 방향을 돌려놓는다.

마치 나무들이 웅성거리는 듯 사방에 미묘한 진동이 느껴진다. 우리는 커다란 숲 가장자리에 도착한다. 연화당 안의 숲보다 훨씬 더 크고 깊고 어둡다. 배가 천천히 자갈 위를 스친다. 배가 완전히 멈추지도 않았는데 신이 일어나 뱃전을 짚고 뛰어넘는다.

"여우 가문의 주인이 여기에서 사는 건가요?" 내가 어두운 숲을 들여다보며 묻는다. 나무들로 빽빽이 들어차 있어 길이 보이지 않는다. 천 년 동안 아무도 살지 않았던 곳처럼 보인다. 적어도 인간이 살았을 것 같지는 않다.

"네." 남기가 대답하며 내가 배에서 내리는 걸 도우려 손을 내민다. "구미호에게는 적합한 서식지 같아요, 안 그래요?"

얕은 물에 내려서자 치맛자락이 젖는다. 신은 기린과 사제들과 함께 숲으로 들어간다. "당신은 날 여우 가문에 데려가는 게 그닥 현명한 처사가 아닌 것처럼 얘기했잖아요. 여우 가문의 주인이…… 날 먹을지도 모른다고요." 몸이 떨린다. "하지만 우리 할머니 이야기에 나오는 구미호는 남자들만 삽아먹던데요."

"이 여우는 식성이 그리 까다롭지 않아서요. 이제 갈까요?" 횃불을 든 남기가 내게 따라오라고 손짓한다.

숲으로 다가갈수록 주변의 소리들이 점점 커진다. 곤충들이 바람에 흔들리는 갈대밭처럼 웅성거리고 나무들이 윙윙거린다. 그러다 숲에 발을 들여놓자 소리가 멈춘다. 나는 더이상 나아갈 수 없어 걸음을 멈춘다. 내 뱃속에 익숙한 두려움이 자리를 잡는다. 남기는 내 불안을 전혀 느끼지 못하는 모양이다. 이미 횃불은 멀어지고 있다. 나는 서둘러 달려가다 뭔가를 살피려고 멈춘 남기에게 부딪칠 뻔한다.

"뭐예요, 뭐가 잘못됐어요?" 내가 소리친다. "왜 멈췄어요?"

남기가 얼굴을 찡그리며 나를 본다. "뭔가 거대한 것이 여기로 들어온 것 같아요." 남기가 가리킨 곳, 길 위에는 커다란 나무둥치가 쓰러져 둘로 쪼개져 있고, 나뭇가지 옆에는 커다란 발자국이 나 있다. "오랫동안 이 숲에는 안 왔어요. 침입자가 없으면 짐승들은 어마어마한 크기로 자랄 수 있다던데요. 호랑이와 뱀, 늑대와 곰 전부 다요." 남기가 횃불을 들어 내 얼굴을 살핀다. "괜찮아요? 얼굴이 창백한데."

"괜찮아요." 나는 서둘러 대답한다.

남기가 어깨를 으쓱하고 다시 걷는데, 전보다 훨씬 더 빠른 속도로 간다.

"잠깐만, 천천히 가요." 나는 나무뿌리에 걸려 넘어져 나뭇가지에 긁힌다.

남기의 횃불이 점점 더 멀어진다.

나는 불빛 쪽으로 달려가려 하지만 결국 땅바닥에 널브러진다.

남기가 나를 살펴보러 돌아와 다시 묻는다. "정말 괜찮은 거예요?"

"보이지가 않아요. 너무 어두워요. 나한테 횃불을 주면 좋겠어요."

"글쎄요." 남기가 뺨을 긁는다. "숲에 익숙하지 않은 사람에게 불을 주는 건 좀 그런데."

"제발요."

"길은 일직선이에요."

"나는 숲이 무섭단 말이에요." 나는 부끄러워하며 불쑥 내뱉는다. 내가 그에게 얼마나 약한 인간처럼 보일까. 남기가 대답하지 않자 나는 자리에서 일어나 그를 지나쳐 앞으로 나아간다.

채 몇 걸음도 걷지 않았는데 남기가 와서 팔짱을 낀다. "어둠은 무섭지 않지만, 사실 난 많은 것이 무서워요." 남기가 말한다. "어두운 곳은 잘 볼 수 있어서 무섭지 않거든요. 나한테는 필요 없지만 당신에겐 필요하니 횃불을 들어드릴게요. 가끔 생각이 얕고 놀리는 걸 좋아하지만, 내게 의지해도 돼요."

남기는 계속 재잘거리고 나는 그의 목소리에 집중한다. 길이 끝나는 작은 공터에서 신과 기린, 사제들이 우리를 기다린다.

"시간이 없어요. 더 지체해서는 안 됩니다." 기린이 말한다.

신이 남기와 나를 번갈아 보더니 기린에게 자기 횃불을 건넨다. "선두에서 길을 밝혀줘."

기린이 즉시 명을 받들고 그 뒤를 여우 가문의 사제들이 따른다. 우리는 공터를 떠나 숲속 깊은 곳으로 들어간다. 기린이 앞서고 남기가 뒤를 맡는다. 이제야 전에 보지 못했던 것이 보인다. 흙 위에 긁힌

흔적이 있고 길은 닳아 있다.

잠시 후 신이 침묵을 깬다. "난 당신이 겁이 없는 줄 알았는데." 내가 지나가게끔 신이 들어올린 나뭇가지 아래에 내 머리카락이 스친다.

나를 놀리는 게 아닌지 살펴보지만 그는 궁금해하는 눈빛이다.

"당신은 두려워하는 게 없나요?" 내가 묻는다.

신이 나뭇가지를 놓으며 대답한다. "두려운 게 있다 해도 당신한테 말해주진 않겠지."

내가 코웃음친다. "두려움이 약점이니까요?"

"내겐 약점이 없어."

"용왕님." 조심스럽게 신을 살펴보지만, 그는 아무 반응이 없다. "용왕님이 당신의 유일한 두려움인가요?"

나와 눈이 마주친 신은 점점 더 눈살을 찌푸린다. 하지만 화난 것 같지는 않다. 내가 그러려는 것처럼 그도 나에 대해 뭔가를 결정하려 하고 있다.

"거의 다 왔군." 신이 말한다.

불빛이 길 끝을 비춘다. 알아차리지 못했는데 우리는 꽤 먼길을 걸은 모양이다. 남기와 이야기했던 때처럼 신과 대화하는 동안 나는 숲에 대한 두려움을 잊고 있었다. 신이 돌아서서 앞서 걷는다.

"내가 당신 말을 믿은 게 잘하는 짓이었을까요?" 내가 묻는다. "당신이 한 달을 약속했잖아요." 신이 돌아본다. 내가 팔을 들어올리자 운명의 붉은 끈이 우리 사이에서 밝게 빛난다. "운명의 붉은 끈이 끊어져도 내가 용왕님의 저주를 끊는 것을 막지 않을 거죠?"

"적어도 그건 보장하지."

"내가 당신이 그렇게 경멸하는 인간이라 해도요."

잠깐 동안 그는 아무 말도 하지 않다가 주저하듯 입을 연다. "나는…… 인간을 경멸하지 않아. 모든 혼령들은 한때 인간이었고, 그들은 왕국 대부분을 구성하고 있으니까."

"그러면 왜……"

신이 고개를 젓는다. "당신은 신들이 인간을 사랑하고 돌봐야 한다고 주장하지만 나는 동의하지 않아. 사랑은 살 수 있는 것도 아니고, 벌 수 있는 것도 아니고, 기도로 이뤄질 수 있는 것도 아니지. 사랑은 그냥 주어지는 거야."

이번에 나는 그의 말을 곰곰이 생각해보며 굳이 따지려 들지 않는다. 마침내 내가 입을 연다. "나는 그런 믿음을 존중해요."

신이 말한다. "당신이 사람들을 구하려고 결심하다니 존경해. 일을 완수하지는 못할 테지만 노력은 가상하니까."

나는 으르렁거린다. "제 말은 진짜 칭찬이었는데요."

그 순간 신이 웃는다. 전혀 예상치 못했던 웃음이다. 그는 위대한 가문의 수장이라기보다 우리 마을의 소년 같다.

우리 주변의 나무가 점점 가늘어지고, 듬성듬성 이어진다. 하늘을 가리던 나뭇가지 사이로 달빛이 들어오자 기린과 남기는 횃불을 끈다. 희미한 안개가 숲 바닥을 덮고 있다. 홍백색의 옷을 입은 사람들이 나무 사이로 우아하게 돌아다닌다.

우리는 작은 사원에 가까워진다. 사원의 문은 숲을 향해 열려 있다. 짧은 계단 몇 칸이 두 여자가 기다리는 우아한 나무 단상으로 이어진다.

두 여자 중 더 젊은 여자가 사뿐사뿐 걸어나와 우리와 함께 연꽃 가문에서 돌아온 사제들을 맞이한다. 그런 다음 돌아서서 신에게 고개 숙여 인사를 한다. "기다리고 있었습니다. 신 님."

기린이 얼굴을 찌푸린다. "정찰병이 우리가 오는 것을 알렸나보죠?"

"여신께선 모든 것을 아십니다." 이번에는 더 나이든 여자가 말한다. 그녀의 하얀 옷과 깃털이 달린 모자만 봐도 그녀가 여자들 사이에서 명예로운 지위에 있다는 것을 확연히 알 수 있다. 그녀는 표연한 눈으로 숲을 바라본다. "보세요, 지금 오시네요."

처음에는 작은 달빛으로 얼룩덜룩한 숲의 짙은 초록빛밖에 보이지 않는다. 그러다 무언가가 움직여 이 평화는 깨진다. 숲에서 하얀 여우가 나타난다. 길고 우아한 꼬리가 여러 갈래로 갈라져 있다. 여우는 민첩하게 작은 개울을 뛰어넘어 사원의 계단을 푹신푹신한 발로 올라온다.

여우는 빛나는 눈길로 나를 빤히 바라본다. 너무나 사랑스럽고 눈은 순금이 점점이 박힌 듯한 호박색이다. 털은 하얗고 뾰족한 귀와 갈라진 꼬리털 부분만 은색이다.

갑자기 여우가 날카로운 이를 드러내며 앞으로 튀어나온다.

"안 됩니다!" 젊은 여사제가 소리친다. 처음에 나는 그녀가 여우를 제지한다고 생각했는데 알고보니 신 쪽으로 팔을 뻗고 있다. 신이 날카로운 칼날을 여우의 목에 대고 있다.

여우의 눈이 무섭도록 총기 있게 빛나더니 칼날 아래로 몸을 숙여 우리 사이에 있는 운명의 붉은 끈을 물어뜯는다. 여느 천이었으면 조각조각 찢어졌을 정도로 쥐어짜고 흔들며 천을 갉아댄다. 갑자기 여우가 뒤로 물러나 웅크리고 앉아 발을 핥는다. 운명의 붉은 끈은 손 댄 흔적 하나 없이 밝게 빛난다.

"감히 우리 여신님께 칼을 겨누다니!" 젊은 여사제가 씩씩거린다.

신이 대답하기도 전에 깊게 울리는 목소리가 대꾸한다. "가장 중요한 것을 지키기 위해서라면 뭔들 못하겠어?"

태도가 바뀌기는 했지만 그 강한 목소리는 나이든 여사제에게서 나온 것이다. 아까는 눈이 흐릿하고 표연했다면 지금은 묘한 빛으로 반짝이고 있다. 황금 반점이 있는 호박색.

"당신에게는 보이는 거군." 신이 여사제가 아닌 하얀 여우를 보며 말한다. "운명의 붉은 끈이."

"밝게 빛나잖아." 대답하는 이는 다시 그 여사제다. 여우가 여사제를 통해 말하고 있다.

"운명의 붉은 끈이라니 무슨 말씀이십니까?" 기린이 신과 나 사이의 허공을 살펴보며 말한다. "그럴 리가⋯⋯"

여우가 앞으로 나아가 끈 아래에 머리끝을 대본다. 목덜미에서 낮게 가르릉 소리가 난다. "전에 이런 운명을 본 적이 있어. 오래전이야. 아주 위험한 형태의 운명이지. 칼로는 베어낼 수 없는 운명이야."

"자를 수 있는 다른 방법이 있겠죠." 기린이 말한다.

"이런 운명을 끝낼 수 있는 유일한 방법은 이 운명의 당사자 중 하나가 죽는 거야."

잠시 뜸을 들이다가 남기가 묻는다. "그럼 만약 미나 아가씨가 죽으면 운명의 붉은 끈이 사라지나요?"

여우가 인간의 몸짓으로 섬뜩하게 고개를 젓는다. "한 사람이 죽으면 다른 사람도 죽어."

남기가 얼굴을 찌푸린다. "하지만 당신은 운명의 당사자가 죽으면 이어진 운명이 끊어질 거라 말했잖아요."

"둘 다 죽으면 운명 자체가 사라지니까."

"아아!" 남기가 머리를 쥐어뜯는다. "이래서 잡귀나 여신하고는 문제를 상의하지 말라는 거예요. 곧이곧대로 말해주는 법이 없잖아요."

"용왕님의 경우와 똑같군요." 기린이 남기를 무시하며 말한다. "지금은 위험에 처한 분이 신 님이시고요."

"그래, 하지만 중요한 차이가 있지."

여신이 뜸을 들이자 기린이 다시 묻는다. "그 차이점이 뭐죠?"

"아는지 모르겠지만 원래 운명은 볼 수 없어. 용왕님의 경우는 다르지. 이 왕국에 도착하는 모든 신부는 용왕님과 운명의 붉은 끈으로 이어져 있었지만, 용왕님은 그들 누구와도 운명으로 엮이지 않았어. 결국 그것은 운명의 붉은 끈의 진짜 목적이 아닌 거지."

여우 여신은 제대로 된 질문을 받을 때까지 제대로 말해주지 않는 것을 즐기는 것 같다.

"그러면 운명의 붉은 끈의 목적이 뭔데요?" 남기가 이를 갈며 묻는다.

여우가 호박색 눈을 반짝이며 고개를 한쪽으로 기울인다. "혼들을 짝과 이어주는 것."

"혼들을…… 짝과." 기린이 천천히 따라 한다.

"그래. 누군가의 혼을 다른 혼과 묶는 거야. 두 반쪽을 합쳐 하나로 만드는 거지."

운명이 두 사람의 인생을 어떻게 바꾸는지를 신화는 저처럼 이야기하지만, 여신에게서 이런 설명을 들으니 어쩐지 놀랍다. 그것은 처음부터 서로 사랑한 심청과 준 오빠처럼 연인 사이의 거부할 수 없는 인연을 설명하고 있었다.

"그건 불가능해." 신의 말에 기억이 난다. 그는 처음 우리 사이에 운명의 붉은 끈이 만들어졌을 때도 비슷한 말을 했다.

할머니는 항상 내가 믿는 말만이 나를 다치게 할 수 있다고 말씀하셨다. 하지만 기린은 불신 가득한 눈으로 나를 보고 있고, 남기도 회의적인 얼굴이다. 신은 붉은 끈이 이어진 곳이 아픈지 손목을 문지른다.

내가 어찌 신이 부족하다 해서, 그를 사랑할 수 없다고 말하겠는가? 그는 배려심 있고 나를 짐으로 여기지 않고 내 장점을 알아주는 이다.

"당신과 운명으로 엮이길 빌었던 적은 없어요." 내가 말한다. "당

신이 나 때문에 위험해지는 걸 원치 않아요. 새장에서 내 혼을 풀어
주면 무슨 일이 생기는지 미처 몰랐어요. 다시 되돌리고 싶어요."

"미나, 당신은 이해하지 못해."

"말해봐요. 내가 뭘 이해 못한다는 거죠?"

"우리는 혼의 짝일 리가 없어……" 신은 말하다 말고 검은 눈을
들어 나를 보며 말을 잇는다. "나는 혼이 없으니까."

12장
연화당

어떻게 신에게 혼이 없을 수 있지?

이 질문은 연화당으로 돌아오는 길 내내 나를 괴롭힌다. 우리가 도착하자마자, 한 무리의 시녀들이 나를 욕조를 준비한 큰 방으로 데려가 무람없이 옷을 벗기고, 뜨거운 물을 붓고, 피부가 빨갛게 될 때까지 문지른다. 너무 지쳐 저항할 힘도 없어 그들이 내 손발톱을 다듬고 팔다리에 매끈하게 향유를 바르도록 그저 내버려둔다. 내가 유일하게 입을 연 것은 시녀 한 명이 내 낡은 옷을 가지고 방을 나갈 때였다. "내 은장도!" 하고 소리치자 시녀가 돌아와 낮은 시렁의 손닿는 곳에 은장도를 놓아둔다.

시녀들은 날 '미나 아가씨'나 '신 님의 신부'라 부른다. 나는 소금물로 목욕을 한 뒤, 그들의 안내에 따라 따뜻하고 멋진 방을 지나 북쪽으로 흐르는 시원한 개울에 발을 담근다. 흥분과 놀라움으로 가득 찬 시녀들의 수다가 내 주위에서 장맛비처럼 쏟아진다.

"신부가 되기에는 너무 어려요. 열여섯도 안 되어 보여요!"

"낭만적이지 않아요? 신 님이 하룻밤 사이에 사랑에 빠지시다니."

"어떻게 그렇게 빨리 신 님을 사로잡으셨나요?"

"반짝이는 얼굴!"

"날렵한 몸매."

"숱이 탐스러운 머리. 정말 사랑스러워요." 따뜻한 손이 내 두피를 주무르고 또다른 손이 향을 머금은 손가락으로 내 머리카락을 다듬는다. 꿀풀과 무궁화 향기가 나를 감싼다. 시녀들이 나가고 나는 마침내 혼자가 되어 방 중앙에 놓인 욕조에 몸을 담근다. 기분좋게 느릿느릿 소용돌이치는 물속에서 수증기가 나를 감싸며 피어오른다.

나는 몇 시간 전을 떠올린다. 신이 혼이 없다고 말한 건 무슨 의미였을까? 그는 부인할 수 없는 진실을 털어놓는 것처럼 말했다. 기린도 남기도 그 말에 반박하지 않았다. 하지만 나는 모든 것에는 혼이 있다고 배웠다. 황제부터 천민까지, 새에서부터 개울 속 바위까지.

팔을 들자 손에서 물방울이 떨어져 운명의 붉은 끈을 타고 내려간다. 끈은 방을 가로질러 벽으로 사라진다. 신이 지금 어디 있는지 궁금하다. 그는 누군가의 편지를 받고서 기린과 배를 타고 떠났고, 남기가 나를 연화당으로 데려왔다. 운명의 붉은 끈이 천천히 방을 가로질러 움직이기 시작한다. 신이 움직이는 모양이다.

"미나 아가씨?" 시녀들이 돌아왔다. 나는 물에서 나와 시녀들이 건넨 따뜻한 보리차 한잔을 마신다. 시녀들이 거북 등껍질로 만든 빗으로 머리를 빗기고 가벼운 여름옷을 입혀준다. 옅은 파란색 치마와 소매에 분홍색 꽃이 수놓인 하얀 저고리 차림에 은장도를 넣을 주머니도 있다. 그후 우리는 연화당 별채를 떠나 신과 남기와 함께 왔던 넓은 들판을 다시 가로지른다.

새벽녘 지평선이 분홍빛으로 물든다. 밤새 한숨도 못 잔 탓에 시녀들이 부드러운 비단 이불이 깔려 있는 방으로 안내할 때쯤, 나는 반은 잠이 든 상태다. 나는 구슬 장식이 된 베개를 베자마자 곯아떨어진다.

* * *

폭풍이 어떻게 시작되었는지 할머니가 이야기해주신 적이 있다.

오래전 우리 백성들은 신들의 은총을 받은 은혜로운 황제의 통치하에 있었다. 신들에게 사랑받는 황제. 그는 신들의 신인 용왕의 사랑을 받았다. 번영의 시대였다.

황제와 용왕은 끈끈한 형제애로 맺어져 있었다. 황제 없이는 용왕도 존재할 수 없었다.

그러던 어느 날 제국이 침략당했다. 황제는 용감하게 맞서 싸웠지만 지고 말았고, 그의 시신은 절벽에서 바다로 던져졌다.

황제의 죽음으로 복수심과 분노에 휩싸인 용왕은, 황제의 자리를 차지한 정복자에게 신들의 저주를 받은 땅을 통치하는 것이 어떤 일인지 알려주었다.

역설적이게도, 처음으로 용왕에게 신부를 바친 사람이 바로 그 정복자였다. 그리하여 그는 백성들을 구했다.

정복자가 황제가 된 후 오 년 동안 끔찍한 가뭄으로 땅이 황폐해졌다. 강과 개울은 말라버렸다. 물고기들의 뼈가 불모의 강둑에 흩어져 있었다. 정복자는 여사제들에게 조언을 구했고 '용왕님이 죽은 황제에게 주었던 사랑보다 더 크거나 그와 같은 사랑'만이 용왕의 분노를 잠재울 수 있다는 말을 들었다. 살해된 황제의 궁전에서 살고 있던 정복자에게는 딸이 하나 있었다. 그녀는 제국에서 가장 아름다운 소녀였다. 석류처럼 붉은 입술에 까만 밤의 달빛 같은 눈을 갖고 있었다. 하지만 무엇보다 그녀는 정복자가 정녕 사랑하는 유일한 사람이었다.

그녀는 용왕의 첫번째 신부가 되었다.

그녀의 희생으로 세 계절 동안 바다는 잠잠했고 땅은 안전했다. 다시 여름이 다가오자 이번에는 얼음처럼 차가운 비가 하늘에서 쏟아져 강과 들판이 물에 잠겼다. 사람들은 자다가 물에 빠져 죽었고 아이들은 사나운 바람에 휩쓸려갔다.

또다른 제물이 준비되었다. 또다른 소녀가 바다로 던져졌다.

이는 해마다 반복되었다.

이 이야기는 신화가 되었다.

사랑받는 누군가의 생명 말고는 어떤 것도 용왕의 분노를 잠재우지 못했다.

* * *

나는 눈가에 어른대는 빛과 꿈에서 들려오는 할머니의 목소리에 잠에서 깬다. 내가 있는 방은 전날 밤 도둑들이 내 혼을 훔치러 왔던 곳임을 알아차린다. 여우 가문에 다녀오는 사이에 누군가 깨끗이 치워놓은 모양이다. 나무 바닥은 반짝반짝 윤이 나고 몇 안 되는 가구는 가지런히 한쪽으로 치워져 있다. 싸움이 있었다는 유일한 증거는 화살에 뚫린 창의 구멍뿐이다. 그 구멍 너머로 지금 새들이 연못을 가로지르며 서로에게 노래하는 소리가 들린다.

부드럽게 문 두드리는 소리가 나더니 문이 스르르 열린다. 시녀 둘이 들어온다. 한 시녀는 음식상을, 다른 시녀는 몸단장할 빗과 댕기를 들고 있다. 첫번째 시녀가 내 앞에 상을 놓고 뚜껑을 열어 군침 도는 요리를 선보인다. 고소해 보이는 국, 푸짐한 나물에 굴비구이, 밤밥. 마지막 음식은 구름처럼 부풀어오른 계란찜이다. 나는 어젯밤 만두를 먹듯이 게걸스레 음식을 먹는다. 시녀들이 내가 먹는 음식에 대해 설명해주며 다음에 먹고 싶은 음식이 있는지 묻는다. 그후, 두번째 시녀가 내 뒤에 앉아 머리를 빗고 땋는다.

"이곳이 어떤 곳인지 얘기해줄 수 있나요?" 나는 연못에서 오리가 물보라를 일으키는 것 말고는 고요하기 그지없는 창밖을 내다본다. "이곳의 이름은 뭔가요?"

뺨에 갈맷빛을 띤 첫번째 시녀가 인자하게 웃으며 말한다. "아기씨는 연화당 별채에 있어요. 이곳은 신 님의 개인 공간이고요."

나는 눈을 몇 번 깜박인다. "개인 공간이라고요? 그렇다면……"

"신 님의 침소가 있는 곳이자 출타하지 않을 때 거의 대부분의 시간을 보내는 곳이죠."

나는 주위를 둘러보고 내가 어젯밤 이 방에 들어왔을 때의 인상을 기억해낸다. 나는 이곳이 창고인 줄 알았다. 오래된 옷장과 창가의 낮은 시렁, 병풍 말고는 텅 비어 있었다.

두번째 시녀가 내 머리 손질을 끝내고 일어선다. 그 둘이 함께 이불을 깔끔하게 정리해 벽 쪽에 놓아둔다.

"고마워요." 내가 말한다.

첫번째 시녀가 이제 빈 접시만 있는 상을 들고 말한다. "시중을 들게 되어 영광입니다, 아가씨." 둘은 고개 숙여 절하고 방을 떠난다.

나는 몇 분을 기다리다 옷장 문을 열어본다. 지금 나는 신의 사생활을 캐고 있다. 떳떳하진 않지만, 신은 나를 자기 방에 뒀을 때 내가 자기 물건을 뒤지리라는 것쯤은 알았어야 한다. 옷장 안에는 바지와 허리띠와 어두운 색의 옷으로 가득찬 서랍이 있다. 샅샅이 뒤져보지만 흥미로운 것은 없다. 옷장을 닫고 방을 돌아본다. 여기에는 평상시에 쓰는 물품도 문서도 그림도 바둑판도 없다. 숨겨진 게 있는지 낮은 시렁 아래를 살펴본다.

"너희 가족이 자랑스러워할지 걱정할지 모르겠어."

몸을 돌려보니 나리 언니가 문에 기대어 있다.

"네가 목소리를 되찾은 건 확실히 자랑스러워하실 거야. 하지만 어째서인지 네 정혼을 기뻐하시진 않을 것 같아."

나리 언니가 마지막으로 날 보았을 때, 나는 신에게서 내 혼을 되찾으러 가는 길이었다. 그런데 이제 나는 그와 혼인하려고 한다. 언니는 우리가 헤어져 있는 동안 무슨 일이 있었는지 궁금한 게 틀림없다. 나는 진실을 말해줄 수도 있지만 그녀를 위험에 빠뜨리고 싶지 않다. 심지어 나는 신들gods과 다른 가문들 사이에 위험한 정치적 기류가 흐른다는 것을 받아들이지 않을 수 없다.

"신을 봤어요? 할 얘기가 있어요. 급한 일이에요."

말을 돌리는 내게 나리 언니는 눈썹을 찌푸리면서도 답을 한다. "신 님은 기린 님과 함께 호랑이 가문에 가셨어."

신은 내 혼을 도둑질하려던 시도의 배후에 호랑이 가문이 있다고 의심하는 것이 틀림없다. "언제 돌아오는데요?"

"오늘밤이 되어서나."

그건 너무 늦다. 혼이 돌아왔으니 나는 용왕에게 돌아가야 한다. 내가 찾는 답이 용왕에게 있다는 것을 꿈이 알려주었다.

"나리 언니, 설명할 수는 없지만 꼭 가야 할 곳이 있어요. 도와줄 수 있어요?"

"미안해, 미나." 언니는 안타까운 표정으로 말한다. "하지만 명을 받았어. 너는 네가 원하는 어디든 갈 수 있지만 그건 연화당 안에서만이야."

충격을 받아 그녀를 바라본다. 신이 내게 거짓말을 했다! 내가 하는 일을 막지 않을 거라고 약속했으면서.

"미나……"

나는 나리 언니를 지나쳐 문밖으로 나온다.

언니는 나를 따라 계단을 내려온다. "이해를 못하는구나. 네 안위를 위해서야. 넌 인간이잖아. 인간의 몸은 이 세상에 취약해."

나는 돌아서며 그녀의 손을 잡는다. "나리 언니, 내가 용궁에 가게 도와줘야 해요."

"용궁이라니……" 그녀는 눈을 크게 떴다가 천천히 고개를 젓는다. "나는 신 님에게 직접 받은 명을 따르지 않을 수 없어. 그분은 이 가문의 주인이야. 나는 그분께 맹세한 몸이고."

"내가 도망쳤다고 말해요! 어젯밤에는 날 도와줬잖아요."

"아, 나리." 계단 밑의 그림자에서 낮은 목소리가 들려온다. "그래서 나랑 골패를 하자고 했던 거야?" 남기가 기대어 있던 벽에서 걸어나온다. "난 우리가 드디어 친해졌다고 생각했는데."

나는 나리 언니 앞으로 나아간다. 남기의 말은 언니를 향하고 있지만 그의 눈은 나를 보고 있다.

"맹세를 어기라고 하질 않나, 가서는 안 될 곳에 몰래 들여보내달라고 하질 않나…… 당신은 참 많은 것을 친구에게 부탁하는군요."

남기의 말에 나는 주저하다 말한다. "나는 내 적에게도 똑같이 부탁할 거예요."

남기가 어제 내가 한 말이 떠올랐는지 눈살을 찌푸린다. 당신은 친구인가요, 아니면 적인가요?

"그렇다면 도망칠 필요 없어요." 남기가 말한다. "내가 직접 모실 테니까."

13장
시장

남기와 나는 대문 밖으로 나선다. 지난밤 손님들이 도착하던 곳이다. 우리가 지나갈 때마다 근무중인 수문장들이 남기에게 고개를 숙이고 나를 건성으로 훑어본다. 신의 위치는 운명의 붉은 끈으로 알수 있다. 지금 끈은 내 뒤로 곧게 뻗어 있는데, 이건 신이 남쪽 어딘가에 있다는 뜻이다. 만약 내가 신의 북쪽에만 있다면, 그는 내가 연화당을 떠났다는 것을 한동안은 알지 못할 것이다.

이른아침이지만 거리 양쪽에 임시 장이 서서 신선한 식재료와 꽃을 사려는 혼령들로 도시는 이미 북적인다. 수로도 상인들로 붐빈다. 상인들이 배 위에 팔 물건을 진열해놓고 물가의 사람들에게 소리친다. 젊은 여자가 한 손으로 동전을 배에 던지고, 다른 한 손으로 상인이 던진 포장된 생선을 잡는다.

"제일 먼저 뭘 하고 싶나요?" 머리 뒤로 깍지를 끼고 걷던 남기가 묻는다. "물건 사기? 관광? 저잣거리에는 다양한 술을 취급하는 멋진 찻집도 있어요."

"용궁으로 데려다줘요."

저멀리 거대한 흰구름 그늘 아래, 끝이 날개처럼 솟은 용궁의 지붕이 보인다.

"앞으로 일 년 동안 용궁 문은 닫혀 있을 텐데요. 새로운 용왕님의 신부가 도착할 때까지는요."

나는 얼굴을 찡그린다. 그것이 걸림돌이 되기는 하지만 나는 이 기회를 놓칠 수 없다. "그 문제는 거기 도착해서 해결할게요."

남기는 어깨를 으쓱하고 내게 따라오라는 몸짓을 한다. 우리는 거리를 내려간다. 걸으면서 나는 남기를 곁눈질한다. 어제와 마찬가지로 몸에 꼭 맞는 검은 옷을 차려입고, 허리에 단검을 차고 머리카락은 뒤로 쓸어넘겨 옥비녀를 꽂았다. 어떤 이들은 우리가 지나갈 때 그를 아주 친근하게 소리쳐 부르기도 하지만 몇몇은 그가 다가오면 피한다. 그걸 보니 어젯밤 이무기들이 누각에 왔을 때 손님들이 공포에 질려 흩어지던 장면이 떠오른다.

"뭐가 궁금한 거죠?" 내가 자기를 보고 있다는 걸 눈치챈 듯 남기가 묻는다.

"어젯밤 누각 앞 뜰에서……" 남기의 얼굴에서 짓궂은 미소가 사라진다. "당신과 이야기했던 그 남자가 형인가요?" 류기가 그를 동생이라고 부르지 않았다 해도 너무 닮아서 알아볼 수밖에 없었다. 두 사람은 실제로 키가 크고 강인한 몸에 똑같이 날카로운 이목구비를 갖고 있었다.

남기는 잠시 침묵하다가 말한다. "그들 중 두 명은 내 형제예요. 뒤에 있던 홍기는 사촌에 가깝고요."

나는 그들이 도착하기 전에 있었던 사건들, 길고 구불구불한 몸이 공중을 날며 내던 끔찍한 소리가 떠올라 몸이 떨린다. "그러면 당신은 혼령이 아닌 거예요?"

"신들께 감사하게도 혼령이 아닙니다. 혼령을 무시하는 건 아니고요." 남기는 저잣거리에서 우리에게 다가오는 한 무리의 젊은이들에게 미소를 지어 보인다. 이어지는 낄낄거리는 소리는 확실히 인상적이다.

"나는 혼령도 아니고 잡귀도 신도 아니에요." 남기가 갑자기 말을 끊는다. "나는 이무기예요. 신화에 나오는 짐승."

나는 믿기지 않는 표정으로 남기의 곱슬머리와 짓궂은 미소를 바라본다.

남기가 웃음을 터뜨린다. "이건 그냥 내 인간 모습일 뿐이에요. 이 몸이 움직이는 데 힘이 훨씬 덜 든단 말이죠. 내 혼은 강력한 이무기예요. 용과 비슷하지만 용의 신령한 힘은 없어요. 이무기는 호전적인 종족이에요. 우리는 전쟁통에 태어나서 전쟁통에 죽어요. 어떤 신도 숭배하지 않고요. 우리 자신이 신이 될 거라 믿으니까요. 천 년 후에건 이니면 천 번의 건투를 통해서건. 그렇게 헤야 비로소 뱀에서 용이 될 수 있어요."

"물론……" 남기가 수줍게 웃는다. "항상 그렇듯이 신이 되는 지름길도 있긴 해요. 용의 여의주에 대고 소원을 빌면 이무기가 용이 될 수 있어요. 나는 신 님이 여의주를 가지고 있다는 소문을 들었어요. 그래서 어리석게도 성급하게 그걸 훔치려고 했죠. 당연히 실패했고요. 여의주는 분명히 그분의 방에 없었어요. 그러니까 내 말은, 당신도 봤듯이 그곳엔……"

"아무것도 없죠." 내가 말을 끝마친다. 옷장과 병풍과 시렁뿐.

"맞아요. 신 님은 가진 게 없어 보여요. 내 방을 한번 봐야 하는데. 수년 동안 모은 온갖 물건들로 가득차 있어요."

"내 방도 그래요. 할머니가 물건 좀 치우라고 잔소리를 하시죠. '미나, 방도 하나 못 치우는데 앞으로 집안 살림은 어떻게 꾸려나갈 거야?'라고 하세요. 내가 막상 치우려고 마음먹을 때는 이미 할머니가 옷도 개어놓으시고 바닥도 쓸어놓으신 후죠. 할머니는 내게 책임감을 가지라고 말씀하시면서도 나를 어린애처럼 대하셔요. 항상 나를 막내 손녀로 보실걸요. 아들과 손자만 있던 할머니 혈통에 생긴 유일한 여자아이라서요. 할머니가 되어서 편애해서는 안 되지만 내가 가장 좋다고 하세요. 나를 보면 날마다 보고 싶은 할머니가 생각나신대요."

"할머니와 가까웠나봐요."

나는 갑자기 감정이 북받쳐 입술을 깨문다.

"부모님과는 어떤가요?"

"부모님은 어렸을 적에 돌아가셨어요. 아빠는 바다에서, 엄마는 나를 낳으시다가."

"그러면 할머니 손에 자랐겠네요."

"돌아가시기 전까지는 할아버지도 함께요. 그리고 큰오빠와 새언니도."

"나는 오랫동안 어머니를 보지 못했어요. 내가 신 님을 모시겠다고 맹세한 이후로 못 봤죠. 대부분의 이무기는 섬길 주인을 찾아 천 번의 전투를 달성하려 해요. 천 년씩 참는 종족이 아니라서요. 그래서 우리 종족은 대부분 죽음의 신이나 전쟁의 여신을 섬기죠. 나는 형제들과 함께 달과 기억의 여신을 섬길 계획이었어요. 하지만 아무 의미 없는 전투에서 싸우기 위해 주인을 섬기는 것이 뭔가 잘못된 것 같았어요. 여의주를 훔치는 것이 내 나름의 반란이었어요. 신 님이 날 붙잡았을 때 죽일 줄 알았는데, 대신 자신을 지키라는 거예요. 그분이 나를 살렸으니 나는 삶을 빚진 거죠. 그리고 내 유한한 삶은 대략 천 년 정도 남은 셈이에요."

나는 약간 놀라워하며 남기를 본다. "그럼 지금 몇 살이에요?"

남기가 예의 익숙한 웃음을 지어 보인다. "열아홉."

우리는 계속 걷지만 용궁은 여전히 멀고 가끔 훨씬 더 멀게 느껴진다. 남기가 나를 이 길로, 또 저 길로 이끌어 마침내 수로로 이어지는 길에 도달한다. 수로에는 물위로 뻗은 마룻바닥을 깐 찻집이 있다. 멋진 광경이다.

나는 이 찻집을 본 적이 있다. 어젯밤 나수 기모으로 가던 길에 이 건물을 지나쳤다. 그 말은 우리가 너무 멀리 왔다는 뜻이다. 아까 전만 해도 용궁의 동쪽에 있었는데 우리는 이제 서쪽에 있다.

남기가 천천히 돌아서서 내 눈을 보고 달래듯이 양손을 들고 어깨를 으쓱한다. "너무 화내지 말아줘요. 아까 말한 대로 용궁 문은 닫혀 있고 닫힌 용궁에는 아무도 들어간 적이 없어요. 주술이 걸려 있거든요. 당신이 기다리면 신 님이 직접 데려가주실 거예요. 누군가 용궁 문을 부순다면 그건 신 님일 테니까요."

"기다릴게요."

남기가 안도의 한숨을 내쉰다. "이 결정을 후회하지 않을 거예요. 용궁 말고도 도시에는 볼거리가 많거든요." 남기는 홍예문 밑으로 몸을 숙여 노점들이 늘어선 비좁은 골목길로 들어선다. 혼령들이 신발, 인삼이 그려진 청자, 먹물과 두루마리 등 다양한 물건들의 값을 흥정하느라 난리다. 남기는 멈춰 서서 은빛 눈을 한 말 모양의 노리개를 살펴보다 웃으며 말한다. "기린을 닮았어요."

나는 즐겁게 미소 짓는다.

남기를 떨어뜨려놓아야 하는데 어떻게 할까? 군중 속으로 도망칠 정도로 어리석진 않다. 남기는 순식간에 나를 찾아낼 것이다. 그가 길도 더 잘 알고 도시의 주민들은 낯선 인간보다 그를 도울 가능성이 더 크다. 한 노점에서 비단, 종이, 천 우산을 팔고 있다. 또다른 노점에는 벽에 온통 탈이 전시되어 있다. 여우탈도 있고 맹금류 탈도 있다. 어떤 탈은 눈구멍이, 또 어떤 탈에는 입 구멍이 나 있다. 볼연지가 찍힌 하얀 각시탈도 있고, 짙은 눈썹과 덥수룩한 수염이 있는 영감탈도 있고, 웃는 얼굴의 할미탈도 있다.

그때 내가 보고 있던 할미탈이 나에게 한쪽 눈을 찡긋한다.

탈이 검지를 제 입술에 갖다대더니 이내 손가락을 움직여 한쪽을 가리킨다. 다이가 군중을 헤치며 우리 쪽으로 오고 있다.

"미나." 남기가 내 옆에 나타난다. "뭐 하고 있어요?"

재빨리 나는 가장 가까운 곳에 있는 탈을 집어든다. 묘한 우연이게도 까치 모양이다. 나는 탈을 얼굴에 쓰고 묻는다. "어때요?"

눈구멍으로 남기가 얼굴을 찡그리는 것이 보인다. "흉측한데요."

나는 곁눈질한다. 다이가 거의 다 와간다. "이 탈이 좋아요. 사줄 수 있어요?"

남기가 한숨을 쉰다. "정 원한다면요." 남기가 주머니에서 기다란 동전 꾸러미를 꺼내 가게 주인에게 돌아선다. "얼마예요?"

다이가 도착해 우리 사이에 끼어든다. 눈 깜짝할 사이 다이는 남기의 동전 꾸러미와 내 손의 탈을 잡아채더니 탈을 자기 얼굴에 쓰고는 붐비는 시장 속으로 사라진다.

"도둑이야!" 남기가 그 뒤를 쫓아 달린다.

탈이 옆으로 다가와 내 손을 잡고 나를 노점들 사이로 이끈다.

나는 비틀거리다 탈을 마주보고, 그녀에게 이끌려 온 좁은 골목도 살펴본다.

"제때 잘 왔어." 내가 숨을 헐떡이며 말한다. "남기를 어떻게 떼어 놓을지 생각하던 중이었거든."

볼에 장밋빛을 띠고 웃는 할미탈 얼굴로, 탈이 끄덕인다. "내가 용궁으로 가는 길을 알아. 안내해줄게."

"다이는 어떡하고?" 나는 분주한 거리를 돌아본다. "남기가 속은 줄 알면 화를 낼 텐데."

"다이가 붙잡힌다고 누가 그래? 다이를 믿어, 미나. 다이는 영리하지는 않지만 아주 빨라!"

탈이 돌아서서 골목길로 나를 이끈다. 탈의 등에는 미키가 작은 주먹을 뺨 옆에 놓은 채 곤히 잠들어 있다. 탈이 몸을 숙여 손으로 미키의 엉덩이 아래를 더 단단히 받쳐 아기가 안전하도록 자세를 잡는다. 그런 다음 큰길에서 골목길로, 다리를 지나 마당을 급히 가로질러 달려간다. 행인들이 아이를 업은 '할머니'가 지나가도록 길을 비켜준다.

내가 할미탈 속에 숨겨진 탈의 진짜 얼굴을 궁금해하는 것은 이번이 처음은 아니다. 탈이 등을 돌리고 걸을 때, 그녀의 검은 머리카락 사이로 탈을 묶은 삼베 끈이 보인다. 만약 누군가 창문으로 골목길을 내다본다면 우리가 자매인 줄 착각하겠지.

곧 용궁으로 이어지는 큰길가에 도착한다. 우리는 서둘러 앞으로 가서 계단을 오른다.

"문이 열려 있어!" 내가 소리친다. 남기는 닫혀 있을 거라고 말했지만 커다란 대문에 한 사람이 겨우 지나갈 법한 틈이 있다.

나는 문 앞에 이르러서야 탈과 미키가 나와 함께 갈 수 없다는 것을 깨닫는다. 나는 계단 끝에서 탈을 돌아본다. 이제 잠이 깬 미키가 탈의 어깨 너머로 빼꼼 고개를 빼서 나를 본다.

"어서 가." 탈이 말한다. "거의 다 왔어."

나는 대문에서 다시 돌아선다.

"왜?" 탈이 고개를 갸웃한다.

나는 달려가 탈을 꼭 껴안는다. "왜 날 도와주는지는 모르겠지만 정말 고마워." 미키가 옹알거리자 나는 두 팔을 뻗어 솜털 같은 미키의 머리카락을 쓰다듬는다.

어쩌면 탈 뒤에 가려진 사람을 경계해야 할지도 모른다. 하지만 내 등을 쓰다듬어 주는 탈의 부드러운 손길에서, 그녀가 하는 말 한마디 한마디에서, 나에 대한 다정함과 걱정이 느껴진다.

"다 이유가 있어." 탈이 다소 아리송하게 말한다. "이제 가렴."

탈이 나를 대문 틈으로 밀어넣는다. 용궁 속으로.

14장
종이배

용궁의 대전은 텅 비어 있다. 용왕이 잠들어 있던 옥좌도 비어 있다. 그닥 놀랍지는 않다. 용왕을 찾아 강제로 깨워서 저주를 푸는 단순한 문제라면 좋았겠지만. 정오의 해는 하늘 꼭대기에 다다라 내 목 뒤에서 열기를 내뿜는다. 용왕이 여기, 이 대전이나 수많은 뜰에도 없을지 모른다는 침울한 예감이 든다.

운명의 붉은 끈이 내 손을 잡아끈다. 내려다보니 방향이 조금 바뀐 것을 알겠다. 아까 시내를 가로질러 이동할 때만 해도 끈은 왼쪽으로 기울어져 있고 신은 제자리에 있었는데, 지금은 끈이 직선으로…… 물결치고 있다. 끈 색깔이 연한 분홍에서 짙은 빨강으로 바뀌고, 마치 파도가 나를 향해 치닫는 것 같다.

신이 오고 있다.

남기가 내 탈출을 알리는 전갈을 보낸 게 틀림없다. 아니면 내 방향의 변화를 감지했는지도 모른다. 곧 그가 와서 용왕에 대한 진실을 밝히기 어려운 연화당으로 나를 끌고 갈 것이다.

나는 대전을 뒤진다. 용왕이 어디로 사라졌는지에 대한 단서가 있을지도 모른다. 하지만 벽에는 문이 없고 창에 손을 뻗어보아도 닫힌 덧문만 손가락으로 간신히 쓸어볼 수 있다. 연단과 옥좌, 그리고 그 뒤에 하늘을 가로질러 여의주를 쫓는 용이 그려진 거대한 병풍이 있을 뿐이다.

병풍 속의 용은 진짜 용의 사분의 일 크기이지만, 그 묘사는 넋을 빼앗길 정도로 생동감이 넘친다. 짙은 감색에서 옥색, 청록색에 이르기까지 비늘 하나하나에 다른 색을 칠해 바다의 색조를 표현했다. 병풍에 더 가까이 다가가 손을 뻗어 반짝이는 부드러운 비늘 하나를 눌러본다.

그 순간 갑자기 병풍이 걷히면서 숨겨진 문이 드러난다.

나는 그 문을 통해 정원으로 들어간다.

햇볕이 내리쬐는 나무 사이로 새소리가 들린다. 가까이에서 개울물이 콸콸 흥겹게 흐른다. 용왕이 있는지 찾아보지만 정원에는 아무도 없는 것 같다.

허물어진 암벽과 이끼 낀 조각상들을 지나 잡초와 풀이 무성한 오래된 길을 따라간다.

나무 사이로 얼룩덜룩한 햇빛이 반짝인다. 어느 순간 저멀리 낫으로 벤 듯 납작한 풀이 들어찬 너른 땅이 보인다. 마치 커다란 생명체가 얼마 전까지 햇볕을 쬐며 낮잠을 잔 흔적 같다.

한참을 걸어가자 작은 연못 옆에 별채가 보인다. 별채는 여우 여신의 사원과 비슷하게 지붕 끝이 날개처럼 들려 있고 네 개의 기둥이 그 아래를 받친다. 나무 계단을 올라갈 때마다 삐걱 소리가 나고, 안의 마룻바닥은 모래와 흙으로 마구 덮여 있다. 나는 기둥에 손을 얹고 햇볕을 쬐며 왔던 길을 돌아본다. 운명의 붉은 끈은 이제 옅은 분홍색이다. 신이 용궁에 당도할 땐 문이 닫혀 있을까?

나는 눈을 감는다. 평화롭고 조용하다. 용왕의 대전에서 느꼈던 침묵이 공허한 느낌이었다면, 이곳의 침묵에는 숨죽인 기대감이 있다.

고요 속에서 풍경소리가 들린다.

몸에서 피가 빠져나가는 느낌이다. 소리가 나는 쪽으로 돌아본다. 별채 뒤의 작은 연못은 무언가로 가득하다. 그 정체를 깨닫는 데 시간이 걸린다.

종이배. 종이배 수백 개가 물속에서 서로 뒤엉켜 있다.

나는 단을 내려가 연못가로 걸어간다. 따뜻하고 비단처럼 매끄러운 진흙이 발가락에 닿는다. 갈대에 걸린 종이배가 있다. 몸을 숙여 그 종이배를 집어든다. 손가락 끝에 닿는 종이는 거칠고, 아랫부분은 눅눅하고 뚝뚝 물이 떨어진다.

천천히 종이배를 펼친다. 종이에 먹물로 휘갈겨 쓴 첫번째 글자에 내 손가락이 스친다. 어둠이 올라와 나를 집어삼킨다.

* * *

눈을 뜨자 세상이 온통 하얗다. 처음에는 눈이 내린 줄 알았다. 하얗고 고운 가루가 나뭇잎부터 나무껍질까지 뒤덮고 있다. 하지만 춥지는 않다. 주위가 연기로 가득찬 것처럼 뿌옇고 하늘도 조금 어둡다.

정원에 들어갔을 때는 정오였는데 지금은 새벽 같다. 내가 연못가에서 기절했나?

하얀 가루가 아래로 떨어진다. 가루를 붙잡으려고 손바닥을 들어올린다. 가까이에서 보니 가루는 전혀 하얗지 않고 검은 반점이 있는 회색이다.

재.

사방이 재다. 하늘에서 떨어지는 재.

뒤에서 숨죽인 기침소리가 들린다. 돌아보니 젊은 여인이 개울가에 무릎을 꿇고 있다. 이 개울은 내가 정원에서 보았던 것과는 전혀다르다. 염분이 섞인 진흙탕이다.

"부디, 비나이다. 우리 아이를 살려주십시오." 여인은 거친 옷 아래 불룩 튀어나온 배에 떨리는 손을 대고 있다. 멀리서 보아도 깡마른 얼굴에 눈물이 흐른다.

그녀 옆에 작은 모닥불이 타고 있다. 그녀가 더미에서 작은 막대하나를 꺼내 그 끝에 붙은 불을 불어서 끈다. 그런 다음 저고리에서 종이 두루마리를 꺼내 누늎에 펼친다. 숯이 된 막대 끝으로 얼룩진 표면에 삐뚤빼뚤 무언가를 적는다. 다 쓴 후에는 종이를 배 모양으로 조심스레 접는다. 종이배를 입술까지 들어올려 거친 입술로 부드럽게 입을 맞추더니 물위에 띄운다.

종이배는 아래로 흘러가며 몇 겹의 재를 모으고 모퉁이를 돌아 사라진다. 여인은 또다시 고통스러운 기침을 내뱉는다. 일어서는데 몸은 휘청이고 힘이 없다.

나는 재빨리 달려가 손을 뻗어 부축하려 한다. "잠깐만요! 도와줄게요."

여인은 내가 공기로 만들어진 양 나를 스쳐지나간다. 나는 돌아본다. 여인은 멀어져 천천히 사라지기 시작한다.

그녀가 물가에 무릎을 꿇은 순간의 기억 속에 내가 들어온 것 같다. 온 마음과 희망을 종이배에 쏟아부은 그 순간. 신들에게 빌었던 소원.

공기가 재로 짙어진다. 하늘에서 재가 내려 숨을 쉴 수가 없다. 잿더미에 빠진다. 재가 나를 내리누르며 묻어버린다. 결국엔 눈이 먼 듯 앞이 보이지 않는다. 춥고 아프다.

"미나!" 어둠 속에서 나를 부르는 목소리.

마음속으로 나는 본다. 할머니가 당신의 아들과 며느리의 제사를 지내고, 남편의 제사를 지내는 모습을 본다. 새언니가 아이의 무덤가에서 흐느끼는 모습을 본다. 그리고 마지막으로 나와 같은 슬픔을 지녀 친근하게 느껴지는 여인을 본다.

왜 우리는 사랑하는 모든 것을 빼앗겨야 하는 거지? 왜 우리는 우리가 사랑하는 것을 영원히 안전하고 따뜻하고 온전하게 품을 수 없지?

"미나!" 목소리가 이어진다. "진짜가 아니야. 꿈에서 깨어나야 해."

내 이마에 타는 듯이 뜨거운 열기가 느껴지고, 그다음에는 빛이⋯⋯

나는 신선한 연꽃 향에 숨을 헐떡이며 눈을 뜬다. 고개를 들어보니 회색 구름과 어둠이 아니라, 멀리서 달려온 듯 이마에 땀범벅을 한 신이 있다.

"숨을 쉬어, 미나. 괜찮을 거야."

우리는 정원에 있다. 기억 속의 희끄무레한 빛깔이 아닌 나무와 하늘의 밝은 빛에 눈부실 지경이다.

"이곳은 어디인가요?"

"용왕님의 정원. 이 연못은 종이배 연못이고."

"저 종이배들은 모두 답을 듣지 못한 기도예요." 내가 속삭인다.

신이 천천히 고개를 끄덕인다.

"왜죠? 왜 기도들이 이뤄지지 않았나요?"

"그것은 단지 기도일 뿐이야, 미나."

나는 일어나 앉는다. "단지 기도일 뿐이라고요? 인간의 귀중한 소망인데요!"

신이 머뭇거리다가 차갑게 말한다. "나는 인간의 소망은 신경쓰지 않아."

나는 가슴이 조여오는 느낌에 그를 바라본다. 신의 눈은 아무런 빛도 들지 않는 곳처럼 텅 비어 있다. 내가 먼저 시선을 돌린다

"당신은 내가 막았는데도 연화당을 떠났어. 여우 여신이 한 말을

바다에 빠진 소녀 151

듣지 않았나? 당신의 목숨은 내 목숨과 이어져 있어. 당신이 죽으면 나도 죽어. 아니, 내 목숨은 신경쓰지 않아도 적어도 자기 목숨은 신경써야지. 이 세계에는 당신처럼 약한 인간을 죽일 수 있는 것들이 많아."

"그럴 수도 있겠죠. 한데 나를 죽일 수 있는 것은 인간 세상에도 많아요. 가뭄, 기근……" 내 눈은 풀 위에 떨어진 종이배로 간다. "상처받은 마음."

"당신이 할 수 있는 건 없어."

신의 말이 옳다. 그의 말대로 나는 연약한 인간에 불과하다. 어떻게 그 여인을 도울 수 있을까. 그녀를 찾아낸다 해도 내가 줄 수 있는 건 아무것도 없다. 내 눈물밖에는. 하지만 그녀는 이미 수없이 많은 눈물을 흘렸다. 그녀는 희망의 끝자락에 있었다. 그녀에게 남은 것은 이 마지막 기도뿐이었다……

신들에게 비는 마지막 소원.

나는 비틀거리며 일어선다. "내가 할 수 있는 것이 있어요. 우리가 할 수 있는 거예요. 당신이 나를 도와준다면." 나는 서둘러 풀 위에 떨어진 종이배를 집어들고 신에게 돌아선다. "기꺼이 함께 돌아가 한 달간 당신의 허락 없이는 연화당을 떠나지 않을게요. 하지만 먼저 그 여인의 소원을 들어줘요."

"미나……" 신은 회의적인 표정이다.

"이 종이배는 신들에게 보내는 것이었지만 닿지 않았어요. 그 신이 누구든 우리는 종이배가 닿고자 한 곳에 전달만 하면 돼요."

신이 결심이 선 듯 천천히 고개를 끄덕인다. "어떤 종류의 소원이었지? 종이에 적혀 있었을 텐데." 신이 종이배를 바라본다. 종이배는 반쯤 펼쳐져 있다. 글자가 물에 번져 읽을 수가 없다. 나는 좌절하며 욕을 한다.

"괜찮아." 신이 놀랄 만큼 차분하고 한결같은 목소리로 말한다. "당신이 그 종이배를 집었을 때 그 소원이 만들어진 순간을 경험했으니까. 뭘 봤는지 설명할 수 있을까?"

"젊은 여인을 보았어요." 진흙투성이 개울가에 무릎을 꿇은 여자. 종이배에 입을 맞출 때 얼굴에서 떨어지던 눈물. "여자에게는 아이가 있었어요."

신은 입을 꾹 다물고, 얼굴은 어두워진다.

"왜 그래요? 뭐가 잘못되었나요?"

신이 고개를 젓는다. "달의 사원으로 가지. 여자들과 아이들의 여신에게로."

15장
달의 사원

우리는 대문을 지나 용궁을 나온다. 대문은 일 년 동안 닫혀 있을 거라던 남기의 말과 달리 열려 있다. 신이 이상하게 여길 법한데도 별말을 하지 않는다. 나는 용궁 밖에 있는 저잣거리 사이로 탈과 미키를 찾아보지만 아무런 흔적도 없다. 몇몇 혼령들이 우리 쪽을 힐끗 보더니 용궁에서 두 사람이 나오는 모습에 놀라는 눈치다.

"이쪽으로, 미나." 나는 신을 따라 인파를 피해 샛길로 내려간다. 걸으면서 종이배를 다시 접는다. 소원을 적은 글자들은 번졌을지라도 소원에 담긴 말로 표현될 수 없는 진실한 마음을 여신은 알 것이다. 그래서 우리는 일 년에 한 번 종이배 축제를 열어 기념하지만, 누구든 신전이나 신들과 가장 가깝다고 느끼는 곳에서 언제든 기도할수 있다. 바람이 부는 들판에 서서도, 밝게 타오르는 불가에서도, 바닻가 절벽에서도.

이 소원이 마음에서 우러나온 거라면 종이배와 상관없이 여신에게 닿았어야 했다. 아마도 용왕의 저주 때문에 인간 세상과 혼령들의 세상의 연결고리가 끊어져, 신들과 여신들이 우리의 기도를 듣지 못했을 것이다.

신과의 동행은 남기나 다른 혼령들과의 동행과는 다른 느낌이다. 멈춰 세워지거나 누가 알아보는 걸 원치 않아서인지 신은 주로 뒷골목을 택한다. 개인 뜰과 부산한 부엌을 지나고 심지어 찻집 계단을 올라 노대에서 낮은 지붕으로 뛰어내리기도 한다. 그가 나를 도와주려는 듯 몸을 돌리자, 나는 재빨리 뛰어내려 조금 우아하지는 않지만 내 발로 착지한다. 신이 눈썹을 치켜세우자 나는 어깨를 으쓱한다.

좁은 길에 들어설 때 한 가지 생각이 떠오른다. "달의 사원이 달과 기억의 여신과 관계가 있나요?"

"아니. 전혀 관계없어. 달의 사원은 여성들과 아이들을 위한 곳이지. 해의 사원은 남자들과 황제를 위한 곳이고."

"황제요? 하지만 황제는 없잖아요. 오래전에 죽었어요."

"그래서 해의 사원은 비어 있지."

나는 조금 느린 걸음으로 신을 따라간다. 황제는 백 년 전에 살해당했고 폭풍우가 시작되었다. 그러나 아무리 신god이라 해도 황제에 대한 사랑이 어떻든 한 사람의 죽음을 이유로 모든 사람을 벌하지는 않았을 것이다. 대전에서 내가 용왕을 믿지고 들여다보았던 기억이 아마 황제가 살해되던 순간이었을 것이다. 그 먼 옛날 절벽에서 무슨 일이 있었기에 황제가 죽고, 두 세계가 갈라지고, 제국이 백 년 동안 저주를 받았을까?

신이 길 건너편을 가리키며 엄숙하게 말한다. "저기가 달의 사원이야."

나는 생각에 잠겨 우리가 도시의 외곽까지 온 줄도 몰랐다. 우리 앞에 길고 얕은 수로가 펼쳐져 있고, 탁한 수면 위에 쓰레기들이 떠 있다. 수로 양쪽에 늘어선 흙길 위의 집들은 문이 부서지고 창문은 닫힌 채다. 왁자지껄했던 번화가에서 벗어나 만난 텅 빈 침묵은 생기를 앗아간 듯 불안하다. 운명의 붉은 끈은 칙칙한 회색 건물과 대비되어 유난히 밝다. 황량한 기운이 짙게 감돈다.

신들의 도시에도 이런 곳이 있다니.

수로의 끝에, 두 동강 난 홍예문 뒤에, 초승달처럼 기울어진 커다란 전각이 있다. 집의 중앙에 경첩이 떨어져나간 문 너머로 검은 틈새가 보인다.

목덜미가 서늘해진다. 나는 주머니에 손을 넣어 종이배를 꼭 잡는다.

달의 사원이 이렇게까지 불길해 보이지 않았다면 훨씬 수월할 텐데. 수백 개의 창이 검고 깊이를 알 수 없는 눈처럼 나를 내려다본다. 나는 문 너머를 볼 수 없다. 다가갈수록 공기가 더 차가워진다. 문가에 서자 매서운 바람이 소용돌이치며 살갗을 할퀸다. 나는 심호흡을 한 뒤 어둠 속으로 걸어들어간다.

따스함이 나를 감싸는 데 깜짝 놀라 눈을 깜박인다. 달의 사원의 외관만 보았을 땐 내부는 동굴 같고 외풍이 불고 축축할 거라 생각했다. 하지만 안으로 들어가자 보이는 건 천장이 낮고 창 없는 벽으로 둘러싸인 작은 방이다. 안으로 더 깊이 이어지는 문은 보이지 않는다. 밖에서는 몇 층은 되어 보이고 바닥도 넓고 회랑도 길 것 같았지만, 달의 사원 전체가 이 작은 방 하나로 이루어진 모양이다. 이곳에 한 여자가 홀로 있다.

여자는 방의 제일 안쪽의 낮은 탁자 앞에 방석을 깔고 앉아 있다. 그녀 옆 화로에서 탁탁 불이 타오른다. 불그림자가 져 눈의 흰자와 붉은 입술의 굴곡만 보인다.

크게 탁탁거리는 소리가 나는 곳을 내려다본다. 여자가 탁자에서 한 손을 들어올린다. 탁탁 소리는 길고 둥근 손톱을 탁자에 두드려 내는 소리다.

나는 고개 숙여 절하고 고르지 않은 바닥을 바라보며 그녀가 말하기를 기다린다. 바닥에는 먼지와 나뭇조각들이 흩어져 있다. 손톱으로 탁자를 두드리는 탁, 탁, 소리가 끊임없이 들린다.

내 손 안의 종이배가 무겁게 느껴진다.

마침내 두드리는 소리가 멈춘다.

나는 고개를 든다. 여신의 눈은 내 어깨 너머를 향하고, 넓은 입가에 쓴웃음이 감돈다.

"누가 오셨나요?" 여신은 날마다 고기를 먹은 것처럼 기름진 목소리로 부드럽게 말한다. "아니, 신 님이 아니신가? 내가 뭘 했기에 이런 영광을 누리는 거죠?"

신이 차분하게 대답한다. "뵙게 되어 영광입니다. 우리는 부탁을 드리러 왔습니다."

"우리······?" 여신의 눈이 나를 향한다. "우리가 누구죠?"

"제 이름은 미나예요." 나는 한 발 앞으로 나아가며 말한다. "소원이 하나 있습니다."

여신이 눈을 깜박인다. "소원이라고?"

"제 소원은 아닙니다." 내가 종이배를 들어올린다. "다른 사람을 대신해서 왔어요."

여신이 보석반지들로 치장한 손을 내민다. 내가 종이배를 건네려는데 여신이 혀를 찬다. "복채를 먼저 내야지."

여신이 매끄럽고 하얀 손바닥을 내민다. 물위에 종이배를 띄우던 여인의 손이 생각난다. 그 손이 떨리던 모습도.

참을성이 없는 여신이 손가락을 튕기자 나는 눈을 깜박이며 그 모습을 지운다. "돈을 내지 않으면 소원을 들어주지 않아."

나는 목이 메어 침을 삼킨다. "제게 은장도가 있어요. 고조할머니 유품이에요. 그게 제가 가진 전부예요."

여신이 얼굴을 찡그리며 손을 다시 그림자 속으로 거두어들인다. "쓸모없어. 금이 아니면 소원을 들어주지 않아." 여신은 내가 그녀 앞에 내민 종이배에서 시선을 돌린다.

내가 조용히 말한다. "이해가 안 돼요. 당신은 어머니들의 여신이 잖아요. 아이들의 여신이기도 하고요. 금이 있건 없건, 그들의 기도에 답해줘야 하잖아요."

"어리석긴. 세상에 공짜는 없어."

갑자기 눈물이 핑 돈다. "그 여인은 개울가에 있었어요. 울고 있었죠. 자신이 가진 모든 희망을 당신에게 쏟아부었어요. 당신을 믿었다고요. 대체 뭐를 더 원하시나요?"

여신은 눈 한 번 깜빡하지 않는다. 그저 나를 가여운 눈으로 보고만 있다. 마치 내가 아무것도 이해하지 못하는 사람인 것처럼.

신이 금화 꾸러미를 탁자에 던진다. 여신이 금화를 낚아채 옷소매 안으로 집어넣는다.

여신은 손을 뻗어 떨리는 내 손아귀에서 종이배를 채간다. 여신의 손이 종이를 훑고, 먹으로 쓴 글씨를 손톱으로 긁는다.

여신이 끔찍하게 높은 소리로 웃기 시작한다. "아가씨, 이 종이배를 어디서 가져온 거야? 이 기도가 얼마나 오래되었는지 알아? 몇 달. 몇 년. 이 여자는 죽었어. 아이도 죽었고. 기도에 답을 얻지 못했군. 이건 그냥 오래전에 잊힌 기억일 뿐이야." 여신은 손을 들어올려 종이배를 불속에 던져버린다.

"안 돼!" 나는 앞으로 튀어나가며 소리를 지른다. 내 손이 불길을 가른다. 나는 비명을 지른다. 불에 덴 손보다는 마음이 아파 고통스러운 비명이 새어나온다.

신이 뒤에서 나를 잡아 끌어당긴다. 나를 달의 사원에서, 내 귀에 크게 울리는 여신의 웃음소리에서 끌어낸다.

거리로 나오자 신은 나를 놓아주고 옷소매를 찢어 붕대로 만든다. "연화당으로 가야겠어."

"어떻게 저럴 수가 있어요? 어떻게 저렇게 무심할 수가 있어요? 여신이라면서요, 아이들의 여신이라면서요!"

신이 내 손을 잡으려 하지만 나는 뒤로 물러난다. "미나, 그 상처를 치료해야 해. 안 그러면 곪을 거야." 신이 신중하게 말한다.

"이 세상은 뭐가 잘못된 거죠? 신들에게 무슨 문제가 있는 거예요?" 나는 소리치는 걸 멈출 수가 없다. 뺨에서 눈물이 줄줄 흐르고 심장이 격렬하게 뛴다. 신이 다친 내 손을 가까스로 잡고 찢어낸 천으로 상처를 감싼다. 이상하게 온몸이 무감각해져 아무것도 느낄 수가 없다.

"신들을 얼마나 아끼는데." 나는 속삭인다. 이 말은 비난처럼 들린다.

신이 매듭을 지으며 고개를 든다. "누가······?"

"사람들이요. 모든 사람들. 우리 할머니요. 할머니는 날마다 신전에 기도하러 가서서 몇 시간씩 바닥에 무릎을 꿇고 계세요. 관절이 쑤시고 허리가 아프신데도요. 새언니도요. 아이를 잃었을 때도 신들을 탓하지 않았어요. 침묵 속에서 걷다가 보는 사람이 아무도 없을 것 같을 때만 울었어요. 우리 마을 사람들. 폭풍우에 농작물이 휩쓸려가도 여전히 추수한 음식을 신들에게 제사 음식으로 바쳐요. 세상이 부패하고 무너져내려도 신들이 있는 한 희망이 있으니까요."

신의 눈에서 동정심이 느껴졌다면 그를 외면했을지도 모른다. 무관심이 보였다면 더 고통스러웠을 것이다. 하지만 그의 시선에는 무감각을 뚫고 나에게까지 느껴지는 무언가가 있다. 고통, 아픔, 공감이 있다. "미나……"

"나는 신들을 사랑해요." 이 말은 고백처럼 들린다. 나는 멈칫하다 그것이 정말 고백이라는 걸 깨닫는다. 내가 논둑길을 달릴 때마다 목이 긴 두루미들이 인사하듯 큰 날갯짓을 하고, 내가 절벽을 오를 때마다 나를 재촉하듯 미풍이 불고, 내가 바다를 내다볼 때마다 햇빛이 웃음짓는 것처럼 물위를 비추었다. 나는 그때마다 사랑을 느꼈다. 사랑받는 느낌이었다.

신들은 어떻게 자신을 사랑하는 사람들을 버릴 수 있지?

나는 신이 황량한 수로를 내다보며 내 손을 놓을 때에야 내가 큰 소리로 말하고 있었다는 사실을 깨닫는다. "당신이 할 수 있는 일은 없어."

신은 전에도 이 말을 했다. 정원에 머무를 때, 내가 종이배에 소원을 빈 여인을 돕기 위해 할 수 있는 게 없다고 말했다. 그는 우리가 처음 만났을 때 내가 이전의 다른 신부들과 똑같이 실패할 거라고 말했다.

결국 그가 옳았지만 옳다고 해도 나아지는 것은 없고, 틀렸다는 것을 증명하려면 나는 모든 것을 걸어야 한다.

"당신도 다른 신들만큼이나 잘못하고 있어요."

신이 차갑게 웃는다. "기도하는 사람들에게서 뇌물을 받고 다른 사람들의 고통을 비웃는 여신과 내가 같다고?"

"아뇨, 당신이 그 여신보다 더 나빠요." 신이 어깨가 군는다. 후회스럽지만 너무 아파 말이 쏟아진다. "당신은 잘못된 약속을 하잖아요. 말 한마디로 내게 희망을 주고 다음에는 절망을 주죠."

"나는 당신을 안전하게 지키려고 내 공간을 내어주었어. 당신의 모든 요구를 들어주도록 하인을 붙여주었고, 당신을 지키기 위해 내 부하를……"

"내가 떠나지 못하게 지키라고 명을 내렸고요."

"당신의 목숨이 위협받았으니까! 그전까지는 도둑들이 신부의 혼을 훔치려 한 적이 없었어. 내가 오늘 아침에 호랑이 가문의 군주인 범을 만나려고 갔을 때, 그는 이미 달아나고 없었지. 내가 그 위협의 배후를 밝힐 때까지 참고 시간을 줘. 아직 하루도 안 지났어."

"내 인생의 마지막 달 중 하루죠." 내가 너무 극단적으로 구는 건 알지만 분노와 고통으로 내 마음이 타버린 느낌이다.

"내가 어떻게 해주길 바라는 거지, 미나?"

"아무것도 원하지 않아요." 나는 화상 입은 손을 구부리다 아파서 얼굴을 찡그린다. "용왕님만이 지금 나를 도울 수 있죠."

신이 눈을 가늘게 뜬다. "용왕님이 이 일과 무슨 관계가 있지?"

"왜냐면 일단 저주가 풀리면……"

신이 코웃음을 치며 잔인한 목소리로 말한다. "미나, 당신은 이해 못해. 그렇지?"

"내가 뭘요?" 나는 달의 사원의 벌어진 문틈을 가리킨다. "당신은 기억 속의 여인을 못 봤잖아요. 그녀는 고통받고 있었어요. 울고 있었어요. 그녀에게 남은 건 희망뿐이었는데 그것만으로는 여신의 마음을 움직이지 못했죠. 언제쯤이면 충분해질까요?"

신이 별안간 돌아선다. 눈에 분노와 절망이 섞여 있다. "충분해질 일은 없을 거야! 모르겠어? 미나, 용왕님은 저주에 걸린 게 아니야. 자신의 슬픔을 마주할 수 없어서 스스로 숨기로 결정한 거야. 바로 용왕님이 당신들을 버린 거라고. 그분이 우리 모두를 버렸다고!"

신이 떨면서 눈을 돌린다. 턱에 경련이 일고 눈언저리가 살짝 붉어진다.

"당신은 용왕님을 증오하는군요." 내가 속삭인다.

신이 눈을 감고 무심결에 가슴에 손을 올린다. "용왕님. 여자들과 아이들의 여신. 우리 모두는 아무 가치가 없어. 우리 모두는 잊혀야 마땅해."

우리.

나는 깨닫는다. "당신도 신이로군요."

신의 호흡이 거칠어진다. 가슴을 누르고 있던 그의 손가락이 품속에 파고든다.

"신, 당신은 무슨 신god인가요?"

애초에 대답을 기대하지 않았건만 그가 고개를 젓는다.

"이제는 아니야." 신의 목소리가 너무 작아서 나는 나머지 말을 듣기 위해 긴장한다. "무언가를 믿어야 그 신이 될 수 있지."

* * *

우리가 연화당으로 돌아갔을 때는 이미 밤이 찾아왔다. 신은 우리를 맞으려고 달려오는 하인들을 물리고 대신 기린을 찾는다. 우리는 함께 연못 위의 별채로 향한다. 위층 방에 누군가 이미 이불을 깔아놓았다. 나는 비단 요에 무릎을 꿇고 다치지 않은 손으로 몸을 받친다. 왼쪽 손가락을 구부리려 할 때마다 통증에 얼굴이 찌푸려진다.

고개를 드니 신이 나를 지켜보고 있다.

"내가 도와줘도……?" 신이 묻는다.

나는 고개를 끄덕인다.

신이 옆에 앉아 내 손을 잡고 천천히 붕대를 푼다. 붕대를 벗길 때 나는 몸을 움츠린다. 드러난 피부는 벗겨져 군데군데 피가 난다.

내 손을 본 신의 이마에 주름이 진다. "왜 불속에 손을 넣었지? 이미 너무 늦어서 소원을 들어줄 수 없다는 걸 알았잖아. 그건 그냥 종이일 뿐이었어."

"알아요, 하지만……" 나는 머뭇거리며 스스로도 이해하지 못하는 무언가를 설명하려고 애를 쓴다. "그 순간에는 아무것도 하지 않는 것이 불속에 손을 넣는 것보다 더 아팠어요."

문을 세게 두드리는 소리가 난다.

기린이 걸어들어와 묵례한다. 여전히 내 손을 잡고 있는 신의 손을 그는 날카로운 눈빛으로 바라본다. "부르셨습니까?"

"미나가 다쳤어."

"알겠습니다."

나는 두 사람을 번갈아 보며 얼굴을 찌푸리고, 허공엔 무언의 말이 가득찬다. 왜 신은 의원도 아닌 기린을 불렀을까?

신이 내 손을 놓자, 기린이 품에서 작은 은장도를 꺼낸다. 그는 빠르게 자기 손바닥을 깊이 찌른다. 상처에서 별빛 같은 피가 흐른다.

기린이 내 팔목을 잡고 피 묻은 자기 손을 불에 덴 내 손 위에 올려놓을 때까지 나는 잠시 멍하니 있을 뿐이다.

기린의 은빛 피가 화상을 입은 피부에 스며들자 곧 통증이 가라앉고 시원한 기분이 든다. 일이 분이 지나자 그가 내게서 손을 뗀다. 상처가 있던 곳이 흠잡을 데 없이 매끄럽다. "며칠은 쓰릴 겁니다. 하지만 곧 괜찮아질 거예요." 기린이 말한다.

나는 손을 들어 촛불에 비춰본다. 상처의 흔적이라고는 손바닥 가장자리가 붉다는 것뿐이다. 내가 고개를 든다. "기린, 고마……"

그가 서 있던 곳이 텅 비어 있어 나는 눈을 깜박인다. 기린은 벌써 방을 나가 뒤돌아 문을 닫는다.

"이제 좀 쉬어. 지쳤을 테니." 신이 이불을 가리키듯 고개를 까딱하며 말한다.

신이 방을 돌아다니며 여기저기 촛불을 끄고, 멀리 있는 벽에서 병풍을 들고 와 조심스럽게 이부자리 한가운데에 펼쳐둔다.

병풍을 사이에 두고 서로 나란히 자야 하는 것이다. 너무 지쳐서 항의할 수도 없다. 손은 여전히 아프고 놀랍게도 뜨거운 눈물이 뺨에 흘러내리기 시작한다. 나는 서둘러 요 끝으로 가서 이불을 어깨 위까지 끌어올린다.

병풍 반대편에서 신이 초를 불어 끄자 그의 진한 그림자가 시야에서 사라진다.

옷을 스르르 부드럽게 벗는 소리와 요 위로 누울 때 내는 한숨소리, 그가 움직이는 소리를 들으며 나는 몸을 굴려 똑바로 눕는다. 신은 내 혼을 훔치려는 도둑을 찾으러 아침 일찍부터 호랑이 가문에 갔다. 용왕에게 분노하면서도 그를 지키려고 있는 힘을 다한다. 운명의 붉은 끈이 공중에서 반짝이며, 내 손에서 이불을 가로질러 병풍을 뚫고 지나간다.

어둡고 조용한 가운데 하루의 사건들이 스쳐지나간다. 여신과의 끔찍한 만남뿐 아니라 희망의 끝에 선 여인의 마지막 소원을 목격했던 정원에서의 순간. 한자리에 고여 잊힌 채 떠다니던 그 모든 대답 없는 기도들. 내 기도가 생각난다. 내가 해마다 열린 종이배 축제 때 빌었던 소원들. 아무도 듣고 있지 않다고 생각할 때 어둠 속에서 속삭였던 기도들도.

아니, 사실 누군가 듣고 있다고 생각했다. 절망의 순간에도 신들이 우리를 굽어보고 있다고 믿었으니까. 우리는 그들의 사랑을 받고 있으니 언제나 혼자가 아니었다.

나는 그렇게 믿었다. 하지만 개울가에서 떨고 있던 그 여인의 모습이 내 머릿속에 박혀 있다. 가장 슬퍼하던 순간에 그녀는 정말 혼자였다.

내 혼이 다시 새가 되었으면 하는 심정이다. 그러면 여기서 날아갈 수 있을 테고 어떤 신도, 심지어 나조차도, 내가 지금 느끼는 것을 느끼지 못할 테니까. 나는 내 선택으로 다른 세상에 발이 묶였다. 내가 사랑하는 사람들을 구하리라는 희망도 이제는 없다.

몇 시간이 지나고 나서야 마침내 나는 선잠에 든다. 꿈에선 용이 나왔는데, 멀리서 나를 부르며 자신을 구해달라고 애원하는 목소리만 가득했다.

16장
약속

아침에 눈을 뜨니 신은 사라지고 없다. 병풍은 잘 접혀 벽에 세워져 있다. 울다 잠들어서 아픈 눈을 비빈다. 그리고 다친 손에 무리가 안 가게 조심하며 일어나 앉는다. 구석에 있는 무언가가 내 눈에 들어온다. 창문 아래의 낮은 시렁에 자그마한 뭔가가 놓여 있다. 나는 눈을 깜박이며 몸을 앞으로 내민다.

종이배다.

비틀비틀 다가간다. 종이배다. 끝이 불에 타 있지만 다른 곳은 온전하다.

어떻게……?

종이배 한쪽에 호수에서 따온 분홍색과 흰색 꽃이 기대어 있다. 활짝 핀 연꽃. 꽃잎이 벌어져 한가운데가 별빛처럼 빛난다. 내가 잠든 사이 신이 종이배를 가지러 다녀온 모양이다.

나는 종이배와 연꽃을 가슴께로 가져온다. 묘한 기분이 내 안에 차오른다. 아침햇살에 불그스레해진, 창문 밖으로 이어진 끈이 눈에 들어온다.

기린이 대부분의 통증을 없애주었다고는 해도 내 손은 완전히 회복되기까지 이틀이 걸렸다. 첫날 밤 이후로 신은 방에 돌아오지 않는다. 나는 나리 언니로부터 우리가 달의 사원을 방문한 다음날 아침에 전령이 왔고, 신이 도둑들을 잡으러 남기와 기린을 데리고 떠났다는 사실을 전해들었다. 곰 같은 남자와 족제비 같은 남자, 두 사람이 도시를 떠나는 모습이 목격되었다고 한다.

하루는 길지만 나는 바쁘게 지낸다. 명문가에서 보낸 정혼 축하 선물이 도착한다. 다기, 청자 화병, 자개 보석함, 산수화와 시가 쓰인 병풍, 수놓인 비단 요가 담긴 커다란 궤짝. 정혼의 진실이 밝혀지면 이 물건들이 어떻게 될지 궁금하다. 연화당에서의 첫날 아침에 왔던 시녀들이 나를 돌봐준다. 두 사람은 젊은 외양과는 달리 오랫동안 신을 섬겨온 자매다. 나는 그들이 하는 살림을 돕는다. 우리는 호수에서 길어온 물로 이불을 빨고 남쪽 들판에 널어 말린다. 이불은 마치 바람에 날리는 커다란 구름 같다.

못 나가게 하는 사람은 없지만, 나는 연화당을 둘러싼 담 안에 머문다. 도토리를 줍고 꽃을 말리며 소일하고, 말린 꽃은 신의 방에 걸어 빈방에 활기를 준다. 나는 더 젊은 시녀와 병풍에 산수를 그려보기도 한다.

내가 너무 방안에만 있으려 하자, 더 나이든 시녀가 마침내 내게 나가보라 당부한다. 나는 이리저리 걷다 누각까지 가서 호숫가로 걸어내려간다. 거기서 발견한 작은 배를 호수로 밀어넣고 뱃전을 넘어 오른다. 배에 누워 하늘을 바라본다. 멀리 하늘에 혹등고래처럼 보이는 것과 물고기 몇 마리밖에 없는 맑은 날이다.

나는 눈을 감고 떠내려간다.

갑자기 날카로운 외침이 들리고 배가 혹 멈춘다. "이봐, 조심해!"

나는 허둥지둥 무릎으로 일어나 배 밖을 내다본다.

다이가 미키를 자기 배 위에 올려놓고 물에 떠 있는데, 마치 미키 모양의 물고기를 잡은 수달처럼 보인다.

"다이!" 내가 소리친다. "여기서 뭐 하고 있어? 물에서 나가. 위험하잖아."

"나 수영하고 있는데." 다이는 배에 어린아이를 올려놓고 호수 한가운데에 떠 있는 게 별일 아니라는 듯이 무덤덤하게 말한다.

뒤에서 목소리가 들려온다. "걱정 마, 미나. 다이는 미키에게 해로운 일은 안 해."

돌아보니 배의 맞은편에 탈이 앉아 있다. 장밋빛 뺨에 웃는 할미탈 얼굴이다. 호수 한가운데까지 어떻게 온 것인지 젖은 곳 하나 없다.

내가 놀라 바라본다. "너 혹시 여신이야?"

170

"난 혼령이야. 우리가 처음 만났을 때 말했잖아."

나는 맑고 탁 트인 하늘을 둘러본다. "혼령이 날 수도 있어?"

"몇몇 혼령은. 나는 아니지만. 난 약한 혼령이야, 기억해?"

"그러면 어떻게……"

"오늘은 외출하기 좋은 날이야." 탈이 얼굴을 위로 든다. 뺨의 붉게 칠해진 부분이 태양 아래에서 점점 커지는 것 같다. 길고 늘씬한 목선이 보인다.

배 밑바닥에는 오래된 낚싯대가 있다. 탈이 몸을 숙여 낚싯대를 들어올려 물속에 낚싯줄을 던진다.

"낚싯바늘이 없어. 미끼도 없고."

"아, 난 뭘 낚고 싶은 게 아냐." 탈이 아리송하게 말한다.

배는 떠내려가다가 미풍에 붙들린 듯 이제는 호수 건너편으로 미끄러지기 시작한다.

"계속 널 찾고 있었어. 그런데 연화당을 떠나지 않더라."

"기린이 손을 쓰지 말라고 해서. 화상 때문에……"

"음." 애매모호한 음. 얼굴은 즐거운 표정 그대로이지만 '음' 하는 소리에 나무라는 기운이 느껴진다.

"청소하는 걸 도왔어." 나는 다소 방어적으로 말한다. "시녀들도 너처럼 혼령이야. 우리는 내가 머무르는 신의 방을 환하게 만들고 있어. 텅 비어 있거든. 정원에서 꽃을 좀 가져다놓았어. 더 젊은 시녀가 버루의 먹을 받건헤서 병풍에 산수를 그렸고. 신괴 니무들 같은……"

탈은 고개를 한쪽으로 기울인 채 말한다. "화상을 입은 소녀치고는 손을 너무 많이 쓰고 있는데."

나는 얼굴을 붉힌다. "응, 그게, 오늘은 아주 많이 아프지 않아서."

탈이 가볍게 고개를 끄덕인다.

나는 시선을 돌리다가 물속의 움직임을 포착한다. 그러고 보니 미키와 다이가 어디 있지? 배의 속도가 아주 빠르지는 않지만 다이가 배 위에 아이를 올린 채 쫓아오기는 힘들 것이다.

그때 뱃전 너머로 다이가 탈이 던져준 낚싯줄을 잡고 있는 걸 본다. 다이와 미키는 낚싯줄에 매달려 함께 끌려오고 있다.

"네가 처음 도착했을 때 용왕님을 구하기로 마음먹었잖아."

나는 어깨를 웅크리며 얼굴을 찡그린다. "그랬지. 지금도 그래. 그런데 그냥, 그게 가능한 건지 모르겠어."

탈이 다시 애매하게 "음" 하는데, 어째서인지 그녀에게 뭔가 속엣말을 하고 싶어진다.

내가 불쑥 털어놓는다. "여자들과 아이들의 여신을 찾아갔어. 나는 여신에게 아이를 가진 젊은 여인의 소원을 가져갔어. 여신은 그녀가 얼마나 고통스러운지 봐놓고도 신경쓰지 않았어. 웃어넘기더라고. 그 여인은 울고 있었고 아이는 죽어가고 있었는데 여신은 웃어넘겼어. 인간에 대한 사랑도 동정도 없었어." 나는 고개를 젓는다. "희망이 없어. 내 임무는 가망이 없고. 그때 깨달았지…… 아마도 나는 용왕의 진정한 신부가 아닌가보구나. 나는 용왕님을 구할 사람이 아닌가보다 하고."

탈이 아무 말도 하지 않자 나는 조용히 덧붙인다. "그게 왜 모두 내 책임이지?"

"그렇대?"

"신화에서는 용왕님의 신부만이 그를 구할 수 있다고 하잖아. 그게 내 운명이 아니라면 뭐가 내 운명인 거지?"

나는 탈이 확실한 답을 말해주기를 기다리지만 그녀는 어깨를 으쓱할 뿐이다. "미나, 만약 용왕님의 신부에 대한 신화가 없다면 넌 뭘 할 거니? 포기할 거야? 누군가 네 운명이 하루종일 앉아서 만두만 먹는 거라고 하면 어떻게 할 거야?"

"그거 정말 멋진 운명인데!" 다이가 뱃전 너머에서 말한다.

탈이 앞으로 몸을 내민다. "만약 누군가가 네 운명이 가장 높은 폭포에 올라가 뛰어내리는 거라고 한다면? 아니면 네가 세상에서 가장 사랑하는 사람을 해치는 게 네 운명이라면? 심지어 너한테 세상에서 너를 가장 사랑하는 사람을 해치라고 한다면? 운명은 까다로워. 너나 나나 심지어 신들도 운명이 뭔지 이해하기 어려워." 탈이 내 손을 잡더니 운명의 붉은 끈이 보이지 않을 텐데도 엄지손가락으로 끈을 어루만진다. 천천히 얼굴을 들어올리고 호수 건너편을 본다. 내 눈도 탈의 시선을 따라간다.

신이 호숫가에서 나를 기다린다.

"운명을 쫓지 마, 미나. 운명이 널 쫓게 해야지."

고개를 돌려보니 탈은 사라지고 없다. 나는 배 밖을 내다본다. 다이와 미키도 보이지 않는다.

배가 천천히 방향을 바꿔 호숫가로 향한다.

* * *

신이 얕은 물가의 갈대 사이를 헤치고 와서 뱃머리를 잡아 끌어당긴다. 배가 물가에 닿자 나는 폴짝 뛰어내려 치맛단을 툭툭 턴다.

돌아보다 신과 눈이 마주친다. 운명의 붉은 끈이 우리 사이에서 펄럭인다.

나는 신에게 신god과 같은 자질이 있는지 보려고 찬찬히 살핀다. 지금껏 만났던 신들을 생각한다. 내 앞에 선 신은 용왕보다 키가 크다. 여우 여신보다 덜 무섭다. 여자들과 아이들의 여신과는 달리 정직하다. 그가 하는 모든 행동은, 내 혼을 훔칠 때조차 자기 가문이나 도시를 보호하려는 의도 때문이다.

무섭지는 않지만 고결하고 혼은 없는 키가 큰 신. 어떻게 나의 운명이 그의 운명과 엉키게 되었을까?

"찾았나요?" 내가 묻는다.

"아직. 도시 동쪽 산에서 도둑들의 흔적이 사라졌어." 신이 조심스레 나를 살핀다. "당신은 연화당을 떠나지 않았군."

"안 그러겠다고 약속했잖아요." 나는 여인의 소원을 들어준다면 연화당을 떠나지 않겠다고 약속했다. 소원은 이루어지지 않았지만 신은 약속을 지켰다.

"도둑은 못 찾았지만 이걸 발견했어." 신이 저고리에서 천조각을 꺼낸다.

그에게서 받은 천조각을 손가락으로 매만진다. 거기에는 발톱을 내민 채 힘차게 도약하는 호랑이가 빨간색, 금색, 검은색 실로 바느질되어 있다.

나는 천조각을 돌려주며 눈을 들어 그를 본다. "호랑이 가문."

신이 근심어린 표정으로 고개를 끄덕인다. "지난주에 호랑이 가문에 방문했을 때 범 군주는 도둑을 보내지 않았다고 했어. 훌륭한 군사 전술가인 그가 이런 명백한 증거를 남긴 것은 부주의하거나…… 의도적인 것 같아. 어쨌든 나는 이걸 무시할 수 없어."

"전에는 아무도 신부의 혼을 훔치려 한 사람이 없었다고 했잖아요. 지금은 왜 그런다고 생각해요?"

"내 생각에는 당신을 통해 용왕님을 해치려는 것 같아. 당신이 그에게 묶여 있지 않다는 걸 모르고. 어쨌든 그들이 성공하도록 내버려둘 수는 없었어. 그래서 당신에게 집에 머무르라고 했던 거야. 그들이 공격해와도 내 수하들이 당신을 보호할 테니까."

나는 그가 용왕을 위해, 그리고 지금은 그 자신을 위해 나를 보호한다는 걸 알고 있다. 하지만 순간 엉뚱한 생각이 든다. 만약 그가 다른 누구도 아닌 나를 지키려 했던 거라면?

신이 미간을 찌푸리며 천천히 말한다. "어쩌면, 그들이 당신의 혼을 훔치러 왔던 그날 밤, 그들의 의도는 운명의 붉은 끈을 되살리려는 거였을지도 몰라……"

"그렇게 해서 나와 용왕님을 차례로 죽이려고요?" 나는 코를 찡그린다. "그렇게 내버려두지 않겠어요. 내 혼은 이제 안전하게 내 안에 있어요."

신이 고개를 돌리자 나는 내가 무심코 뱉은 말에 신이 상처받았을까 움찔한다. 그는 자기에게 혼이 없다고 했는데.

하지만 돌아볼 때 그는 고통스럽다기보다 생각에 잠긴 표정이다. "잠깐 같이 걸을까?"

우리는 다리를 돌아 전각이 여러 채 들어선 호수 저편으로 간다. 하인들이 선착장에 매인 배에서 쌀과 채소 바구니를 내린다. 나는 호수에서 탈과 다이를 찾아보지만 어디에도 보이지 않는다.

나란히 걷는 신과 나 사이에 부드러운 침묵이 감돈다. 점점 더 나에 대해서 더 잘 알게 되는 느낌이다. 탈과 이야기를 나눈 덕분이기도 하지만 신이 여기 나와 함께 있는 덕분이기도 하다. 운명의 붉은 끈은 내 곁눈질에 흐릿하게 빛나는 친근한 빛이기도 했지만, 동시에 끊임없이 신의 부재를 일깨워주는 것이기도 했다. 신을 둘러싼 무언가가 나를 더 용감하게 만들어준다. 내가 그에게 믿음을 주는 사람이라도 될 수 있을 것처럼.

무연히 운명의 붉은 끈을 바라보고 있다가 눈을 들어보니 신도 역시 같은 곳을 보고 있다. 이윽고 그가 고개를 든다.

"기린은 우리가 산에 있을 때 나 때문에 좌절했어. 도둑의 흔적을 찾아야 하는데 내가 자꾸만 다른 생각에 빠져들었거든. 가끔 운명의 붉은 끈이 나풀대며 반짝일 때 나는 이런 생각을 했지. 미나가 지금 무얼 하고 있을까? 또 무슨 일을 치고 있는 건 아닐까."

신이 살짝 웃으며 머리를 흔든다. "돌아왔을 때 당신이 연화당을 떠나지 않은 걸 보고 놀랐어."

나는 순간 당황해 그의 말을 부인하려 했지만, 놀랍게도 내 입에서 진심이 튀어나온다. "여자들과 아이들의 여신을 만나고서 난 절망했어요. 내 믿음은 큰 상처를 입었죠. 여신이 그렇게 많은 사람의 진심을 담은 기도에 신경쓰지 않는다는 사실을 받아들이기 힘들었어요."

그 끔찍한 감정이 다시 마음속에 퍼져 나는 목에 손을 갖다댄다. 고개를 드니 신이 나를 보고 있어 갑자기 마음이 약해진다.

나는 손을 떨어뜨린다. "음, 당신이 돌아와서 정말 기뻐요." 경솔하게도 나는 이렇게 말한다. "적어도 당신이 옆에 있으면 맥빠져 있지는 않아요." 신은 잠자코 듣는다. 나는 뒤늦게야 이 말이 어떻게 들릴지 깨닫고 변명하듯 말한다. "그러니까 우울한 생각에 빠져들 시간이 없다는 말이에요. 당신을 어떻게 이용할까 생각하느라 바쁘거든요. 당신이 날 화나게 하면 나는 더 용기를 내기 쉽고요."

그는 눈썹을 치켜세운다. "나를 칭찬하다가 갑자기 욕보일 수 있는 사람은 당신뿐일 거야."

선착장에 올라 두꺼운 판자 위를 끝까지 걷자 기둥에 정박된 배에 이른다. 우리가 여우 가문에 갈 때 탔던 배다. 신이 몸을 구부려 밧줄을 풀 때 가슴이 이상하게 아프다. "어디를 가는 거예요? 이제 막 돌아와놓고."

아까 한번 진심이 불쑥 튀어나와서인지 이번에도 내 마음이 나도 모르게 드러나버린다. 나는 그가 떠나지 않길 바란다. 그리고 이런 각성이 날 혼란스럽고 화나게 만든다. 볼이 뜨거워진다. 그가 배에 정신이 팔려 있어 다행이다.

배가 조용히 흔들리는 와중에 신이 말한다. "달의 사원 밖에서 당신은 내가 용왕님을 미워한다고 단언했지. 사실은, 그렇지 않아. 그분을 원망하는 건 맞아. 날마다 가련히 여기는 동시에 의심하기도 하지만 결코 미워하지는 않아. 다만…… 저주를 받은 건지 아니면 용왕님 스스로 자신에게 저주를 건 것인지 모르겠어. 어쩌면 내 감정 때문에 판단력이 흐려졌는지도 몰라."

신이 돌아서서 내게 손을 내민다. "오랫동안 연꽃 가문은 인간 신부와 연결된 위험한 끈을 베어버리고, 잠시 동안 출혈을 막는 것으로 용왕님을 구해왔어. 하지만 제대로 치료하지 않은 상처는 다시 벌어지기 마련이지. 제대로 치료를 해야 해."

나는 그의 손을 잡고 배에 올라 자리를 잡는다. 그가 내 반대편에 앉아 노에 손을 뻗는다.

"하지만 용왕님은 옥좌가 있던 대전에도 정원에도 안 계셨어요."

"어딘가에는 계시겠지. 필요하다면 날마다 가볼 수도 있겠고."

희망은 격렬한 감정이다. 까치가 날개를 펴는 것처럼 희망이 내 안에서 부풀어오르는 것을 느낀다. 신과 함께 있는 이 순간 우리 사이에 운명의 붉은 끈이 불꽃처럼 밝게 빛나고 어떤 일이든 해낼 수 있을 것만 같다.

17장
용왕의 정원

우리는 용궁 밖 수로에 배를 두고 병풍에 가려진 문을 통해 용왕의 정원으로 들어간다.

정원은 버려져 있었음에도 아름답다. 자갈길을 따라 흩날린 꽃잎이 내 치마의 부풀어오른 주름에 닿는다. 보슬비가 내린다. 동쪽 어딘가에서 폭풍이 몰아치고 있는 건 아닐까.

연못에 미풍이 일어 종이배들이 물가 멀리로 밀려난다. 가장 가까운 물가는 눈에 띄게 비어 있다. 신이 별채를 수색하는 사이 나는 연못가까지 걸어가 허리를 숙여 돌을 집어든다.

할아버지는 우리 정원의 연못에서 물수제비를 뜨곤 하셨다. 어렸을 때 준 오빠와 나는 누가 더 많이 물수제비를 뜨는지 시합하곤 했다.

나는 손을 뒤로 젖혔다가 물위로 돌을 던진다. 돌이 퐁당 소리를 내고 가라앉는다. 어깨 너머로 신이 별채를 돌아나오는 걸 본다. 무표정한 얼굴이다.

나는 또 돌을 집으려고 몸을 숙이다 거친 뭔가에 손가락이 스친다. 이 돌은 다른 돌과 달리 연꽃 문양이 새겨져 있다. 문양이 자연에서 절로 생겨났다고 보기에는 선이 너무나 가지런하다. 여덟 개의 타원형 꽃잎과 별빛 같은 중심을 누군가 칼로 애써 새긴 것이다. 그걸 보니 신이 종이배 옆에 놓아둔, 지금도 얕은 그릇에 떠 있는 연꽃이 생각난다. 나는 그 조약돌을 주머니에 넣는다.

곁눈으로 힐끗 보니 신이 별채 저편 나무 아래에서 경계를 서고 있다. 아무리 찾아도 용왕이 보이지 않으니 기다리는 것이 최선일 것이다.

다음 반시간 동안 나는 물가를 오르내리며 돌을 던지다 구름이 하늘을 가득 채우자 그만둔다. 연못 옆에 털썩 주저앉는다. 할아버지는 우리 정원의 연못가에 앉아서 여유롭게 헤엄쳐다니는 오리를 보고 있을 때가 가장 평화롭다고 항상 말씀하셨다. 이 연못에는 오리 대신 종이배만 가득하다. 종이배는 제멋대로 움직이는 피라미떼처럼 북쪽 물가에 모여 있다.

종이배 하나가 무리에서 떨어져나와 연못 중앙으로 떠내려온다.

점점 가까워지자 그 종이배가 다른 종이배와 다르다는 걸 알아챈다. 어설프고 울퉁불퉁하게 접혀 있고 물에 반쯤 잠겨 있다. 거친 붉은색 실이 종이배 중앙을 따라 흘러내리는데 반으로 찢었던 것을 다시 꿰맨 듯하다.

갑자기 몸이 서늘해진다. 내가 알고 있는 종이배다.

내가 저 배를 만들 종이를 찾아낸 사람이자, 서늘한 종이를 입술에 대고 조용히 기도를 올린 사람이다. 떨리는 손으로 그 종이를 배로 접은 사람이 바로 나였다.

저건 내 소원이 담긴 나의 종이배다. 종이배 축제 때 만든 유치한 소원을 담은 종이배가 아니라 다른 종이배다. 강에 띄운 적 없는 종이배.

나는 앞으로 달려나가 연못으로 뛰어든다.

"미나!" 신이 내 뒤에서 소리친다.

종이배를 잡을 생각에 그의 목소리는 들리지 않는다. 종이배를 붙잡는다. 내 발이 위로 솟은 나무뿌리에 걸린다. 휘청거리다 물 아래로 빠진다.

잠시 버둥거리던 나는 금방 밖으로 나와 물을 뿜고 주위를 둘러보지만, 연못은 텅 비어 있다.

종이배는 사라지고 없다. 내가 상상을 한 거였나? 내 죄책감이 기도의 기억을 되살렸나?

나는 흠뻑 젖은 채 물가로 힘겹게 돌아온다. 내가 무모했다는 것을 인정하고, 내가 한 일에 화가 났을 신에게 한소리 들을 준비를 한다. 하지만 고개를 든 순간 나는 다시 물에 빠질 뻔한다.

바로 옆의 풀밭에 용이 누워 있고 용 옆에 용왕이 있다.

용은 지고 있는 용왕을 보호하듯 몸을 둥글게 말고, 뿔이 난 거대한 머리를 소년 용왕 옆에 괴고 있다. 커다란 수염이 용왕의 부드러운 머리칼과 뒤엉켜 있고, 용이 숨을 내쉬면 소년의 머리카락이 따뜻한 바람에 휘날린다.

용은 눈을 뜨고 나를 바라본다. 바다처럼 검고 빛나는 총기 있는 눈이다. 나는 용의 갑작스러운 움직임을 경계하며 물 밖으로 조심스럽게 걸어나가지만, 용은 거대한 고양이처럼 그저 누워 있는 것만으로도 흡족해 보인다. 나는 용이 날 통째로 집어삼키기로 결심하는 순간 도망칠 각오를 하며 천천히 다가간다.

용이 낮게 으르렁거리는 걸 보니 내가 너무 오래 망설인 게 틀림없다. 내 발밑의 돌들이 떨린다. 용의 눈이 초조한 듯 나와 용왕 사이에서 휙휙 오간다. 까다롭긴. 오히려 용이 용왕 쪽으로 오라고 나를 재촉하는 것 같다. 나는 마지막 몇 발자국을 가서 용을 순식간에 훑어보고, 내 손을 소년 용왕의 손 위에 올려놓는다. 전처럼 눈부신 빛속으로 빠져든다.

* * *

내가 첫번째로 알아챈 것은 내가 아직 정원에 있다는 사실이다. 비록 처음 혼령들의 세상에서 깨어났을 때처럼 짙은 안개에 싸여 있지만.

두번째는……

"신!" 신이 연못가에 엎드린 채 움직이지 않는다. 나는 앞으로 허둥지둥 걸어가 그 옆에 무릎을 꿇는다. 신의 몸을 돌리고 손가락으로

182

그의 입술 위를 더듬는다. 신의 따뜻한 숨결이 느껴지자 안도감이 몰려온다. 내가 여유를 조금만 가졌다면 안개 속에서 밝게 빛나는 운명의 붉은 끈을 보고 그가 온전하다는 것을 알았을 것이다. 끈이 그대로 있는 한, 우리 둘 다 안전하다. 우리의 삶은 서로 묶여 있다.

나는 신의 몸을 안아올려 내 무릎에 올린다.

"그는 괜찮아. 자고 있을 뿐이야."

나는 고개를 든다. 내 옆에 용왕이 서 있다. 그가 입은 호화로운 옷의 밑단이 흙탕물에 젖어 있지만, 그는 알아차리지 못하는 것 같다. 그의 뒤로 안개가 옅어져 그 안에 있는 용의 그림자를 알아볼 수 있다.

용왕의 시선은 신에게서 내게로 옮겨온다. "내 혼은 당신이 내 신부라고 말하는군."

나는 놀라서 눈을 깜박인다.

"당신이 적임자야." 그가 머리를 옆으로 기울이자 긴 속눈썹 위로 검은 머리카락이 흘러내린다. "당신이 마음에 들어. 머리카락이 따뜻한 나무껍질 같고 눈이 밤바다 같아. 밤바다 속에 달이 보여. 두 개의 달. 두 개의 밤바다."

나는 뭐라고 말해야 할지 몰라 침을 꿀꺽 삼킨다. 우리가 이야기를 나누는 건 이번이 처음이다. "정말 낭만적인 분이시군요, 용왕님."

"꼭 그렇지는 않아." 용왕이 돌아서서 연못가로 걸어간다. 연못에 가느다란 손가락을 넣어 물결을 일으킨다. "그냥 외로위."

나는 어디서부터 시작해야 할지 모르겠다. 옥좌가 있던 대전에서

처럼 악몽에 갇혀 슬픔에 잠겨 있는 이 소년을 보호하고 싶다는 생각에 사로잡힌다. 그에게 대뜸 요구하고 싶진 않다. 사람들을 살려내. 폭풍을 끝내. 깨어나서 옛날로 돌아가. 온전하고 행복했던 때로.

내 무릎에 있는 신이 신음소리를 낸다. 눈은 여전히 감고 있다. 나는 부드럽게 그의 이마에 붙은 머리카락을 옆으로 쓸어준다.

"그는 싸우고 있어." 용왕이 말한다. "깨어나고 싶어서."

나는 지금 이 순간에 머물러야 할지 신을 도와야 할지 고민하며 용왕을 바라본다. 곧 소년과 용이 곧 사라지고 내가 꿈에서 쫓겨날 것 같은 느낌이 든다.

용왕이 말한다. "그에게 이야기를 들려줄 수도 있겠네."

내 심장은 고요하다. 이야기라고? 백 년 동안 잠든 용왕을 설득하는 건 어렵지만 이야기라면 할 수 있다. 나는 오빠들과 마을 아이들에게 수백 가지 이야기를 들려주었다. 하지만 용왕과 신을 위한 이야기는 어떤 것이여야 할까?

신이 내 무릎에서 뒤척인다. 내 눈은 신에게서 용왕에게로 또 천천히 신에게 옮겨간다.

자기를 버린 용왕을 원망하면서도 용왕을 해치려는 이들로부터 지키고 있는 신. 내 입에서 마치 기다렸다는 듯이 이야기가 흘러나온다.

나는 깊이 숨을 쉬고 이야기를 시작한다. "옛날 옛적에 두 형제가 살았어요. 가난한 동생은 허름한 집에 살았지만 다정하고 착했고, 형은 고대광실에 사는 부자였지만 잔인하고 욕심이 많았죠.

어느 날 동생이 숲에서 울려퍼지는 불쌍하게 우는 소리를 들었어요. 소리를 따라가보니 둥지에서 떨어진 제비 새끼가 날개를 다친 채 아파 울고 있었어요. 제비를 집으로 데려온 동생은 제비에게 약을 발라주고 나뭇가지로 날개를 고정해주었어요. 그런 다음 제비를 다시 둥지에 놓아두었는데, 겨울이 되어 제비는 남쪽으로 날아갔어요.

다음해 봄에 제비가 다시 돌아와 동생의 마당에 박씨를 떨어뜨렸고, 그 박씨가 자라나 다섯 통의 커다란 박이 되었어요. 동생이 첫번째 박을 자르니 평생 먹고도 남을 만큼 엄청난 양의 쌀이 쏟아져나왔어요. 두번째 박에서는 금은보화가 나왔죠. 세번째 박에서는 물의 여신이 나왔고 나머지 박 두 개에서는 작은 목수들과 목재들이 나왔어요. 그들이 하루 만에 동생에게 근사한 집을 지어주었죠.

형은 동생의 행운을 듣고 동생네 집으로 가서 어떻게 그 짧은 시간에 부자가 되었느냐고 물었어요. 그래서 동생은 제비 이야기를 해주었답니다.

자신이 똑똑하다고 생각한 형은 둥지를 짓고 제비가 와서 알을 낳을 때까지 기다렸어요. 그런 다음 둥지에서 제비 새끼를 꺼내 날개를 부러뜨렸어요. 형은 동생처럼 날개에 약을 발라주고 부목을 대주었죠. 겨울이 되어 제비가 남쪽으로 날아갔고, 형은 제비가 돌아오기만을 기다렸어요. 예상대로 제비가 봄에 돌아와 형의 마당에 박씨를 떨어뜨렸고, 박씨를 심자 앞서와 같이 다섯 개의 박이 열렸답니다.

형은 즐거워하며 첫번째 박을 터뜨렸어요. 그런데 그곳에선 도깨비들이 나왔어요. 그들은 형의 탐욕과 잔인함을 비난하며 방망이로

형을 때렸어요. 형은 다음 박에는 보물이 있을지도 모른다고 생각하며 두번째 박을 터뜨렸어요. 그런데 거기에서는 빚을 받으러 온 사람들이 잔뜩 나와 형의 전 재산을 빼앗아 사라졌답니다. 세번째 박에서는 오물이 쏟아져나와 집과 나머지 두 박까지 쓸어가버렸어요. 형에게는 아무것도 남지 않았어요.

형은 자신의 잘못을 깨닫고 동생에게 달려가 도움을 청했답니다. 지금까지 형은 좋은 형도 아니었고, 동생에게 다정하게 대해주지도 않았어요. 사실 대놓고 잔인하고 못되게 굴었죠. 그래서 동생네 집에 이르렀을 때 형은 동생이 자기를 내쫓을 거라 생각했지만, 동생은 형에게 집안으로 들어오라며 말해요. '우리 형님이시니 제 것은 형님 것이기도 합니다.' 동생은 재산의 반을 형에게 주었고 동생의 우애를 깨달은 형은 처음으로 진심으로 뉘우치고 부끄러워하죠. 형은 겸손하고 착한 사람이 되었고, 둘은 가족과 사랑하는 사람들에 둘러싸여 오래오래 행복하게 살았답니다."

내가 이야기를 하는 동안 용왕은 연못가에 남아 있었다.

용왕의 목소리는 조용하다. "이 이야기의 의미가 뭐지?"

나는 가늘게 떠는 용왕의 뒷모습을 바라본다. "의미는 없어요. 그냥…… 느낌만 있죠."

"그 느낌이 뭔데?"

"용서 없이는 나아갈 수 없다는 거죠. 아무리 사랑하는 이여도."

이것이 내가 이 특별한 이야기에서 얻은 교훈이었다. 우리 가족 중 누군가 잘못을 저지른다면, 내 형제도 나를 용서할 것이고 나도 그를 용서할 거라고 믿고 싶었다.

"용서." 용왕이 말한다. "내가 저지른 일은 결코 용서받지 못할 거야."

용왕이 물에서 손을 들어올려 이마에 손가락을 댄다. 감은 눈에서 물방울이 마치 눈물처럼 아래로 흐른다. "머리가 아파. 날 내버려 둬."

"잠깐만요. 용왕님이 아셔야 할 일이 있어요. 우리 마을 사람들이……"

용이 안개 속에서 고개를 들어 내 얼굴에 차가운 숨을 내뿜는다.

나는 의식을 잃고 쓰러진다. 깨어나보니 빈 정원이고, 신이 내 옆에 있다.

"미나." 신은 잠결에도 일어나 앉으려고 안간힘을 쓴다. 그의 목소리에는 근심이 가득차 있다. "괜찮아?"

"나, 나는 괜찮아요." 깜짝 놀라며 말한다. 잠들어 있을 때 신은 너무나 약해 보여 그를 지켜야 할 것 같았다. 하지만 지금은 이상하게도 내가 무방비로 드러난 기분이다.

신이 종이배를 가지고 돌아왔다는 사실을 알게 된 그날 아침처럼 내 가슴은 이상한 느낌으로 가득차 부풀어오른다. 그날 아니면 여신에게 소원을 가져갔던 그 전날, 우리 사이의 무언가가 바뀌었다. 아직은 그 감정에 무어라 이름 붙일 준비는 되어 있지 않지만.

나는 고개를 돌린다. "방금까지 용왕님이 여기 있었어요, 신. 나는 그의 꿈속에 있었어요."

신은 이마를 찡그리지만 아무 말도 하지 않는다.

"그게 무슨 의미일까요?" 내가 묻는다.

"모르겠어." 신이 답하고는 주저하며 덧붙인다. "용왕님은 이제까지 한 번도 신부에게 자신을 드러낸 적이 없었어."

우리 주위의 안개가 옅어진다.

"이제 같이 돌아갑시다. 미나. 우리는 너무 오래 이곳에 머물렀어."

신이 내 손을 잡으려고 손을 뻗고 그의 꾸준한 다정함에 위안을 얻는다. 이제 내 손바닥을 그의 손바닥에 슬며시 갖다대도 자연스럽다. 우리가 손을 잡자 점점 짧아지던 운명의 붉은 끈이 손바닥 사이로 완전히 가려진다. 운명이 눈앞에 보이지 않는 인간 세상처럼.

18장

덫

연화당으로 돌아가자 기린과 남기가 선착장에서 우리를 기다리고 있다. "신 님이 안 계신 동안 학 가문에서 서신이 왔습니다." 기린이 두루마리를 건네며 말한다.

신이 끈을 풀어 펼치자 우아하고 유려한 붓글씨로 짧은 전언이 쓰여 있다. "유 군주님이 범 군주가 배반했다는 증거를 가지고 있다 합니다." 기린이 알린다. "즉시 오시라고 합니다."

내가 남기를 돌아본다. "내가 여기 처음 온 날 밤, 학 가문은 학자들을 수호한다고 말해줬죠."

"맞아요." 남기가 고개를 끄덕인다. "학 가문은 역대 가장 위대한 학자들을 배출해왔어요."

"그렇다면……" 내가 신에게 말한다. "같이 가도 될까요? 나는 학자나 유 군주님을 직접 만나 용왕님에 대해 묻고 싶어요. 어쩌면 누군가 용왕님의 과거에 대해 알고 있을지 몰라요."

신이 주저하자 남기가 말한다. "기린과 제가 같이 가면 미나 아가씨는 안전할 겁니다."

신이 마지못해 고개를 끄덕이고, 나는 서둘러 별채로 가서 아직 연못 냄새가 남아 있는 옷을 벗고 좀더 화려한 연청색 저고리와 분홍색 치마로 갈아입는다. 목에 고조할머니의 은장도를 걸고 연꽃이 새겨진 자갈은 허리춤에 매단 비단 주머니 속에 넣는다.

신과 남기, 기린과 나는 다함께 용궁의 북동쪽에 자리한 학 가문을 향해 걷는다. 석양이 전각을 흐릿한 황금빛으로 물들인다. 긴 장대를 든 혼령들이 등불에 불을 붙이며 전각 안팎을 돌아다닌다.

곧 신과 기린은 범 군주의 배신을 폭로할 계획에 대한 깊은 토론에 빠져든다.

근처에 큰 폭포가 있는지 낮게 쏴 하는 소리가 사방에 퍼진다.

"용왕님은 어땠어요?" 남기가 내 옆에서 걸으며 묻는다.

나는 연못을 바라보던 용왕의 얼굴을 떠올린다. "내가 예상했던 모습과 너무나 달랐어요. 용왕님은…… 우울해 보였어요. 마치 무언가를 잃어버렸는데 그게 뭔지 잊어버린 느낌이었어요."

남기가 굴러다니는 돌을 찬다. "그리고 용이 같이 있었죠? 부럽네요. 나는 용을 다시 볼 수 있다면 뭐든 내놓을 수 있어요."

남기의 목소리에는 간절함이 가득하다. 옆얼굴은 등불의 그림자로 가려져 있다. 남기가 전에 했던 말이 기억난다. 그의 종족 이무기는 언젠가 용이 되기 위해 끝없는 전투를 한다고.

"이무기와 용의 차이는 뭔가요?" 내가 묻는다.

"개수로는 몇 가지뿐이지만 엄청난 차이가 있어요. 이무기가 소금과 불의 동물이라면 용은 바람과 물의 동물이죠. 이무기는 별똥별처럼 밝고 빠르게 불태우는 힘으로 주술을 부리는 반면, 용은 느리지만 끝없이 이어지는 강 같은 힘으로 주술을 부려요. 용의 여의주는 어떤 소원이든 이뤄준다는 말이 있고요. 그리고 용은 이무기보다 세 배 크고 엄청나게 은혜롭고 선하죠. 이무기와 달라요. 이무기는 악하거든요."

"하지만 남기, 당신은 이무기잖아요." 내가 천천히 입을 연다.

남기가 킥킥 웃는다. "네, 난 이무기예요!" 다가오던 잉어떼가 놀라 달아난다.

앞에 있던 기린이 남기의 웃음소리를 들었는지 은빛 눈이 어깨를 넘어 남기에게 향한다.

"가장 큰 차이점은 이무기는 떼로 다니지만 용은 보통 혼자라는 점일 거예요. 대부분의 이무기는 무리 없이 생존할 수 없기 때문에 늑대처럼 살든 죽든 형제들과 함께해요. 혼자 있는 일은 거의 없죠. 나는 내가 아는 유일한 돌연변이예요."

남기가 손을 뻗어 내 어깨를 가볍게 토닥이는 걸 보니 내 표정을 본 모양이다. "걱정 말아요, 미나. 나에게는 신 님과 기린이 있잖아요. 내게 형제는 그 둘이면 돼요."

나는 기린이 이 말을 들었는지 그를 힐끗 보지만 그는 이미 시선을 돌리고 있다.

우리는 학 날개 모양의 지붕이 여러 층으로 쌓인 거대한 흑백 요새인 학인당에 도착한다. 흑백 옷을 입은 하인이 매끄럽게 사포질된 짙은 색 참나무 바닥이 인상적인 기품 있는 방으로 안내한다. 기다란 탁자 양쪽 책장에는 돌돌 말린 두루마리와 실로 묶인 책들이 가지런히 쌓여 있다.

서고 같다. 수백, 수천 가지 이야기가 여기 있을 것이다. 역사와 신화와 시와 노래. 혼령들과 신들의 기억은 시간이 지나며 희미해질 수도 있지만 책은 희미해지지 않는다. 이야기는 영원하다. 이 두루마리들 중 하나에 백 년 전 무슨 일이 있었는지, 왜 용왕이 깊은 잠에 빠지게 되었는지 적혀 있을지도 모른다.

정원에서 만난 용왕은 자신이 결코 용서받지 못할 거라고 말했다. 하지만 무엇을 용서받지 못한다는 걸까? 그가 사람들을 버린 것에 죄책감을 느낀다면 왜 우리에게 돌아오지 않는 걸까?

단서를 발견할 수도 있다는 흥분이 용왕의 과거에 대한 실마리를 찾으려면 이 모든 두루마리와 책들을 하나씩 뒤져야 한다는 무게감에 사그라든다. 일 년이 걸려도 불가능할 것이다.

학 가문의 유 군주에게 우리의 도착을 알리러 간 하인이 돌아온다. "주인님이 기다리고 계십니다."

기린이 앞으로 나서지만 신이 고개를 젓는다.

"미나와 여기 있어." 신이 명령한다. "남기는 나와 함께 유 군주를 만나러 가고."

기린은 입을 꾹 다물면서도 고개를 숙일 뿐이다.

신이 부드러운 눈으로 나를 돌아본다. "유 군주와 이야기가 끝나면 당신을 부르겠어. 같이 용왕님에 대해서 물어보기로 하지."

"고맙습니다, 신 님." 나는 그렇게 말하고 이 상황에 맞게 정중히 허리를 숙인다.

신과 남기가 하인을 따라 방을 나간다. 나는 일어나 가장 가까운 책장으로 가서 종이 두루마리를 손가락으로 훑는다. 어떤 것은 매끄럽고 어떤 것은 거칠다.

나를 지키기 위해 남게 된 기린은 확실히 짜증이 난 것 같지만 아무 말도 하지 않는다. 나도 썩 흔쾌하지는 않다. 따뜻하고 허풍을 잘 떠는 남기와 달리 기린의 은빛 눈은 차갑기만 하다.

하지만 그의 피는 따뜻했다. 손에서 피를 내어 내 고통이 완전히 사라질 때까지 상처를 덮어주던 그의 모습이 떠오른다.

"손을 치료해줬는데 제대로 감사를 표하지 못했어요." 몸을 돌려 그를 보며 말한다. "고마워요. 정말 감사했어요."

"당신을 위해 한 것이 아니었습니다."

나는 우리 가족 여자들이 다른 사람들보다 무던해서 다행이라 생각하며 한숨을 쉰다. 그래도 기린의 말은 여신의 불에 덴 화상보다는 훨씬 덜 고통스럽다.

"당신은 신인가요?" 나는 기린의 피에 담긴 주술의 힘을 생각하며 묻는다. "아니면 신화 속 동물인가요?"

"난 신이 아닙니다."

그 말은 그가 신화 속 동물이라는 말이다. 하지만 이무기는 아니다. 내가 도착한 첫날 여신의 부하들이 기린을 은족이라고 부르며 이무기가 그의 종족을 모조리 죽였다고 말했다.

그 얘기를 꺼내지 않을 만큼의 분별력은 내게 있다.

"매우 잔인하고 끔찍해 보이는 그 이무기들과 남기가 같은 종족이라니 기분이 이상해요. 남기는 내게 다정하기만 한데." 나는 잠시 말을 멈추고는 웃으며 덧붙인다. "그리고 조금 짓궂기도 하고요."

기린이 고개를 젓는다. "이무기는 절대 믿지 말아요."

내가 기린을 바라본다. "난 남기를 믿는데요."

"그러면 당신이 어리석은 거죠."

불과 삼십 분 전에 남기는 기린이 자기 형제나 마찬가지라고 다정하게 말했건만. 나는 속이 상해서 얼굴을 찌푸리며 쏘아붙인다. "나는 당신보다는 남기를 훨씬 더 믿어요. 남기는 솔직하고 진실해요. 그는 내게 처음 신 님을 어떻게 만났는지, 왜 그를 섬기게 되었는지 말해주었어요. 당신은 자기 얘기는 하나도 해주지 않잖아요."

나는 말이 너무 지나쳤나 싶어 잠시 머뭇거린다. 기린은 정말로 화가 나 보인다. 그가 감정을 내비치는 모습을 본 건 처음이다.

"내가 마음에 들지 않는다는 이유로 내 충심까지 의심하는 겁니까?" 기린이 얼음처럼 차갑게 말한다. "하지만 나는 남기보다 훨씬 더 오래 신 님을 섬겼습니다. 내가 그의 곁을 지키지 않은 적이 없어요. 그는 내 주인이기도 하지만 친구이기도 합니다. 난 그를 내 목숨처럼 여겨요."

기린은 말을 멈추고 약간은 겁에 질린 표정으로 나를 본다. "그런 터무니없는 말에 대꾸할 정도로 나를 짜증나게 하다니 믿을 수가 없군요."

나는 몸을 돌려 그를 향해 환히 웃는다. "당신이 그나마 인간적이라는 걸 알게 되니 이야기하기가 더 쉬운데요."

나는 그의 입술에서 마지못한 웃음기조차 사라지는 걸 보고 뭔가 잘못 말했다는 걸 깨닫는다.

"나는 전혀 인간적이지 않습니다."

그로부터 삼십 분간, 우리 둘은 한마디도 하지 않는다. 나는 생각보다 더 깊이 뻗어 있는 책장들 사이로 더 멀리 나아간다. 분류 방법이 명확하더라도 두루마리와 책을 일일이 훑어보기란 불가능할 것이다. 걷다보니 밖에서는 높게만 보였던 학인당의 내부가 생각보다 훨씬 넓다는 걸 깨닫는다. 밖에서 보이는 것에 비해 내부가 굉장히 좁았던 달의 사원과 비슷하면서도 정반대다.

서고를 계속 탐색하면서 모퉁이를 돌다가 유독 긴 책장 끝에서 문을 발견한다. 서고가 방 하나로 끝날 거라고 생각했던 터라 깜짝 놀란다. 문은 살짝 열려 있다. 문틈으로 내다보니 짧은 계단이 아래로 이어진다.

이제 돌아가야 한다는 것은 안다. 신이 돌아왔을 때 내가 없어진 걸 알면 기분이 좋지 않을 것이다. 하지만 여기는 학자들의 가문인 학인당인데, 설마 이런 곳이 위험할까?

문을 지나 계단을 내려가니 좁은 회랑으로 이어지고, 그곳은 낮게 빛나는 초롱에 희미하게 빛난다. 회랑 양쪽에는 책을 읽고 쓰는 등 학문적인 활동을 위한 방들이 있고 종이, 두루마리, 먹물, 붓 들이 흩어져 있다.

회랑 맨 끝에는 다른 방보다 더 큰 개인 서고가 있다. 벽에는 산수화와 시 족자가 걸려 있고, 방 뒤편 병풍 앞에는 좌식 탁상 하나가 놓여 있다.

신의 방에 있는 병풍보다 네 배는 더 길고 두 배는 더 높은 아름다운 병풍이다. 각각의 화폭은 학이 갓 태어나 부화하는 것에서부터 비상하는 마지막 화폭에 이르기까지 학의 성장을 보여준다. 마지막 화폭에 그려진 날아오르는 학이 머리에 쓴 왕관의 선홍색이 눈에 띈다.

"죄송합니다. 손님 맞을 준비를 못했네요. 조금 정리를 잘 해두었어야 했는데 말이죠."

돌아보니 문가에 키가 크고 나이든 학자가 서 있다.

"유 군주님." 연화당에서의 첫날 밤에 보았던 터라 그를 알아본다. 나는 고개 숙여 인사한다. "방해해서 죄송합니다. 위쪽 방에서 기다리다가 계단이 있어서 그만……"

"제가 언짢아 보였나요? 와서 앉으세요." 유 군주가 고갯짓으로 병풍 앞의 작은 탁상을 가리키고는 찬장으로 가서 병 하나와 도자기 잔 두 개를 쟁반에 담아 온다. "음주를 즐기시나요?"

"한 번도 맛볼 기회가 없었어요." 나는 맞은편에 앉으며 말한다.

유 군주가 병을 들어 금빛 액체를 잔에 가득 따른다. 나는 두 손으로 잔을 들고 오빠들이 하던 대로 고개를 돌려 한 번에 마신다. 술은 내 입에 쓰다.

"자, 궁금한 걸 물어보세요."

내가 놀란 표정이었는지 그가 덧붙여 말한다. "위험에 빠진 나라의 소녀이자, 수수께끼를 풀어야 할 용왕님의 신부이니 답이 절실한 질문이 있겠죠."

"그렇다면 제 질문을 짐작하시겠군요."

"그럼에도 제가 답할 수 있게 물어야 합니다."

"제가 어떻게 해야 용왕님의 저주를 풀 수 있을까요?"

"그 질문의 답을 원한 거라면 날 찾아올 필요가 없죠. 답은 신화에 나와 있어요. 용왕의 진정한 신부만이 무자비한 분노를 끝낼 것이다. 용왕님과 운명의 붉은 끈을 공유한 신부에게 저주를 깰 힘이 있답니다."

"이해가 안 돼요." 내가 실망하며 말한다. "이곳에 온 신부들에겐 모두 운명의 붉은 끈이 있었어요."

유 군주가 두 잔에 다시 술을 따르고 내게 하나를 내민다. 그는 내가 황금빛 술을 다 마신 후에야 말한다. "모든 신부가 용왕님과 운명의 붉은 끈으로 이어져 있지만, 그건 둘을 보호하는 주문일 뿐이에요. 그렇지 않다면 신 군주가 해마다 그 운명을 잘라내지 못했을 겁니다. 진정한 운명은 칼날에 끊어질 수 없어요."

나는 천천히 고개를 끄덕인다. 여우 여신도 비슷하게 말했다.

유 군주가 계속해서 말한다. "용왕님을 사랑하는 신부이자 용왕님이 사랑하는 신부만이 신화를 진실로 만들 수 있는 힘을 얻게 되죠. 이 운명이 만들어지면 용왕님과 신부 말고는 누구에게도 끈이 보이지 않을 겁니다."

본능적으로 신과 이어져 있는 운명의 붉은 끈 쪽을 바라본다. 보이지 않는 운명. 학 군주는 내 시선을 눈치채지 못한 듯 세번째 잔을 따른다.

"그러면 희망이 없네요. 운명의 신부가 물에 던져질 때까지 용왕님은 깨어나지 않을 테니까요."

더 많은 소녀들이 희생될 것이다. 더 많은 생명이 폭풍우에 목숨을 잃을 것이다.

"그렇게 희망이 없는 것 같지는 않은데요. 그런 운명은 만들어질 수도 있어요. 애착 또는 시인들이 사랑이라고 부르는 것도 결국 선택이니까요. 두 사람이 필요나 의무에 따라 서로를 선택할 수 있어요. 그런 식으로 한쪽이 다른 쪽과 더 강한 관계를 맺으면 원래 있던 운명의 붉은 끈도 끊어질 수 있고요."

당신이 용왕님을 구할 방법을 찾아낼 한 달이자, 내가 어떻게 하면 당신에게서 해방될 수 있을지 알아낼 한 달이지. 이것이 신이 찾고 있던 질문의 답이다.

유 군주가 잔을 내게 내민다. 이것이 세번째 잔인가 네번째 잔인가? 내가 그 잔을 들어올리려 하는데 잠깐 현기증이 인다.

"어떻게 저주를 풀어야 하는지 답을 구하셨군요. 용왕님과 운명의 붉은 끈을 만드세요. 당신이 이미 다른 사람과 운명을 맺지 않았다면 말이죠."

유 군주의 목소리가 달라진 것을 알아차리고 고개를 든다. 그는 사람을 홀리는 이야기꾼처럼 최면에 가까운 운율로 말하고 있었다. 그의 목소리에서 가식과 불꽃 같은 탐욕이 느껴진다.

그의 시선이 내 손에 머무른다. "얼마 전 죽음의 신 시키처럼 연꽃 가문의 신도 뜻밖의 운명에 얽매여 있다는 기이한 소문을 들었지."

갑자기 그가 달려들어 내 손목을 잡는다. 나는 빠져나가려고 하지만 그의 손아귀 힘이 나이든 학자 치고는 강하다. 그가 강한 힘을 가진 혼령이 아닌 다른 무언가로 착각한 내 실수다.

동시에 운명의 붉은 끈이 마구 흔들리기 시작한다. 반대편에서 무슨 일이 일어난 것이다. 신! 그가 공격당하고 있는 걸까?

나는 손을 빼려고 애쓴다. 심장이 마구 뛰고 술기운에 머릿속이 흐려진다. 유 군주는 왜 신을 만났어야 할 시간에 여기에 있었을까?

"나는 애초에 당신과 신을 떨어뜨려놓으려고 연꽃 가문에 전갈을 보냈어." 유 군주의 들끓는 분노가 느껴진다. "여기에 같이 온 걸 보고 얼마나 화가 났는지 몰라. 다행히도 당신이 직접 은족과 떨어져주었지. 인간이었던 때가 가물가물해. 나도 당신처럼 어리석었던 걸까?"

"당신은 여전히 어리석어요." 내가 이를 간다. "날 통해 신을 죽일 속셈이라면 소용없어요. 내가 죽어서 쓰러져도 신은 꼭 살아서 복수를 할 테니까."

내 말이 그의 승리감에 비수를 꽂은 모양인지, 유 군주는 의심스러운 표정이다. 그의 손아귀에서 힘이 빠진다.

이 기회를 틈타 나는 은장도를 꺼내 힘껏 휘두른다. 유 군주가 울부짖으며 비틀비틀 뒤로 물러서서 칼자국이 남은 뺨에 손을 댄다.

회랑에서 고함소리가 들리고 문이 벌컥 열리는 순간, 나는 바닥에 쓰러진다.

19장
혼령들의 강

신이 방으로 뛰어들어와 쓰러진 나와 뒤집어진 탁자, 바닥에서 산산조각난 도자기 파편을 본다. 이 광경에 걷잡을 수 없이 화가 났는지 그가 유 군주의 멱살을 잡고 벽에 밀어붙인다. "죽여버리겠어!"

유 군주는 헐떡이면서도 기뻐하는 듯하다. "생각보다 빨리 찾아냈군. 마치 보이지 않는 운명의 인도를 받은 것 같아. 확신하지 못했는데 이제 알겠어."

"미나!" 남기가 내 옆으로 와 나를 일으킨다. "다쳤어요?"

바깥쪽 회랑에서는 고함소리와 쇠끼리 맞붙는 소리가 들린다. 기린이 유 군주의 호위 무사들을 막고 있는 게 틀림없다.

"괜찮아요." 내가 말한다. "내가 칼로 베었어요." 유 군주의 뺨에서 피가 줄줄 흐른다.

신이 유 군주를 바닥에 메치고는 돌아서서 내게 손을 뻗는다. "갑시다." 그가 내 손목을 붙잡는 순간 나는 움찔한다.

신이 내 옷소매를 걷어본다. 유 군주가 잡았던 곳이 커다랗게 멍들어 있다.

신은 멍든 곳을 잡고 아무 말도 하지 않지만, 어쩌된 일인지 눈빛은 훨씬 더 어두워진 것 같다. 그가 내게서 몸을 돌리더니 검을 잡는다.

남기가 뒤에서 그를 붙잡는다. "신 님, 멈춰요! 유 군주는 학 가문의 수장입니다. 아무리 신 님이라도 그를 죽이면 다른 가문의 원성을 살 거예요. 역습당하기 전에 여길 떠나야 해요." 남기의 말을 증명이라도 하듯 위층에서 천둥 같은 커다란 발소리가 울린다. 유 군주와 학인당을 지키려는 학 가문의 호위 무사들이 모여드는 것이다.

신이 손을 뻗어 이번에는 내 손을 잡는다.

바깥 회랑에는 의식을 잃은 경비병 다섯 명의 몸 위로 기린이 하얀 옷을 입고 평소와 다를 바 없는 모습으로 서 있다.

"신 님……" 기린이 입을 열지만 신은 그의 곁을 스치고 지나간다. 죄책감이 나를 휩쓴다. 내가 기린 옆을 떠나지 않았다면 이런 일은 벌어지지 않았을 것이다. 하지만 나는 유 군주에게 간 행동을 후회하지 않는다. 그가 배반했다는 걸 몰랐기에 위험했지만 그에게서 정보를 얻을 수 있었다.

긴 회랑을 가로질러 서고로 돌아가 커다란 문들을 지날 때까지 신도 나도 아무 말 하지 않는다.

굳은 얼굴의 신은 표정이 어둡다. 그는 먼 거리를 걷는 동안 내 손을 놓지 않는다.

"무슨 일이 있었나요?" 내가 묻는다. 등뒤로 남기와 기린이 멀리 떨어진 채 우리 뒤를 살피며 오고 있다.

"내가 간 곳에 범 군주가 있었어." 신이 고개를 젓는다. "병사들을 데리고 있었지. 함정이었어. 학 가문과 호랑이 가문이 힘을 합쳤어. 당신을 납치하는 동안 나를 가둬두려 했던 모양이야." 신은 자신에게 실망한 듯 낮게 신음한다. "이걸 예상했어야 했는데. 나 때문에 당신이 위험에 빠졌어."

나는 그에게 유 군주에게서 알아낸 것을 말해야 한다. 용왕에게 드리운 저주는 용왕과 신부가 진정한 운명의 붉은 끈으로 연결될 때 풀릴 수 있다. 그리고 신과 나 사이의 운명의 끈은 우리 둘 중 하나가 다른 이와 더 깊이 연결되면 끊어낼 수 있다.

답은 명백해 보인다. 우리 둘 다 원하는 것이 있으므로 나는 용왕과 깊은 인연을 맺어야 한다. 그러면 신은 자유로워질 것이고, 우리 백성들도 구할 수 있다. 내가 가야 하는 길은 바로 내 앞에 놓여 있다.

그런데 왜 나는 길을 잃어버린 것 같지?

걷는 길에 낮고 우르릉거리는 소리가 들려온다. 학인당으로 갈 때도 멀리서 들렸지만 지금은 뼈가 울리는 느낌이 들 정도로 큰 소리가 난다. 몸이 떨린다. 공기가 점점 더 차가워지고 짙은 안개가 내 발목까지 치오른다. 휘비팅 요동 속에서 느슨헤긴 땋은 머리에 씨늘한 비람이 스친다.

"저건 폭포 소리인가요?" 내가 묻는다.

신이 걸음을 멈추더니 겉옷을 벗어 내 어깨 위에 둘러준다. 겉옷에 남은 그의 따뜻한 체온이 몸을 감싸 오한이 잦아든다. "강이야."

'강'이라고 말하는 그의 어조를 들으니 평범한 강은 아닐 거라는 예감이 든다. 차오르는 안개가 짙어진다. 나는 신의 옷을 꼭 여미며 얼음 결정이 섞인 칼칼한 공기를 들이마신다. 앞은 안개에 휩싸인 강이다. 아주 넓지는 않아서 건너편 강변이 보인다. 하지만 거센 물살이 큰 소리를 내며 수면 위의 큰 물체들을 휘감는다.

"저건⋯⋯?" 나는 물가로 가까이 다가간다. 내가 본 것을 이해하기까지 시간이 걸린다. 창백한 손과 핏기 없는 얼굴. 그건 사람들이다. 사람들의 몸이 반쯤 잠긴 채 물에 떠내려가고 있다. 나는 넷, 다섯, 여섯까지 세는데 그건 물가에 가까이 있는 사람들의 수일 뿐이다. 많은 사람들이 강의 이편으로 가까이 오고 있고 훨씬 더 많은 사람들이 이미 지나갔다. 그들 모두 너무 조용하다. 너무 조용하다⋯⋯

그때 마구 허우적거리는 모습이 보인다. 강 한가운데에서 한 아이가 강물에 떠내려가지 않으려고 기를 쓴다. 아이의 울음소리는 거센 물살에 거의 들리지 않는다. 아이가 필사적으로 팔을 위로 뻗고 물위에서 호흡하지만 다시 아래로 빨려들어간다. 너무 지쳐서 떠 있기가 힘들어 보인다.

내가 앞으로 튀어나가자 신이 팔을 뻗어 막는다. "강에 들어가서는 안 돼. 물살이 너무 거세서 바로 휩쓸릴 거야."

"아이를 구해야 해요."

"그건 불가능해. 죽은 자만이 혼령들의 강에 들어갈 수 있어."

전에 이 강 이야기를 들은 적이 있다. 탈이 우리가 처음 만난 날 강을 언급했었다. 하지만 탈은 혼령들에게 의지가 있으면 강에서 빠져나올 수 있다는 말도 했다.

나는 어린 여자아이가 물 밖으로 고개를 내밀려 애쓰는 모습을 지켜본다. 다른 몸들은 잠자는 것처럼 눈을 감고 있지만, 그 아이는 물살에 끌려가려 하지 않는다. 아이는 살고 싶어한다.

신이 나지막이 욕설을 내뱉는다.

나는 신의 시선을 따라 멀리 강변을 본다. 한 남자가 물에 가까워진다. 거리가 멀어 얼굴을 볼 수는 없지만 키가 크고 검은 머리가 어깨까지 내려온다. 그가 강으로 들어가자 근처의 물살이 잔잔해지고, 그는 강을 헤치며 걸어온다. 강은 여전히 힘차게 흐르지만 그 주위의 물살은 부드럽다.

"누구인가요?" 내가 신에게 묻는다.

"죽음의 신, 시키. 가장 강력한 신 중 하나지. 내 친구는 아니야."

시키. 작년 신부였던 혜리의 혼을 두고 신과 싸운 남자.

시키는 천천히 움직이다가 여자아이와 가까운 거리에서 멈춘다. 숨이 차서 힘이 빠진 아이가 시키를 본다. 아이는 힘을 내어 시키가 있는 방향으로 헤엄친다. 아이의 의지는 강하다. 느리게 나아가지만 무자비한 물살에 휩쓸려가는 걸 거부한다. 마침내 죽음의 신에게 당도한 여자아이는 그의 옷을 붙잡는다. 시키는 아이를 들어올려 품에 꼭 안는다. 아이는 지쳐서 기진맥진한 상태다.

죽음의 신은 여자아이를 데리고 반대편 강가로 걷기 시작한다. 반쯤 가다가 멈춰 서서 우리 쪽을 똑바로 바라본다. 그가 한 팔로 아이를 보듬고 다른 팔로 강을 가로지르는 다리를 가리키는데 뜻은 분명하다. 신이 알겠다는 뜻으로 고개를 끄덕이자 죽음의 신은 다시 물살을 헤치며 천천히 나아간다.

기린과 남기가 다리 끝에서 우리를 기다린다.

"죽음의 신과 만나는 게 현명한 일일까요?" 우리가 다가가자 기린이 말한다. 좀전의 일로 감정이 상했을 텐데 드러내지 않는다.

"미나 아가씨와 함께 있는 한 괜찮으실 거야." 남기가 답한다. "시키는 용왕님의 신부들에게는 무른 편이니까."

신이 그 말에 동의하는지 안 하는지는 알 수 없다. 그는 더이상 가타부타하지 않고 다리 위를 걷는다. 기린도 남기도 안개 속으로 그를 따라가는 나를 굳이 막으려 하지 않는다.

여기는 강가보다 더 안개가 자욱하다. 왠지 익숙한 느낌이다. 내가 용왕의 도시에서 처음 눈을 떴을 때 걸었던 그 다리와 같은 다리일까?

나는 운명의 붉은 끈을 따라 다리 가운데까지 간다. 그곳에서 신은 안개를 바라보며 기다린다.

"강 건너편에는 뭐가 있어요?" 내가 묻는다.

"별의 사원." 신이 대답한다. "죽음의 신이 사는 곳이야. 그리고 산과 안개가 있지. 당신이 모험하듯 누비고 다닌 도시에서 멀어질수록 안개가 짙어져. 몇 주 동안 안개 속에서 헤매다 출발한 곳으로 돌아올 수도 있고, 도시 반대편에 닿을 수도 있어. 그래서 내가 도둑들의 자취를 놓친 거야. 안개 속에서는 뭘 추적하기가 어려우니까. 혼령들은 자주 길을 잃고 자기가 살던 인간 세상으로 돌아갈 길을 찾으려 하지만 불가능해. 일단 강 아래로 내려오면 돌아갈 수 없어."

그 생각에 몸이 떨린다. "시키 님은 당신과 무슨 얘기를 하고 싶어 하는 걸까요?"

"사실 잘 모르겠어. 마지막으로 만났을 때 우리는 싸웠거든. 말다툼 끝에 무기를 들었지. 나는 해마다 그랬듯이 신부의 혼을 가져갔는데 그 신부를 지키겠다고 결심한 시키가 돌려달라고 했어. 내가 거절했고 우리는 싸웠지."

"하지만 그 신부의 혼은 본인의 몸으로 돌아갔잖아요." 나는 결과가 시키 편이었다는 걸 암시하는 말을 한다. 호기심과 웃음기로 반짝이는 눈으로 가마 밖을 내다보던 혜리가 떠오른다.

"그녀가 싸움에 끼어들었어. 너무 오래 혼과 떨어져 있어서 그녀는…… 죽어가고 있었어. 그리고 죽음의 신, 시키는 아무것도 할 수 없었지. 그가 내게 매달리는 모습을 볼까봐 그녀의 혼을 돌려주었어."

"아, 그래서 결국 시키 님이 이긴 거로군요." 신이 얼굴을 찌푸린다. "당신 같은 친구 덕분에요."

신은 고개를 흔들지만 내 말을 반박하지도 않는다. "그는 아주 정중히 감사를 표했지. 그녀의 모습을 구한 후에 나를 '혼 없는 지식'이라고 부르고 떠나더군. 그후로는 그와 말을 하거나 만난 적이 없어."

신의 이야기는 그가 말하려 했던 것보다 그에 대해 훨씬 더 많은 걸 알려주었다. 그는 시키를 위해 혜리를 구해주고 일부러 자신이 싸움에서 졌다는 소문을 퍼뜨리고 조롱을 감내했던 것이다.

"당신에게 혼이 없다는 걸 어떻게 확신해요?" 내가 묻는다.

"모든 존재는 혼을 가지고 있어. 그게 인간들처럼 몸안에 숨겨져 있건, 아니면 신화 속 동물들처럼 다른 형태로 있건 간에. 신들에게도 혼이 있어. 달과 기억의 여신의 혼은 달이야. 용왕님의 혼은 동쪽 바다의 용이지. 살림의 신들의 혼은 아궁이고, 산과 강과 호수의 신들의 혼은……"

"산과 강과 호수겠네요." 내가 말을 끝맺는다.

신이 고개를 끄덕인다. "그래서 산과 강과 호수가 파괴되면 그 신들도 죽어. 강이 오염되고 숲이 불타면 신도 희미해지다가 사라지지. 나는 혼을 잃은 신이야. 혼과 함께 내가 과거에 어떤 이였는지, 뭘 보호하려고 했는지, 모든 기억도 잃었어. 이런 신은 오래전에 사라졌어야 했는데."

그의 목소리에서 선연한 고통이 느껴진다. 그는 눈을 감는다. 이 순간 다른 무엇보다도 그를 위로하고 싶지만 말이 나오지 않는다. 내 혼이 까치였을 때도 나는 그것이 내 밖에 있지만 여전히 존재한다는 것을 알았다. 빼앗겼을지언정 잃어버리지는 않았다. 잊지도 않았다.

나는 신이 내게 베풀어준 많은 일들을 생각해본다. 유 군주에게서 날 구한 일, 용왕에게 데려가준 일, 종이배를 다시 가져다준 일. 그는 자신에게 혼이 없다고 생각하지만 나는 있다고 믿는다.

허리에 손을 뻗어 비단 주머니를 끌러 앞으로 기울이니 안에 있던 것이 내 손바닥에 굴러 나온다. 신이 나를 돌아본다.

"봐요, 신." 내가 웃으며 말한다. "내가 당신의 혼을 찾았어요."

나는 손바닥을 들어올린다. 한가운데에 연꽃이 새겨진 조약돌이 있다.

신이 한동안 아무 말도 하지 않아서 기분이 상한 건지 불안해진다. 하지만 그때 그가 손을 뻗어 조약돌과 펼쳐진 내 손바닥을 손가락으로 부드럽게 어루만진다.

"이건 산처럼 크거나 달처럼 밝지는 않아요." 그가 눈을 들어 나를 마주본다. 그의 애달프고 연약한 눈빛이 내 마음 깊숙이 들어온다. "하지만 당신의 혼이기 때문에 아름다워요. 단단하고 회복력이 강하고 쉽게 흔들리지 않죠. 그리고 고집도 세고요." 그가 부드럽게 웃는다. "그리고 소중해요. 당신처럼."

신이 잠시 숨을 멈춘다.

심장이 아플 만큼 세게 쿵쾅거린다. 나는 손을 내밀며 말한다. "자, 이걸 받아주시겠어요?"

하지만 신은 조약돌을 가져가는 대신, 내 손 위에 자기 손을 올리고 손바닥으로 조약돌을 꼭 누르며 손을 마주잡는다. "절대 놓치지 않을게."

신이 묻지는 않았지만, 그가 내 대답을 기다리는 것 같다는 느낌이 든다

그때 그가 긴장한 채 눈을 가늘게 뜨고 내 어깨 너머의 무언가를

응시한다. 그가 날 옆으로 끌어당긴다. 죽음이 안개 속에서 걸어나
온다.

20장
죽음의 신

죽음의 신은 달빛처럼 창백한 얼굴에 긴 코와 입술을 가진 잘생긴 젊은 남자다. 혜리와는 사뭇 다르다. 혜리는 성격이 활기차고 재미있고, 피부가 해를 품은 것처럼 해사하고 밝아서 용왕의 신부가 되기 전에도 유명했다. 반면 죽음의 신에게는 우울한 분위기가 감돈다. 그의 눈 밑에는 잠을 자지 못한 사람처럼 검은 그림자가 드리워져 있고 표정은 무척 진지하다. 나는 이 우울해 보이는 죽음의 신이 생명력으로 가득찬 혜리와 만나서 다행이라는 생각이 든다.

죽음의 신은 몇 발자국 떨어진 곳에서 걸음을 멈추고, 낮고 단조로운 어조로 말한다. "내 수하들이 내 땅 경계에서 당신을 봤다고 알려주더군. 안개 속에서 뭘 찾고 있었지?"

"내 집에 침입한 도둑들. 그들을 추적하다가 산속에서 놓쳤어."

"뭘 알아냈나?"

"학 가문과 호랑이 가문이 공모한 계략. 날 죽이고 반란을 일으켜 용왕님을 끌어내리려 했더군."

"아, 유 군주와 범 군주는 야망이 있지. 이 세상에 혼령이 많아질수록 그들의 가문이 더 강해져. 죽음은 결코 부추겨져서는 안 돼."

나도 모르게 소리를 내었는지 죽음의 신의 시선이 내게로 쏠린다.

"하지만 당신은 죽음의 신이잖아요." 내가 말한다. "이 세상에 죽음이 늘어날수록 당신의 힘이 커지지 않나요?"

"나는 죽음의 신이지만 삶과 죽음의 균형을 유지하는 게 목적입니다. 저울이 한쪽으로 너무 기울면 인간과 혼령의 세상이 조화를 잃거든요." 그가 다리 난간으로 다가와 아래로 세차게 흐르는 물줄기를 바라본다. 죽음의 신의 얼굴에 근심이라는 첫번째 감정의 신호가 나타난다. "강 수위가 오르고 있어. 죽음이 더 많아지고 있다는 뜻이지. 강물이 강둑을 넘으면 혼령들의 세상에서의 삶을 원하지 않는 혼들, 다시 말해 길 잃은 혼들이 이곳에 많아질 테지. 그들이 많아지면 이 도시는 슬픔에 잠길 거야."

신이 얼굴을 찌푸린다. "수위가 오르는 걸 막을 방법은 없나?"

"물의 근원은 삶과 죽음이 시작되는 인간 세상에 있어. 우리는 전쟁, 기아, 질병처럼 죽음을 초래하는 것을 막을 힘이 없기 때문에 할수 있는 일이 거의 없어."

"용왕님은요?" 내가 묻는다. "폭풍이 너무나 많은 것들을 파괴해요. 폭군들은 얼마 남지 않은 것을 두고 싸우며 혼돈을 일으키고, 그

전쟁에 휩쓸린 곳은 황폐해져요." 나는 조금 물러나 신과 시키 두 사람 사이에 선다. 내 목에 물방울이 튄다. "용왕님의 저주가 풀리지 않으면 인간 세상만이 아니라 혼령들과 신들의 세상도 위험해져요. 너무 늦기 전에 상황을 바로잡아야 해요. 두 세상 모두 파괴되기 전에요."

"전에도 이런 모습을 본 적이 있어." 시키가 말한다. "내가 사랑하는 사람에게서도 이 표정을 봤어. 희망, 결단력, 분노가 섞여서 드러나. 용왕님의 신부들은 모두 이런가?"

혜리. 그는 혜리를 말하고 있다.

그가 시선을 신에게 돌린다. 지금까지 둘 다 동맹이자 친구였던 둘 사이를 갈라놓은 사건을 꺼내지 않았다. 나는 본능적으로 신을 향해 한 걸음 내딛는다. 마치 그의 편을 들어주려는 듯이.

놀랍게도 시키가 먼저 말을 꺼낸다. "내가 공평하지 못했던 것 같다. 너는 아무도 나서지 않을 때도 이 도시를 지켜왔어. 다른 이들이 용왕님을 포기하고, 반란을 계획하고, 심지어 용왕님을 죽이고 싶어할 때 너만은 용왕님과 용왕님의 신부를 보호하고 결과적으로 이 세상의 평화와 질서를 지켜왔어. 모두 다 사과할게. 특히 네 어깨에 짊어진 책임과 의무를 더 무겁게 만들어서 미안하다."

나는 이 엄청난 사과에 놀라 시키를 바라본다.

시키가 부드럽게 말을 잇는다. "그리고 아마도 이제 네가 나를 조금 더 이해하게 되었을 거라고 생각해."

나는 이 마지막 말이 무슨 뜻인지 궁금해하며 둘을 바라본다.

"이만 떠나야겠다." 시키가 돌아서며 나에게 말한다. "우리집에 오면 언제든 환영할게요……"

"미나예요." 내가 말한다.

"미나 아가씨. 혜리가 당신을 보면 기뻐할 겁니다."

"저도요. 영광입니다."

그가 고개 숙여 인사하고는 다시 안개 속으로 들어간다.

신과 나는 기린과 남기에게로 돌아가 함께 시내로 향한다.

해가 지고 완전히 어두워진 거리를 등불이 밝히고 촛불이 바람에 흔들린다. 강에서 멀어질수록 따뜻해져 나는 어깨에 걸치고 있던 신의 겉옷을 벗는다. 신과 기린이 함께 걷는 쪽을 본다. 기린이 고개를 숙이고 걸어가는 동안 신이 무슨 말을 하는 것처럼 보인다. 학인당에서 일어난 일에 대해 기린을 책망하는 것이 틀림없다.

"너무 걱정 말아요, 미나." 남기가 내 시선에서 무언가 짐작했는지 말을 걸어온다. "기린은 신 님이 아무 말도 하지 않으면 더 기분이 안 좋을 거예요. 자기가 어떻게 신 님을 실망시켰는지 알았으니 다음에는 더 잘할 거예요. 오히려 신 님은 기린을 지금보다 더 신뢰하게 될 거예요. 능력을 발휘하기 위해 기린은 더 주의를 기울이고 믿음직스러워질 테니까요." 남기의 말이 느려진다. "다시 말해, 기린은 더 막강한 놈이 될 겁니다."

이곳의 저녁 시간은 보통 시원한데, 갑작스럽게 더워져서인지 거리가 텅 비어 있다.

남기가 말을 잇는다. "내가 기린을 아는데 말이죠, 그는 절대 문제를 일으키지 않아요. 나와는 다르죠."

"정말 마음이 따뜻하군요, 남기."

"기린도 그래요." 내가 의심스러운 표정을 짓자 그가 서둘러 설명한다. "그는 천천히 신뢰를 쌓아가는 편이죠. 하지만 일단 신뢰가 생기면 가장 충실한 친구가 됩니다. 마음을 주면 물불 안 가리고 보호하죠. 그는 신 님을 위해 무슨 짓이든 할 거예요."

"그러는 당신은요?" 내가 부드럽게 묻는다.

남기의 얼굴에 그림자가 진다. 말이 없던 그가 입을 연다. "기린을 보면 오로지 어둠 속에서 밝은 빛을 발하는 모습만 보여요. 그는 내 어둠만 보지만."

우리는 도시의 중앙 시장에 도착한다. 저멀리 별들의 바다 밑으로 용궁이 어렴풋이 보인다. 수백 개의 야간 노점이 이상하게 조용하다. 사방이 고요하다. 죽음 같은 정적만이 흐른다.

"남기…… 사람들이 모두 어디 간 거죠?"

남기가 빈 시장을 내다보고 우리 뒤로 텅 빈 거리를 둘러본다. 그가 이마를 찌푸리더니 허리춤의 칼자루에 손을 뻗는다.

순식간에 별 위로 모포가 덮인 듯 무거운 어둠의 장막이 사방에 드리운다.

나는 고개를 들고 소리를 지른다. 거대한 이무기가 우리 위로 갈라진 혀를 날름거리고 있다.

21장

전투

"미나, 위험해요!" 이무기가 우리가 서 있는 자리로 꼬리를 내리친다. 남기가 나를 한쪽으로 밀쳐 넘어지면서 가까스로 피한다. 비틀비틀 일어난 남기가 내게로 달려오다 이무기가 휘두른 꼬리에 맞아 건물 벽에 부딪힌다.

"남기!" 내가 소리를 지르며 앞으로 달려나간다.

"물러서요!" 남기가 소리친다. 그가 얼굴을 들자 나는 휘청거리며 멈춰 선다. 그의 눈에서 피가 흘러나오고 흰자위가 검은색으로 뒤덮인다. 그림자가 그의 몸을 덮쳐 모습이 흐릿해진다. 남기의 몸이 점점 더 검게 변하더니 차츰 늘어나기 시작한다. 어둠의 긴 창들이 그의 몸에서 솟아 나오고, 그림자 깊은 곳에서 사람의 것이 아닌 무시무시한 포효가 터져나온다.

이무기는 앞뒤로 꼬리를 흔들며 동요한다. 나는 내 혼을 빼앗아가려는 적들을 피해 무너진 벽 뒤로 숨는다.

신과 기린에게 더 많은 이무기가 모여들어 시장에서 싸우는 소리가 들려온다.

갑자기 남기의 고함소리가 그친다. 나는 남기 쪽으로 머리를 내민다. 그의 몸에서 여러 그림자들이 불에서 뿜어져 나오는 연기처럼 흩어진다. 곱슬머리 소년 남기가 있었던 곳에 똬리를 튼 커다란 이무기가 보인다. 낮게 으르렁거리며 길고 구불구불한 몸을 곧게 뻗자 어마어마하게 늘어난다. 검고 빨간 비늘이 횃불에 번득인다.

남기가 시장을 걸으며 내게 했던 말이 귓가에 맴돈다. 내 혼은 강력한 이무기예요. 용과 비슷하지만 용의 신령한 힘이 없어요. 하지만 남기의 혼은 눈은 빨갛고 콧구멍은 째진, 우리 위를 떠도는 뱀 같은 이무기들과는 다르다. 남기의 모습은 용과 비슷하다. 주둥이가 더 좁고 부드러운 모양이며, 비늘은 빛이 난다. 눈도 장난기가 넘치는 깊고 검은 눈 그대로다.

남기는 고개를 들고 무시무시한 소리를 내지른다. 그의 목이 붉게 빛나더니 입에서 검은 불이 쏟아져나와 적을 해치운다. 남기는 바람에 들리듯 몸을 일으키며 위로 날아오른다. 두 이무기가 충돌하고 강력한 턱으로 서로를 물어뜯으려 한다. 남기의 이빨이 더 작은 이무기의 약한 피부로 파고든다. 큰 상처에서 나온 큼지막한 끈적끈적한 핏방울이 땅에 떨어져 지글지글 끓는다.

순간 무언가 공기를 가르며 빠르게 날아오는 날카로운 소리에 정신을 차린다. 본능적으로 몸을 숙인다. 내 머리 위로 화살이 날아와 나무판에 박힌다. 길 건너 지붕 위에 첫날 밤 보았던 족제비 같은 도둑이 몸을 웅크리고 있다. 빗맞힌 주제에 잘난 척 비웃으며 나를 마주본다.

그와 같이 왔던 곰 같은 도둑이 퍼뜩 떠오른 그때, 누군가 양팔로 내 목을 감아 나를 땅에서 들어올리더니 가게 그림자 속으로 끌고 간다. 손톱으로 할퀴어보지만 적의 힘이 너무 세다. 숨을 쉬려고 발버둥쳐보지만 팔에서 힘이 빠지고 눈앞이 점점 흐려진다.

갑자기 곰 같은 도둑이 나를 놓치더니 고통에 울부짖는다. 몸을 비틀어 흐릿해진 시선으로 보니 탈이 도둑의 등에 칼자루만 보일 정도로 깊숙하게 칼을 박고 등에서 뛰어내린다.

"서둘러, 미나!" 탈이 내 손을 잡으며 소리친다. 우리는 미로 같은 거리를 힘껏 달린다. 위에서는 남기와 그의 형제가 무시무시하게 싸우고 있다.

탈과 내가 쏜살같이 달려 지나갈 때, 창문을 열어 우릴 내다보다가 얼른 창문을 닫는 얼굴들과 마주친다. 충분히 달아났다 싶었는지 탈이 한 가게 안으로 뛰어들더니 나를 잡아당긴다.

나는 몸을 숙이고 무릎 위에 손을 올리고는 숨을 고른다. 우리가 들어온 곳은 전당포다. 좁은 장들이 도자기, 종이, 심지어 폭죽이 든 바구니들로 채워져 있다. 탈은 서둘러 통을 뒤지더니 단검 두 자루를 꺼낸다.

탈이 내게 단검 하나를 건넨다. 칼날이 내 은장도의 두 배 길이다.

"어떻게 쓰는지 알아?"

나는 손으로 칼의 무게를 가늠하며 답한다. "조금은. 할머니가 가르쳐주셨어."

탈이 탈 사이의 구멍으로 눈을 가늘게 뜨고 미소 짓는다. 바깥에서 발소리가 들리더니 다이가 등에 미키를 업고 안으로 뛰어들어온다.

"괜찮아, 미나? 괜찮은 거야, 탈?"

"미나는 괜찮아. 나도 괜찮고. 물어봐줘서 고마워!"

미키가 큰 눈에 눈물이 그렁그렁해서는 나를 본다.

"너희 둘 다 여기 있으면 위험해." 내가 말한다. 미키는 갓난아이이지만 다이도 그저 어린이일 뿐이다. "어서 가서 숨어."

다이는 굳이 토를 달지 않는다. 가게 뒤 모퉁이로 가서 웅크리고 앉아 미키가 울먹거리자 부드럽게 달래준다. 탈과 나는 아이들을 숨기려 그 앞에 바구니를 쌓는다.

운명의 붉은 끈이 가게를 가로질러 왼쪽으로 굽으며 펄럭거린다. 신과 기린도 계속 이무기와 싸우고 있나보다. 그 괴물 같은 짐승들과 싸우는 신을 생각하니 속이 뒤틀리고 가슴에 비수가 꽂힌 것처럼 두렵다.

가게 앞에서 큰 소리가 들린다. 등불의 빛이 가게의 어두운 실내를 휩쓸고 지나간다.

"작은 새야." 곰 같은 도둑이 구슬리듯 말한다. "도망쳤으니 천천히 죽겠네. 네 친구는 훨씬 더 천천히 죽고."

이 도둑들은 내 혼을 훔치려 했던 것으로도 모자라 이제는 자객이 되어 나를 완전히 죽이려 하고 있다.

탈이 내 어깨를 툭툭 치며 손짓을 한다. 손가락으로 자신과 장의 오른쪽을 번갈아 가리키고 그런 다음 나와 왼쪽을 가리킨다. 나는 이해했다고 고개를 끄덕인다. 우리는 조용히 움직이며 물건이 쌓여 있는 가게 사이에서 갈라진다. 나는 바닥에 엎드려 겹겹이 쌓인 나무 궤짝과 상자 사이에 몸을 숨긴다. 맨 끝줄에서 장에 등을 기대고 살피니 문 앞에 서 있는 자객이 한 손에 칼을, 다른 손에는 등불을 들고 있다.

"많은 이들이 네가 죽기를 원하는 것 같아. 유 군주님만이 아니라 이무기가 섬기는 위대한 여신도. 작은 새야, 도대체 뭘 했기에 여신의 분노를 산 거냐?"

나도 알고 싶다.

탈이 함성을 지르며 높은 장에서 뛰어내린다. 곰 같은 암살자가 몸을 틀면서 칼을 들어올린다. 둘의 무기가 종소리를 내며 부딪친다.

탈이 재빨리 바닥으로 착지한 다음 몸을 말아 단검으로 자객의 다리를 벤다. 자객이 비명을 지르며 등불을 떨어뜨린다. 등불이 두루마리 더미에 떨어져 불이 붙기 시작한다. 곰이 손을 뻗어 달아나려는 탈의 댕기를 붙잡아 머리를 홱 낚아챈다. 탈이 미끄러질 때 언뜻 장밋빛 뺨과 잔뜩 찌푸린 입이 보인다.

나도 함성을 지르며 앞으로 달려나간다. 그가 내 공격에 맞서느라 탈을 놓친다. 자객의 칼과 내 칼이 서로 부딪쳐 팔에 날카로운 통증이 퍼진다. 우리 주위에서 불길이 활활 타오르고 있다.

"미나!" 고개를 돌려 보니 탈이 폭죽 더미를 들고 있다.

자객이 다시 칼을 휘두른다. 나는 빌린 단검으로 막아보지만, 그의 힘에 밀려 단검이 부러지고 만다. 자객이 의기양양하게 웃으며 칼을 높이 든다.

그때 다이가 앞으로 튀어나와 자객의 팔을 잡고 세게 물어뜯는다. 악 소리를 지르며 자객이 칼을 떨어뜨린다. 나는 재빨리 그 칼을 집어 그의 두꺼운 옷을 뚫고 마룻바닥으로 찔러넣는다.

"지금이야!" 내가 소리친다.

탈이 폭죽을 불속에 던지자 쾅하는 소리와 함께 터진다.

가게는 화염에 휩싸이고, 우리는 독한 연기에 반쯤 그을린 채 기침을 하며 앞으로 굴러 나온다.

나는 다이와 미키를 가까이 끌어안는다. 만약 두 사람과 탈이 없었다면 나는 틀림없이 죽었을 것이다.

"서둘러." 탈이 우리를 일으켜세우며 말한다. "길거리에 있으면 안 돼. 안전한 곳을 찾아야 해."

다이가 내 손을 잡고 다 같이 탈을 쫓아간다. 탈은 우리보다 훨씬 앞서서 모퉁이를 둘러본다.

갑자기 탈이 공포에 질린 모습으로 돌아본다.

"조심해!" 탈이 소리친다.

오른쪽에서 커다란 이무기가 가게 사이에서 솟구친다. 이무기의 꼬리가 나를 한쪽으로, 다이와 미키를 반대쪽으로 넘어뜨린다.

내 몸은 가게 벽에 부딪힌다. 먼지가 내 주변에서 뿌옇게 솟아오르고, 나는 방향을 잃고 기침을 한다. 귀가 멍하니 울린다. 고통스러운 비명소리에 정신이 번쩍 든다. 다이와 미키는? 나는 비틀비틀 일어선다.

조금 떨어진 곳에서 이무기가 또아리를 틀고 다이와 미키를 가게 쪽으로 몰아넣고 있다. 둘은 완전히 갇힌다. 다이도 나와 똑같이 그 상황을 깨달은 모양이다. 그는 재빨리 어깨 뒤로 손을 뻗어 급히 포대기 끈을 풀고 미키를 돌려 가슴에 대고 어른다. 그는 건물 벽을 향해 서서 거대한 이무기에게 등을 보이고 있다. 나는 다이가 온몸으로 미키를 감싸고 있는 모습에 파랗게 질린다.

이무기가 꼬리를 들어올리더니 아래로 내려친다.

"안 돼!" 내가 소리친다.

다이가 비명을 지른다. 그의 등이 깊게 베인다. 다이는 무릎을 꿇고 웅크린다. 미키는 여전히 그의 품에 꼭 안겨 있다.

"안 돼, 제발 그만해!" 내가 앞으로 달려나간다.

이무기가 다시 한번 꼬리를 들어올린다.

"그만!" 나는 필사적으로 주위를 둘러본다. "누가 좀 도와……"

획 하는 날카로운 소리가 들린다. 하늘에서 금빛 화살이 날아와 이무기의 목 뒤에 깊이 박힌다. 이무기가 몸을 비틀며 비명을 지른다. 또다른 화살이 이무기의 목에 꽂히며 비명소리가 끊긴다. 이무기가 몸을 비틀며 쓰러지더니 눈에서 생기가 빠져나가 차디찬 사람으로 변한다.

하늘에는 발굽에서 불꽃이 이는 거대한 말이 나타난다. 한 여자가 커다란 뿔로 만든 활의 시위를 당긴 채 그 위에 앉아 있다. 여자의 머리카락이 허리까지 물결친다. 눈은 타오르는 촛불 같다. 번개가 치자 어둠 속에서 그녀의 모습이 드러난다. 내가 이제까지 본 존재들을 통틀어 가장 장엄하며 끔찍하고 두려운 존재다. 그녀가 천천히 몸을 돌려 밝은 눈으로 나를 본다.

"여신!"

신이 가까운 가게 지붕에 서 있고, 기린이 그 옆을 지킨다. 둘의 찢어진 옷과 피가 뚝뚝 떨어지는 검에서 전투의 흔적이 보인다. "부하들을 데리고 이 도시를 떠나." 신이 명령한다.

부하들이라고? 그렇다면 그녀가 달과 기억의 여신이 틀림없다. 수많은 이무기가 그녀 위의 하늘에 모여든다. 하지만 그녀가 그들의 주인이라면 왜 그녀는 자기 부하를 죽인 거지? 땅에 있는 남자를 보니 그의 몸은 천천히 사라지고 있다.

"그 소녀를 내게 넘겨라." 여신이 말한다. "그러면 평화롭게 떠날 것이니."

"난 이미 당신의 부하인 류기에게 말했는데. 미나는 더이상 용왕님의 신부가 아니라 나의 신부라고."

이 답은 여신을 진정시키기보다 더 불쾌하게 만든 것 같다. 그녀가 활을 더 세게 그러쥔다. "그러면 왜 저 여자아이가 용왕님의 정원에 들어간 게냐? 왜 용왕님의 마음을 유혹하는 이야기를 한 거지? 너의 신부이든 용왕님의 신부이든 그건 중요하지 않아. 내게 그녀는 적이다."

그녀가 천천히 나를 향해 말 머리를 돌린다. 그녀 뒤에서 신이 지붕을 건너 뛰어오고 있지만 제때 올 수 있을까. 여신이 활을 들어올려 내 심장을 똑바로 겨눈다.

그때 누군가가 눈앞에 뛰어들더니 나를 덮친다. "다이!" 그가 내 목을 두 팔로 감싸 세게 안는다. 어린아이치고는 힘이 상당하다. 심하게 부상당한 몸인데. 내가 밀어내려 할수록 더 세게 안는다. 길 건너편에서 미키가 탈의 품에서 운다. "다이, 날 놓아줘." 내가 애원한다. 하지만 그는 거부한다. 피를 흘리면서도 그저 날 보호할 뿐이다.

눈을 들어 여신을 보니 그대로 말에 탄 채 우리를 지켜보고 있다. 잠깐 동안 나는 그녀의 표정에서 어떤 염원을 본 것도 같지만, 활을 내리는 순간에도 여신의 눈은 굳어 있다. "어린아이 뒤에 숨다니 겁쟁이로구나. 하지만 항상 그와 함께 있을 수는 없겠지. 네가 전혀 예상치 못한 순간 네 앞에 나타날 것이다. 그리고 내 것을 가져갈 것이야."

나는 말대꾸하지 않으려고 입술을 깨문다. 내 혼은 내 것이야.

말이 하늘로 날아오른다. 황금빛 재가 발굽에서 튀어 바람에 지글거린다. 말은 하늘 높이 달려가고 이무기들이 여신을 따라간다.

이무기 하나가 무리에서 떨어져나와 땅으로 떨어진다. 그 이무기가 점점 작아진다. 남기다. 땀이 나고 상처는 있지만 심하게 다치지는 않은 듯하다.

다이의 몸이 축 늘어진다. 내가 그를 붙잡고 끌어안아 무릎에 누인다.

신이 도착해서 내 옆에 웅크린다. "연화당으로 데려가야겠어."

내가 고개를 끄덕이자 신이 다이를 부드럽게 양팔로 안아올린다.

전투로 지친 우리 일행은 다시 발걸음을 옮긴다. 탈이 미키를 안고 달래지만 소용이 없다. 미키의 울음소리가 걱정스럽다. 서둘러 길을 가면서 나는 마지막으로 뒤를 돌아본다. 전투가 일어나는 동안 길을 밝히던 등불이 모두 꺼졌다. 여신의 고독한 모습에 가려진 둥근 달만이 교교하게 빛나고 있다.

22장
신의 악몽

다이는 별채의 아래층에 있는 두 방 중 하나인 남기의 방에 누워 있다. 다른 하나는 기린의 방이다. 나는 미키를 안고 바깥 회랑에서 기다리는데, 자그마한 몸에 경련이 멈추지 않는다. 다이가 이무기에게서 미키를 지켜낸 후, 다이와 떨어졌을 때부터 경련이 일기 시작했다. 연화당으로 돌아오는 길에 울다 지쳤음에도 경련은 멈추지 않았다. 나는 다시 떠는 미키를 꼭 안는다.

방문이 스르르 열리고 신이 걸어나온다. 그 뒤를 기린이 따른다.

"다이는 어때요?" 내가 조용히 묻는다.

기린이 손에 두른 붕대를 조인다. "아직 어리지만 강해요. 이겨낼 겁니다."

신이 손을 뻗어 댕기에서 빠져나와 내 이마와 뺨에 달라붙은 머리카락을 가볍게 쓸어넘겨준다. 그의 부드러운 손길에 내 마음속에 쌓아왔던 엉성한 담이 거의 다 무너져내린다.

"자고 있을 줄 알았는데." 신이 말한다. 이제 지평선 너머에서 동이 트고 있다.

"다이를 보고 싶어요."

신이 고개를 끄덕이며 문에서 비켜선다. 내가 지나갈 때 신이 부드럽게 말한다. "곧 나을 거야, 미나."

나는 눈물을 참으며 신의 눈을 보고 기린의 눈도 마주한다. "고마워요."

기린이 멈칫하다 고개를 끄덕인다.

방에 들어가자 뒤에서 신이 문을 닫아준다.

닫힌 창문 너머로 분홍 빛과 노란 빛이 들어와 방이 흐릿하게 빛난다. 탈이 다이 옆에 몸을 기울이고 앉아 다이를 감싼 이불 위로 토닥여준다. 둘 다 내가 들어온 것을 알아채지 못했는지 숨죽인 목소리로 이야기한다.

"나 잘했지, 그렇지, 탈?" 다이가 속삭인다. "내가 구했어. 둘 다. 우리가 그러자고 말했던 것처럼."

"그래. 아주 용감했어." 탈이 조용히 말한다.

내 품에 안긴 미키가 다이의 관심을 끌려고 소리를 낸다. "미키!" 다이가 팔을 벌리다가 이내 고통에 얼굴을 찡그리고는 이불 속으로 움츠린다.

나는 서둘러 탈의 맞은편에 무릎을 꿇고 앉는다.

그리고 손으로 입을 막는다. "오, 다이……"

검은 머리칼을 넘긴 다이의 얼굴에는 이마부터 턱까지 얼룩덜룩한 멍이 들었다. 얼굴은 창백하고 입가는 찢어져 있다. 이불에 몸이 가려졌지만, 몸을 제대로 가누지 못한 채 옆으로 뻣뻣하게 누운 자세와 미키에게 손을 뻗지 못하는 모습으로 보건대 그가 얼마나 고통스러운지 알 수 있다.

"탈이 이제 막 내가 얼마나 용감했는지 말해주고 있었어." 다이가 말한다. "꼭 기억해줘, 미나. 나중에 내가 다 낫고 탈이 다시 내게 못되게 굴면 오늘 일 좀 상기시켜줘."

탈이 웃는 할머니 표정으로 킥킥댄다.

"그럴게, 다이." 내가 말한다. "넌 아주 용감했어. 너와 미키가 이 무기에게 몰려서 갇혔을 때 정말 무서웠어. 하지만 네가 미키를 구했어. 넌 미키보다 그리 크지도 않은데 말이야."

"나도 내가 얼마나 작은지 가끔씩 잊어. 내가 항상 그렇게 작지는 않았거든."

내가 얼굴을 찡그린다. "무슨 말인지 모르겠어."

"혼령들은 이 세상으로 들어올 때 원하는 모습을 선택할 수 있어." 다이가 설명한다. "젊어서 죽더라도 늙은이의 모습으로 들어올 수 있고, 늙어서 죽어도 어린아이의 모습으로 들어올 수 있지. 하지만 미키는 갓난아이였을 때 죽어서 자기가 나이든 모습을 상상할 수 없었던 거야. 나는 어떤 모습일지 결정할 때 미키를 생각했어. 미키가 어떤 기분인지 이해할 수 있으려면 나이가 어려야 한다고. 그래서 남자아이가 된 거야. 내가 여자아이가 된 모습까지는 상상할 수 없더라고."

다이가 혼자 킥킥거린다. 다이 옆에서 탈이 숨죽인 웃음소리를 내고. 미키가 내 품에서 바르작거린다.

"내가 얼마나 미키를 사랑하는지 알지?" 다이가 말을 잇는다. "미키가 행복해서 까르륵거리면 내 심장이 열 배는 더 부푼 것처럼 벅차. 미키가 슬프면 내 마음이 깨지는 것 같고. 나는 미키를 위해서라면 백 번도 더 목숨을 걸 거야."

참고 있던 눈물이 뺨으로 흘러내린다. 다이는 마땅히 그렇게 할 것이다, 오늘처럼.

"내가 미키를 얼마나 사랑하는지 알지? 나는 미키랑 있으려고 천상에서 내려왔어."

"천, 천상?" 내가 묻는다.

다이는 아득한 표정으로 웃는다. "이 세상 너머에 다른 세상들이 있어. 그중 하나가 천상이야. 내가 있었던 곳이지. 나는 아내를 만나려고 기다리고 있었어. 그런데 그때 미키가 혼령들의 강에 혼자 떠내려가는 걸 보고…… 미키는 내 증손녀야. 미키를 봐뒀다면 아내가 날 가만두지 않았을 거야. 나는 천상에서 내려와 강에서 미키를 건져내고 그때부터 내려놓지 않았어. 내가 애를 응석받이로 키웠지. 하지만 이애는 나의 미키야. 난 미키를 사랑해."

미키가 다이에게 손을 뻗자 나는 소심스딥세 그의 품에 미키를 내려놓는다. "미키는 무겁지 않아." 다이가 속삭인다. "아주 가볍지.

만약 내 아내가 혼령들의 세상을 지나쳐 곧장 천상으로 간다면 오래 도록 날 기다려야 할 거야. 하지만 내가 우리 미키랑 같이 있는 걸 알 테니 신경쓰지 않을걸."

맞은편에 앉은 탈이 내 손을 잡는다. 우리는 미키가 다이 품에 안겨 그의 어깨에 머리를 기대고 편안하게 누운 모습을 지켜본다. 미키는 경련이 멈췄다. 미키의 이마에 나 있던 작은 주름이 사라지고 평온하게 잠이 든다.

"내가 널 얼마나 사랑하는지 알아, 미키?" 다이가 부드럽게 속삭인다. "나도 잘 모르겠어. 널 향한 사랑은 끝이 없어. 바다처럼 깊고 무한해."

* * *

아침이 오자, 얼굴에 비치는 햇빛과 내 소매에 침을 흘리고 자는 다이 때문에 잠에서 깬다. 작은 요 위에서 네 명이 함께 잠들었는데 탈과 미키가 보이지 않는다. 다이의 얼굴은 거의 원래대로 돌아왔다. 나는 다이를 깨우지 않으려고 조심하며 이불을 다시 덮어준다.

밖에 나가보니 미키가 탈의 무릎에 앉아 남기와 나리 언니가 바둑 두는 모습을 함께 지켜보고 있다. 남기가 바둑통에서 흑돌 하나를 집어 바둑판 위로 올린다. 탈이 쯧 하고 혀를 찬다. 남기가 다른 곳으로 손을 옮긴다. 탈이 고개를 끄덕이자 바둑판에 돌을 놓는다.

"이건 불공평해." 나리 언니가 바둑통에서 백돌을 집어들며 말한다. "어린 이무기와 바둑을 두는 줄 알았는데 나이도 짐작할 수 없는 할머니랑 두고 있다니."

나는 남기와 탈을 번갈아 본다. 지난밤에는 남기가 이무기로 변하는 걸 목격했고, 다이가 자신과 탈의 모습이 진짜는 아니라고 밝혔다. 하지만 아침햇살 속에서 본 탈과 남기는 늘 그래왔던 것처럼 친근하고 다정하다.

나는 탈 옆에 앉아 미키의 발가락을 간지럽힌다. "신 님과 기린은 어디 있어?"

"학 가문에." 나리 언니가 대답한다. "지금쯤이면 유 군주가 자신의 모든 잘못을 후회하고 있을 거야."

그 말에 남기가 낄낄 웃지만, 날이 늦도록 신과 기린이 돌아오지 않자 나는 걱정되기 시작한다. 무엇이 그들을 붙잡아두고 있는 걸까? 유 군주가 내게 누설한 것을 신에게도 털어놓았을까?

한쪽이 다른 쪽과 더 강한 관계를 맺으면 원래 있던 운명의 붉은 끈도 끊어질 수 있고요. 이 사실에 신이 어떻게 반응할까? 우리의 운명이 처음 맺어진 순간부터 그는 벗어나고 싶어했다. 목숨이 걸린 문제니까. 그런 이유로 그는 다른 혼과도 관계를 맺고 싶지 않을 것이다. 그 말은 내가 용왕을 선택하고 용왕도 나를 선택하게 함으로써 우리 관계를 끊을 수 있는 사람은 나뿐이라는 뜻이다.

곧 밤이 되고 모두가 자신의 침소로 흩어진다. 미키와 탈은 다이와 함께 남기의 방에 있고, 남기는 기린의 방으로 간다. 다이가 회복될 때까지 그렇게 지낼 것이다. 나는 홀로 위층에 있다.

벽 쪽에서 커다란 요를 가져다 방 한가운데에 깔고, 툭툭 두드려 매끄럽고 평평하게 한다. 그리고 잠시 망설이다 병풍을 가져와 이부자리 위에 올려 자리를 나눈다. 그러고는 비단 저고리를 벗고 치마 허리띠를 푼다. 벗은 옷을 바닥 한쪽으로 치워놓고 얇고 하얀 속옷 차림으로 이불 속으로 들어간다. 문밖의 모든 소리에 예민해진 상태로 오래 깨어 있다가 한참이 지나도 아무도 나타나지 않자 잠이 든다.

바다에서 용이 솟아오르는 꿈을 꾼다. 용은 검고 헤아릴 수 없는 눈으로 나를 본다. 그때 어떤 소리에 깜짝 놀라 잠이 깬다. 나는 정신을 못 차리고 눈을 깜박인다. 창문으로 달빛이 스며든다. 구름의 그림자가 병풍 위로 천천히 떠다닌다. 자정이 넘었을 리는 없다.

다시 소리가 들린다. 틀림없이 고통스러워하는 소리다. 신!

나는 이부자리에서 나와 병풍을 치운다. 신이 옷이 구겨진 채로 잠자리에서 뒤척이고 있다. 연화당에 돌아와 옷도 갈아입지 않고 잠자리에 든 모양이다. 나는 당장 그가 다쳤는지 확인해보지만 그런 흔적은 없다. 그렇다면 악몽인가? 이마엔 땀방울이 맺혀 있고 오한이 나는지 몸을 떨고 있다.

나는 옆에 웅크리고 앉아 그의 어깨를 잡고 거칠게 흔든다. "신, 일어나요!"

그가 눈을 획 뜬다. "미나?"

나는 손등을 신의 이마에 댄다. "열은 없네요. 괜찮아요?"

신이 일어나 앉으려고 하자 내가 재빨리 부축한다. 신이 일단 똑바로 앉자 나는 서둘러 낮은 시렁에서 물그릇을 가져와 종이배를 조심스레 꺼내고 그릇을 옆으로 기울인다. 손끝에 물을 대보니 다행히 충분히 차갑다. 신의 곁으로 와 차가운 물에 적신 천을 그의 이마에 가져다댄다.

"악몽을 꾼 모양이에요." 신의 이마에 맺힌 땀을 닦아내며 말한다. "무슨 꿈이었는지 기억나요?"

신이 천천히 고개를 젓는다. 그의 검은 눈이 내 얼굴을 바라본다. "유 군주와 이야기를 나누었어. 그는 우리 사이의 운명의 붉은 끈에 대해 알더군. 그가 당신의 혼을 훔치기 위해 도둑을 보냈다고 인정했어. 훔치는 데 실패하니 당신을 죽이려고 했고."

온몸에 소름이 돋는다. 탈과 다이와 나는 곰을 닮은 자객은 물리쳤지만 아직 족제비가 남아 있다.

나는 다시 천에 물을 적셔 그의 목에 갖다댄다. "다른 말은 안 했나요?"

틀림없이 신에게 어떻게 운명의 붉은 끈을 끊을 수 있는지 말했을 것이다.

"아니."

나는 고개를 든다. 신이 내 시선을 마주한다. 알 수 없는 표정이다. 그가…… 거짓말을 하고 있나? 하지만 왜 진실을 알면서 거짓말을 하지?

"내게도 몇 가지를 말해주었어요. 용왕님의 저주를 끊을 방법은 연인들처럼 그와 운명의 인연을 맺는 거라고요. 우리를 연결하고 있는 운명의 붉은 끈에 대해서는, 그가 말하길……"

"당신이 틀렸어." 신이 말을 가로막는다. "열이 나는 것 같아."

아까 깨어났을 때는 정신이 없었지만 지금은 머리가 맑다. 나리 언니의 말에 따르면 혼령과 신은 아플 수 없다.

신이 손을 들어 얼굴을 쓸어내린다. 그가 움직이며 드러난 맨 팔뚝, 잠을 자다 흐트러진 옷에 드러난 목에 눈길이 간다. 갑자기 저고리를 입지 않은 내 어깨가 너무 드러난 것 같다. 우리 둘 다 대화를 하는 동안 옷을 갖춰입지 않은 채였다.

"기린을 데려올게요." 나는 일어나다가 뭔가에 걸려 거의 넘어질 뻔한다. 아래를 내려다보니 신이 치마의 아랫단을 꼭 쥐고 있다. 그도 그걸 눈치채고 황급히 날 놓아주며 얼굴을 돌린다.

나는 잠시 머뭇거리다 이불 위에 무릎을 꿇고 앉는다. "여기 있어줄까요?"

신이 나를 바라보고, 나는 그의 간절한 눈빛에서 답을 찾는다.

나는 천천히 그의 베개 위로 눕는다. 그러자 그가 내게 손을 뻗어 팔로 나를 감싼다. 그가 나를 꼭 끌어안자 그의 숨결이 내 목에 닿는다.

살갗 아래에서 윙윙거리는 팽팽한 긴장감을 느끼며 잠들기란 불가능해 보이지만, 마침내 내 심장박동 소리 하나하나가 그의 심장박동 소리와 어우러지며 곧 평화로운 잠에 빠져든다.

23장

용왕과의 재회

멀리서 들리는 천둥소리에 깬 나는 뭘 해야 하는지 금방 깨닫는다.

"신." 내가 신에게 고개를 돌리고 말한다. 나는 주저한다. 신은 잠들어 있다. 어젯밤 불안해 보였던 모습과 달리 지금 그는 미간도 찌푸리지 않고 입술은 살짝 벌린 채 편안히 자고 있다. 그를 조금이라도 더 재울 수 있다면 무엇이든 할 것이다. 하지만 이 일은 혼자 할 수 없는 일이다.

"신." 내가 다시 부른다.

"미나?" 신이 졸린 눈을 깜박거린다. "무슨 일이야?"

"가야 할 곳이 있어요."

그가 날 빤히 보며 얼굴을 찌푸린다. "어디?"

"용궁에요."

신은 어두워진 눈빛으로 고개를 끄덕인다. "알겠어."

그가 일어나서 옷장에서 새 옷을 꺼내 방을 나간다. 나는 급히 산호색 치마와 하얀 저고리를 입고 계단을 달려 내려간다. 밖에서 신이 남기와 기린과 함께 기다리고 있다. 주위는 무거운 안개에 휩싸여 있다. 동쪽에서 먹구름이 산 위로 모여든다.

"뭔가 잘못되고 있습니다." 기린이 말한다. "저 폭풍은 심상치 않아요."

"동쪽 산 위로 넘어오는 거라면 인간 세상에서 오는 건데." 남기가 말한다. 그들이 주고받는 시선은 뜻을 헤아리기 어렵다.

"가자." 신이 말한다.

짙은 안개가 도시 전체에 퍼져 땅에 구름이 소용돌이치는 것 같다. 용궁의 문들은 닫혀 있다. 남기가 담을 기어올라가 밧줄을 내려 신과 기린을 끌어올린다. 나는 신의 등에 매달린 채 올라간다. 담 너머에 있는 용왕의 정원은 섬뜩할 정도로 조용하다. 으스스한 덩굴손 같은 안개가 우리에게 오라고 손짓하듯 자욱하게 펼쳐져 있다.

언제나 그렇듯 신이 앞장서고 남기가 내 옆에 있다. 나는 내 왼편에서 걷는 기린을 보고 놀란다.

"이제 결정했나보군요." 기린이 차가운 목소리로 말한다. "무엇을 할지."

그는 선명한 적개심을 드러낸다. "무슨 말을 하고 싶은 건가요?" 내가 묻는다.

"어젯밤 유 군주가 당신이 용왕님과 인연을 맺는다면 당신과 신

님 사이의 운명의 붉은 끈이 끊어질 수 있다는 것을 알려주었습니다."

그렇다면 신도 이미 알고 있다. 나는 몇 발자국 앞서 있는 그를 본다. 안개가 너무 짙어서 그가 우리의 목소리를 못 듣는 것 같다.

"결정을 내리는 건 나뿐만이 아니에요. 신 님도 다른 이와 인연을 맺을 수 있으니까요."

"겸손은 당신에게 어울리지 않아요. 선택하는 쪽은 당신이 될 겁니다."

"내 감정은 그리 간단하지 않아요." 내가 속삭인다.

"둘 다 우유부단하군요."

나는 기린을 탓하지는 않지만 움찔한다. 그가 신에게 얼마나 충성스러운지 잘 안다.

"미나 아가씨에게 너무하잖아." 남기가 따지고 든다. "자기 마음을 따르기가 쉽지 않은 상황이잖아. 가족과 고향 사람들을 지켜야 한다는 의무도 있고."

기린이 으르렁거린다. "그럼 미나 아가씨는 충성스럽고 너는 충성스럽지 못하다고 해야겠네."

남기가 긴장한다. "내게도 충심이 있어."

"충성스러워서 네 혈통, 네 가족, 네 형제를 저버렸어? 그들을 버려도 네가 괴물인 건 변하지 않잖아, 남기." 기린의 목소리는 차갑고 무자비하다. "그래서 넌 배신자인 서야."

남기는 가만히 어깨를 떨군다. 싸울 의지가 전혀 없어 보인다. 그는 평소와 달리 기죽은 목소리로 말한다. "때로는 자신의 혈통이 아니라 다른 곳에서 가족을 찾을 수도 있어."

가혹한 말은 기린이 했는데 고통스러운 듯 고개를 돌린 이도 기린이다.

남기가 떨어져 걷는다. 안개에 그대로 삼켜진다. 그가 몇 분이 지나도 돌아오지 않자 내가 걱정스럽게 묻는다. "찾으러 가야 하지 않나요? 이 안개 속에서 길을 잃을지도 모르잖아요."

깊고 어두침침한 곳에서 숨막히는 고함이 들려온다.

"남기!" 기린이 검집에 손을 뻗으며 소리친다.

"어서 가봐요. 난 운명의 붉은 끈을 따라 신에게 갈게요."

기린은 나를 보더니 고개를 끄덕이고 안개 속으로 사라진다.

비가 내리기 시작하더니 곧 옷이 다 젖는다. 어쩌면 폭풍이 물러가길 기다리는 대신 용왕을 직접 찾아온 것이 실수였는지도 모른다. 하지만 아침에 깨어났을 때, 내가 지금 그를 찾지 않으면 영원히 찾지 않을 것임을 무의식중에 깨달았다. 바다에 뛰어들었을 때 선택한 길에서 벗어나 내 마음이 이끄는 쪽으로 가버렸을지도 모른다.

비가 옅은 이슬비로 잦아든다. 나는 운명의 붉은 끈을 따라 안개를 가르고 습한 공기를 따라 종이배 연못 옆 별채까지 간다. 신이 우아한 나무 정자 가운데에 서 있다. 그의 옆에 용왕이 있다.

용왕이 깨어 있는 모습을 보고 놀랐을 텐데도 신은 내색하지 않는다. 나처럼 용왕이 달아날지도 모른다고 경계하며 저주를 풀 기회를 잡으려는 것이다.

"또다른 이야기를 해주러 온 거야?" 소년 용왕이 묻는다. 그는 처음 봤을 때 입었던 화려한 예복 차림이다. 가슴에 은색으로 용을 수놓은 휘장이 있다. 나는 진실을 마주하기보다 이야기를 듣고 싶어하는 어린아이 같은 그의 모습에 또다시 충격을 받는다.

나는 이내 스스로를 나무란다. 할머니는 그런 생각을 한다고 나를 꾸짖곤 했다. 가끔은 이야기를 통해서만 진실을 들을 수도 있는 법이다.

"용왕님을 기쁘게 해드릴 수 있다면요." 나는 어떤 이야기를 해야 할지 고민하며 말한다.

소년 용왕의 어깨 너머로 신과 시선을 마주한다. 나는 오빠가 가장 좋아하던 사랑 이야기로 정한다.

"옛날 옛적, 커다란 숲에 나무꾼이 살았어요. 나무꾼은 젊고 힘세고 다정했어요. 하지만 아주 외로웠죠. 어느 날 밤, 집으로 돌아가던 그는 숲에서 사랑스러운 웃음소리를 듣고 호기심이 일어 그 소리를 따라갔죠. 웅장한 황금 나무 아래, 작은 바위 연못에서 두 명의 선녀가 헤엄을 치고 있었어요. 선녀들이 벗어놓은 아름다운 하얀 날개옷이 황금 나무의 아래쪽 가지에 걸려 있었어요."

빗방울이 지붕에 세차게 떨어지기 시작한다. 나는 목소리를 높인다.

"나뭇가지에는 세 쌍의 날개옷이 걸려 있는데 연못에는 선녀가 둘밖에 없었어요. 그때 파릇파릇한 녹음 속에서 새어나오는 하얀 빛이 나무꾼의 눈에 들어왔어요. 세번째 막내 선녀가 숲에서 다가오고 있었죠. 막내 선녀는 바위 연못에 다가갔지만 물속에 들어가지는 않았어요. 대신 눈을 감고 나무들 위로 고개를 들었어요. 눈을 감으면 별들이 더 생생하게 보이는 것처럼. 나무꾼은 그 자리에서 사랑에 빠졌어요. 그래서 선녀의 날개옷을 훔쳤죠."

이 말에 아무 말 없이 귀기울여 듣던 신과 용왕 모두 눈살을 찌푸린다.

"언니들은 튼튼한 날개옷을 입고 하늘로 올라갔지만, 막내 선녀는 날개옷이 없어 홀로 남겨졌어요. 바로 그때 나무꾼이 선녀에게 가서 자기가 입고 있던 옷을 건네주었죠. 선녀는 그 옷을 받아들었고, 그의 겸손함과 자신에 대한 사랑에 매료되었어요. 두 사람은 함께 살게 되었죠. 선녀는 인간이 아니어서 둘 사이에 아이는 없었지만, 오랫동안 행복하게 살았답니다."

용왕이 주의를 빼앗긴 듯 정원 쪽으로 얼굴을 돌린다.

"시간이 지나 나무꾼은 나이가 들고 현명해졌어요. 선녀에게 반했던 그 순간 느꼈던 사랑은, 그녀와 살면서 쌓아온 평생의 사랑에 비하면 아무것도 아니라는 사실을 깨달았어요. 그는 혼이 짓눌리는 것처럼 고통스러웠지만 자신이 무엇을 해야 하는지는 알았죠. 정녕 선녀를 사랑한다면 그녀를 놓아주어야 한다는 것을요."

나는 이 말을 하면서 신의 눈을 마주본다. 그의 얼굴은 애달프다. 깊이 숨을 쉬며 나는 이야기를 마무리한다.

"밤이 되자 나무꾼은 숲으로 가서 황금 나무 아래 묻어둔 날개옷을 꺼냈어요. 아내가 자고 있을 때 그 옆에 날개옷을 두고 숲으로 돌아와 울었답니다.

그다음날 밤 집으로 돌아와보니 선녀는 더이상 보이지 않았고 날 개옷도 사라져버렸어요. 나무꾼은 눈물을 흘리며 새로 뜬 별을 보기 위해 밖으로 나와 밤하늘을 올려다보았어요. 그리고 잃어버린 것 때 문에 울면서도 기쁨으로 가득찼어요. 드디어 선녀가 자신이 있던 곳 으로 돌아갔다는 것을 알았으니까요."

내가 마지막 말을 할 때 용왕이 고개를 들어 폭풍 속을 바라본다. 그가 가슴께로 손을 가져가 옷 속을 뒤진다. "무언가가 내 혼을 끌어 당기고 있어." 갑자기 용왕이 정자에서 뛰쳐나가 빗속을 달린다.

"기다려요!" 내가 따라간다. 뒤에서 신이 무어라 외치지만 빗소리 에 먹혀 알아듣지 못한다. 안개가 주위에서 피어오르고 곧 나는 길을 잃는다. 다시 돌아가려 발길을 돌리지만 방향이 맞는지 알 수가 없 다. 운명의 붉은 끈도 짙은 안개 속에서 잘 보이지 않는다.

무언가에 발이 걸려 휘청거린다. 내 앞으로 계단이 길게 뻗어 있 다. 내가 이 도시에 처음으로 도착했을 때 올라갔던 계단이다. 위에 는 용궁의 대문이 있을 것이다. 방금까지 정원에 있었는데 어떻게 여 기에 있게 된 걸까?

내 뒤에서 돌 위를 달리는 것이 틀림없는 말발굽 소리가 가까워진 다. 안개 속에서 다가오는 형체를 보려고 고개를 돌린다. 달과 기억 의 여신이다. 여신은 전처럼 발굽에 불꽃이 이는 거대한 말 위에 앉 아 있다. "네가 혼자 있을 때 나를 만나면 무슨 일이 일어날지 경고 했지."

"여신께서 저를 죽이실 테니 저는 죽겠죠."

여신이 차갑고 무표정한 눈으로 나를 본다. "두렵지 않느냐?"

"두려워요. 하지만 말씀해주세요. 제가 용왕님의 신부가 아니라도 같은 일을 겪게 되나요? 제가 다이 같은 어린아이라면요? 여신께 도움을 받을 수 있다고 믿는 누군가라면요?"

"너는 그런 사람이 아니야."

"저는 그렇게 믿는 사람이에요."

잠깐 여신의 눈이 흔들리지만 곧 그녀는 시선을 돌린다. "착각하고 있구나." 여신이 넓은 소매에서 종이배 두 개를 꺼낸다.

여신이 왼손에 들고 있는 종이배를 바로 알아본다. 빨간 실로 삐뚤빼뚤 바느질된 종이배. 저건 내가 소원을 빈 종이배다. "어떻게 그걸 가지고 계시죠?"

"이 종이배에는 네가 예전에 빈 소원의 기억이 담겨 있고, 나는 달과 기억의 여신이니까."

"무슨 소원이었는지 보셨나요?"

여신이 나를 주의깊게 바라본다. "아니. 이 기억이 네 혼에 가까이 매여 있어서 볼 수 없었다." 나는 종이배에 손을 뻗지만 여신이 손을 거둔다. "이 한 조각 혼을 위해 내게 뭘 줄 수 있느냐?"

나는 여신을 올려다보며 아무 말도 하지 않는다. 이것이 의지의 대결이라면 여신이 이겼다. 왜냐면 나는 전에 그랬던 것처럼 다시 그 종이배를 불에 던져버릴 수만 있다면 무엇이든 내놓을 수 있으니까. 여신은 첫번째 종이배를 옷소매에 넣고 대신 두번째 종이배를 건넨다. 내 종이배 때문에 잠시 잊고 있던 종이배다.

"이것은 네가 잘 아는 사람의 것이다. 네가 직접 돌려줄 수도 있겠구나."

여신은 내 어깨 너머를 보고, 나는 여신의 시선을 따라간다. 거센 빗줄기에 한동안 폭우 속에 걸어오는 젊은 아가씨를 알아보지 못한다.

심청.

24장
위로

심청은 우아한 혼례복을 입고 있다. 긴 소매가 땅에 끌리고 창백한 뺨에 붉은 연지가 찍혀 있다. 검은 머리카락은 위로 올려 옥비녀와 금비녀를 꽂고 있다. 그녀가 왜 여기에 있는 거지? 신부는 일 년에 한 번만 보내진다. 내년 여름 다시 폭풍이 시작되기 전까지는 내 희생으로 구하려 했던 심청은 말할 것도 없고 또다른 신부 역시 필요 없을 터인데.

돌아보지만, 내 질문에 답해줄 여신은 더이상 옆에 없다. 심청이 긴 치맛자락에 걸려 넘어지면서 고통 섞인 날카로운 비명을 지른다.

"청 언니!" 나는 심청이 쓰러진 곳으로 달려간다.

심청은 숨이 턱 막힌다. "미나?"

나는 심청이 일어나도록 돕기 위해 종이배를 저고리 소매 속에 넣고, 그녀를 두 팔로 부축한다. "괜찮아요? 어디 다치지는 않았어요?"

심청은 검고 맑은 눈에 눈물을 글썽이며 날 바라본다.

"오, 미나. 널 보니 정말 기뻐. 네가 바닷속으로 뛰어들었을 때 준이 얼마나 힘들어했는지 몰라."

"언니, 왜 여기 있는 거예요?"

심청은 안색이 귀신처럼 창백하다. "제물로 바쳐졌어."

잠깐 동안 나는 뭐라고 할 말이 없어 그녀를 바라보기만 한다. "하지만…… 하지만 왜?"

"우리도 끝난 줄 알았는데……" 심청의 아름다운 눈이 공포에 질린다. "다시 폭풍이 시작되고 마을은 전보다 훨씬 심각한 피해를 입었어. 마을 전체가 바다에 휩쓸렸지. 수백 명의 사람들이 가족을 잃어버렸어. 아내를 잃은 남편들, 엄마를 잃은 아이들…… 마을 윗분들이 모여서 논의했고 나 대신 네가 바쳐져서 용왕님의 화를 부른 거라는 결론을 내렸어. 그래서 병사들이 집에 들이닥쳤어. 가족들은 날 보호하려고 용감하게 싸웠어. 시아주버님, 형님, 그중에서도 가장 격렬하게 싸운 분은 너희 할머니셨지. 그리고 준도."

심청은 그의 이름에 목이 멘다. 심청이 이야기를 계속할 수 없을 거라 생각했는데 차분하게 숨을 고르며 말을 이어간다. "결국 나는 끌려가서 지금 네가 보고 있는 이 옷을 입고 물속에 던져졌어. 하지만 나는 잡혀서 파도 아래로 사라졌을 때에도 소용없을 거라고 생각했어. 이렇게 엄청난 노여움이 단 하나의 목숨으로 달래질 리 없잖

아. 용왕님의 분노는 너무 크고 너무 강력해. 이번에는 폭풍이 우리 모두를 없애버릴까봐 두려워."

나는 심청의 말을 부인하고 싶지만, 그런 소름 끼치는 예감에는 이유가 있을 것이다. 오늘 아침 일찍 남기와 기린이 예사롭지 않은 폭풍이 인간 세상이 끝나고 강이 시작되는 동쪽 산에 도달했다고 말했었다.

나는 끔찍한 생각에 사로잡힌다.

"미나?" 심청이 부른다.

"여기서 기다려요." 나는 그녀를 두고 가고 싶지 않지만 확실히 해둘 일이 있다. 나는 치마를 들어올리고 강 쪽으로 달려간다.

곧 거세게 흐르는 물소리가 들린다. 안개 속을 벗어나자 큰 소리를 내며 사납게 흐르는 강이 보인다. 시키가 슬픔에 젖은 텅 빈 눈으로 강가에 서 있다. 나는 온 가족이 급류에 휩싸이는 걸 본다. 엄마, 아빠, 아이들. 전날 밤 보았던 여자아이와 달리 죽은 사람들 중 누구도 급류에 저항하지 않는다. 그들은 모든 희망을 포기한 듯이 가만히 떠내려간다. 왜 이런 일이 생기는 걸까? 왜 폭풍이 다시 시작되었을까?

용왕. 분노가 내 몸속을 휩쓸고 지나간다.

나는 용궁으로 돌아와 계단을 올라 열린 문 안으로 들어간다. 심청이 내 이름을 외치지만 나는 멈추지 않는다. 뜰을 하나씩 차례로 지나간다. 빗줄기가 약해졌지만 비는 그치지 않는다. 타는 듯한 빗방울이 얼굴을 타고 내려와 입술을 지나는 것을 느낀다. 바다의 맛이다. 나는 마지막 뜰을 지나 용왕의 대전으로 들어선다.

빗방울이 천장 틈으로 떨어져 차가운 돌에 부딪친다. 용왕은 옥좌 옆 바닥에 앉아 가슴을 움켜쥐고 있다. 그가 급히 정자를 떠날 때의 모습 그대로다. 무언가가 내 혼을 끌어당기고 있어. 그 무언가는 운명의 붉은 끈이었을까? 하지만 그의 손목에는 심청의 손목과 마찬가지로 아무것도 없다. 그들이 진정한 운명으로 이어져 있다면 심청에게 끈이 보였을 것이고, 심청은 이상하게 생각하여 내게 끈 이야기를 했을 것이다.

용왕이 고통에 찬 비명을 지른다. 나는 황급히 다가가 그에게 손을 뻗으려다가 잠시 주저한다. 내가 마지막으로 그의 몸에 닿았을 때 나는 그의 기억 속으로 끌려들어갔다. 나는 깊이 숨을 들이쉬며 용왕의 어깨를 잡는다. 눈이 멀 것 같은 환한 빛이 올라와 나를 통째로 집어삼킨다.

숲의 나무가 바람에 흔들리는 소리가 벽에서 들려오는 것 같다 이내 사라진다.

나는 절벽 끝에 서서 해질녘 바다를 마주하고 있다. 지는 해가 어두워지는 수면 위로 황금빛 길을 드리운다.

나는 주변을 살피며 천천히 돌아선다. 신선한 인동덩굴 냄새가 난다. 따뜻한 바람이 살갗을 스치고 머리카락이 나부낀다.

우리집에서 사 리 떨어진 곳에 바닷가 절벽이 있다. 준 오빠와 나는 숨을 헉헉거리고 웃으며 그 절벽 꼭대기까지 달리기를 하곤 했다.

내려가는 길에 간혹 아버지의 손을 꼭 쥐고 올라오는 심청을 보기

도 했다. 절벽 끝에 있는 작은 풀밭에 이르기까지는 몇 시간씩 걸리
곤 했지만, 두 사람은 그렇게 그 길을 오르곤 했다. 참을성 있고 아름
다운 심청, 석양을 볼 수 없는 탁한 눈을 가졌지만 매일 딸과 함께 하
는 산책을 좋아하고, 딸이 사랑을 담아 알려주는 세상 모습에 미소
짓는 심청의 아버지.

기억이 눈앞에서 흐릿해지고, 나는 눈을 깜박인다.

그때 절벽 끝에 웅크리고 있는 이를 본다. 용왕이다. 나는 앞으로
달려나가 털썩 무릎을 꿇는다. 그의 옷은 갈기갈기 찢기고 흙 범벅이
다. 내가 그의 비단옷을 만지자 무언가 따듯하고 축축한 것에 닿아
손가락이 미끌거린다.

피. 옷 뒤쪽이 피로 흠뻑 젖어 있다.

내가 소리를 지른다. "무슨 일이 있었던 거죠? 누가 용왕님께 이
런 짓을 한 거예요?"

바다를 내다보고 있던 용왕이 고개를 돌려 나를 올려다본다. 그의
눈은 흐리멍덩하고 사랑스러운 얼굴은 고통으로 일그러져 있다.

"고통은 아무것도 아니야." 그가 속삭인다. 용왕의 목소리라기보
다는, 작고 부서져내리는 소년의 목소리다. "내가 한 짓에 비하면 이
정도 고통은 아무것도 아니야. 나는 다 실패했어."

"아니에요." 나는 그의 눈가에 젖은 머리카락을 어루만져주며 말
한다. "용왕님은 다시 제대로 해내실 수 있어요. 제가 도와드릴게요.
방법이 있을……"

갑자기 용왕이 손을 뻗어 내 손목을 꽉 쥔다. 그의 눈과 마주치자

나는 숨이 멎는다. 용왕의 눈 속에서 온 도시가 불타고 있다. 그가 나를 놓아주자 나는 뒤로 쓰러져 땅에 머리를 부딪힌다. 정신이 들었을 때는 용왕의 대전으로 돌아와 있다.

나는 용 그림이 그려진 병풍을 올려다본다. 그러자 기억이 난다. 비. 폭풍.

바닥에서 일어나 용왕에게로 비틀비틀 다가간다. 재빨리 용왕의 옷에 피가 묻어 있는지 확인해보지만 비에 젖었을 뿐이다.

용왕은 신음하며 일어나 앉는다. 그를 도우려 앞으로 움직이자 그가 손을 들어 나를 막는다. "여기서 뭐 하는 거야?"

"용왕님과 이야기하러 왔어요. 그때 우리가 어디에 있었던 거죠? 바닷가 절벽…… 그곳은 인간 세상이었나요? 왜 피를 흘리고 계셨어요?"

"그만! 질문은 내가 해. 왜 그렇게 슬픈 이야기를 하는 거야? 내 마음을 상하게 하려고? 내 마음이 갈기갈기 찢긴 지 오래라는 걸 알 텐데."

"그 절벽에서 무슨 일이 있었는지 모르겠지만 그 일로 폭풍이 다시 시작된 거죠? 용왕님께 그런 짓을 한 게 인간이었나요? 그래서 저희를 더이상 보호하시지 않나요? 그래서 저희를 버리신 거예요?"

그가 내 말로부터 자신을 보호하려는 듯이 안으로 몸을 감싼다. 그의 목소리는 작고 지쳐 있다. "네가 용왕의 신부라고? 내게 모멸감을 주는 말을 하는데 어떻게 내 신부가 될 수 있지? 나를 아프게 하는 사람은…… 바로 너야."

천둥이 용궁 위로 우르릉거린다. 비가 천장 틈으로 새어들어와 빗방울이 마룻바닥에 떨어진다. 내 마음의 일부는 이곳을 떠나 용왕을 슬픔과 운명 속에서 고통스러워하도록 내버려두고 싶어한다. 하지만 한편으로는 여기 머무르고 싶다. 화가 나고 절망스럽지만 내 마음이 용왕 때문에 아프기 때문이다. 용왕을 보면, 지금은 전사가 되었지만 어렸을 때 마을 아이들에게 놀림을 당하던 준 오빠가 생각난다. 오빠는 마음이 넓고 친절했다. 나는 오빠를 놀리고 욕하는 언니 오빠들에게 소리를 지르곤 했다. 어떻게 감히 세상에서 가장 사랑스러운 우리 오빠를 아프게 한단 말인가.

나는 손을 뻗어 용왕을 두 팔로 부드럽게 감싼다.

"지금 뭐 하는……" 그가 저항한다.

나는 그를 꼭 껴안아 내 온기와 힘을 불어넣는다. "어렸을 때 용왕님께 기도하곤 했어요. 폭풍이 몰아치고 파도가 높이 치면 저는 두려웠지만, 용왕님을 믿었어요. 잔잔해진 바다에서 오빠와 무사히 파도를 타고 놀면서 행복했고, 용왕님을 믿었어요."

"하지만 이제는 아니겠지." 소년 용왕이 중얼거린다.

"저는 지금도 믿어요. 때로는 힘들고 저 자신을 의심하기도 하지만 용왕님을 의심하지는 않아요. 어떻게 제가 바다와 바람과 파도를 의심할 수 있겠어요? 제가 짐을 나눠 질 수 있으면 좋겠어요. 지금 용왕님을 안으니 그 짐이 얼마나 무거운지 느껴져요."

용왕이 흐느끼기 시작하고 나는 내 힘만으로 가눌 수 있을 것처럼 그의 목을 팔로 감싼다. "모든 일이 끝난 후에라도, 폭풍과 슬픔이 지나간 후에라도, 사람들이 용왕님을 얼마나 그리워하는지, 얼마나 사랑하는지 알았으면 해요. 저희는 항상 용왕님을 사랑할 거예요. 저희에게 소중하니까요. 용왕님은 저희의 바다이고 폭풍이고 새로운 날을 비추는 햇빛이에요. 저희의 희망이에요. 그렇게 오래도록 용왕님을 기다리고 있어요. 우리에게 돌아와주세요. 제발."

용왕의 따스한 눈물이 비에 흠뻑 젖은 내 어깨를 적신다. 천장 틈새로 들어온 비가 우리 주위로 내리고, 끝없는 비의 협주가 우리의 슬픔을 감싸안는다.

25장

홍수

용궁 밖 계단에서 신과 남기, 기린이 나를 기다리고 있다. 용왕의 대전에서 그들이 내 앞에 섰던 첫날 밤이 떠오른다. 적. 이방인. 그때 신은 내게 아주 멀게 느껴졌다. 바로 지금처럼.

"심청 언니는 어디 있나요?" 쏟아지는 빗속에서도 들리게끔 내가 소리친다.

"시키 님이 별의 사원에 쉴 곳을 마련해주었어요." 남기가 대답한다. "거기라면 안전할 거예요."

기린이 말한다. "이 폭풍을 빠져나가야 합니다."

신이 돌아서서 계단을 내려간다. 나는 남기와 눈이 마주치지만 그는 그저 고개를 저을 뿐이다. 안개 속에서 뛰어나갔다고 신이 내게 화가 났나?

거리는 물바다다. 우리 넷은 뒤집어진 수레와 등불이 꺼진 배를 빙 둘러 나아간다. 신과 기린이 물에 뜬 잔해를 헤치며 앞서가고 남기와 내가 뒤따라간다. 물은 우리 무릎 높이까지 차오른다. 수위가 더 높아지면 휩쓸릴 위험도 있을 것이다. 다행히 물살은 강만큼 세지 않다. 나는 떠내려가는 시체를 보고 숨이 헉 멎는다. 여자는 잠든 것처럼 눈을 감고 배에 두 손을 모으고 있다. 남기가 내 어깨를 잡고 앞으로 민다.

연화당에 돌아오자 신은 우리를 누각으로 이끈다. 일층은 이미 물이 차 있어 계단을 통해 이층으로 간다. 모두가 여기에 모여 있다. 연화당을 집이라고 부를 수 있는 모든 사람들. 세탁부와 요리사, 경비병들뿐 아니라 시녀들도 보인다. 미키를 안은 다이 옆에 탈이 방석을 깔고 앉아 있다. 나리 언니는 나이든 혼령들을 구석으로 데려가 몸을 따뜻하게 데울 뜨거운 차를 대접하고 있다. 나는 난간 쪽으로 향한다. 호수 물이 불어나 다리 위로 차오른다. 사방 몇 리에 빛이라곤 주변에서 타고 있는 횃불뿐이다. 멀리 서 있는 누군가에게는 누각이 광활한 바다에 뜬 촛불처럼 보일 것이다.

난간을 잡자 소매 속에서 무언가가 구겨진다. 나는 손을 넣어서 종이배를 꺼낸다. 달과 기억의 여신이 내게 준 종이배다. 심청의 소원이 든 종이배.

종이배가 가볍게 느껴진다. 접힌 부분이 말끔하고 종이는 매끄럽다. 안개 속에 있는 듯한 익숙한 느낌, 기억 속으로 빨려들어가는 느낌을 예상하며 천천히 접힌 부분을 편다. 아무 일도 일어나지 않는다.

종이배가 펼쳐진다. 종이에는 짧은 한 문장이 적혀 있다.

'저를 용왕님과 혼인시키지 말아주세요'라거나 '준과 함께 있게 해주세요'라거나 '영원히 폭풍을 끝내주세요'와 같은 말을 기대했는데, 정갈한 필체로 종이 위에 이렇게 적혀 있다.

'아버지가 오래오래 행복하게 살게 해주세요.'

나는 조심스럽게 종이배를 접어 다시 저고리 소매 속에 넣는다.

"이 폭풍은 예사롭지 않습니다." 누각의 모든 사람에게 기린이 알린다. "강은 범람했고 거리에 죽은 이들이 떠다닙니다. 뭔가 조치를 취해야 합니다. 지금 바로요."

"배를 보내 시체를 건져야 합니다." 나리 언니가 주장한다. "그리고 강으로 다시 보내줘야 해요."

남기가 덧붙인다. "그러는 동안 강이 우리 세상으로 넘치는 걸 막아야 해요. 둑을 쌓으면 시체가 들어오는 걸 막을 수 있어요."

"그러면 인간 세상에 귀신이 생길 텐데요." 탈이 강하게 주장한다. "그들을 담을 그릇이 없으면 불안한 혼령들이 두려움과 공포를 퍼뜨리며 산 사람들을 괴롭힐 거예요. 더 많은 죽음이 뒤따를 거고요."

기린이 고개를 젓는다. "그건 어쩔 수 없습니다."

"아니에요." 내가 입을 열자 모두가 내게 집중한다. "지금 나온 모든 해결책은 임시방편일 뿐이에요. 진짜 원인은 그들의 생명을 앗아간 폭풍이잖아요. 그게 모든 것의 원인이죠. 우리가 멈추게 해야 하는 것이고요."

남기가 주위를 돌아보고 난 후 날 다시 보며 점잖게 말한다. "당신의 말이 틀렸다는 게 아니에요, 미나. 하지만 용왕님이 백 년 동안 폭풍을 멈추지 않았는데 지금은 멈출 거라고 생각하는 이유가 뭔가요?"

머리가 지끈지끈 아파 생각을 구체적으로 하기가 힘들다. 나는 신을 보지 않으려고 애쓰며 말한다. "지난번에 학인당에서 유 군주가 나에게 몇 가지 사실을 알려주었어요. 용왕님의 저주를 풀기 위해서는 신부와 진정한 운명을 만들어야 한대요."

"진정한 운명?" 남기가 인상을 쓴다. "그게 무슨 말이죠?" 신과 기린이 유 군주에게 질문했을 때 남기는 함께 있지 않았다는 사실을 잊고 있었다.

"혼의 동반자 사이라는 말이에요."

"그리고 당신이 그 신부라는 거고요." 기린이 말한다. 방은 조용하고 기대에 차 있다. 나는 쑥덕거림과 비웃는 표정을 기다린다. 용왕의 진정한 신부라고 믿는 나는 누구인가? 그리 예쁘지도 않고 특별히 뛰어나지도 않은 소녀일 뿐이다.

"가능한 일입니다." 기린의 말에 나는 깜짝 놀란다. 모든 사람들 중에서 그가 가장 의심스러워할 거라고 생각했는데. "이전까지 어떤 신부도 용왕님과 이야기를 나눈 적이 없습니다. 그리고 이 폭풍이 끔찍하기는 하지만, 백 년 동안 변한 적 없던 이 세계의 일상이 바뀐 것이기는 하죠."

남기가 말을 잇는다. "이제 막 도착한 신부, 심청에게는 운명의 붉은 끈도 없었어요."

혼령들이 쑥덕거린다. 내 예상과 다른 분위기다. 마침내 용왕의 신부에 대한 신화가 이루어질 수도 있겠다는 사실에 놀란 혼령들이 흥분해서 서로를 바라본다.

"그건 중요하지 않아." 신이 누각에 들어와 처음으로 입을 연다. "당신은 용왕님을 사랑하지 않으니까."

지끈거리는 두통이 더 심해진다.

"그리고 용왕님이 당신을 사랑할 수 있다고 믿는다니 미련하군."

방이 조용해진다. 신이 상처받았기 때문에 그런 말을 했다는 건 알지만 내 눈시울이 빨개지는 것은 어쩔 수 없다. 어쩌면 도망치는 것이 유치하게 보일지도 모르겠지만 다른 방법이 없다. 나는 방을 뛰쳐나간다. 내가 지나갈 수 있게 혼령들이 길을 비켜준다. 나는 일층까지 계단을 뛰어내려간다. 누각에서 나오자 비가 얼굴을 때린다. 호수의 물이 언덕의 절반쯤 차올랐다. 다리를 건너지 않고 풀이 무성한 둑까지 미끄러져 내려가자 발이 물에 닿는다.

마침내 용왕의 신부가 의미하는 것이 무엇인지 알 것 같다. 그것은 짐도 명예도 아니다. 용왕의 신부가 된다는 것은 마을에서 가장 아름다운 소녀로 뽑히는 것도 아니고, 저주를 풀 사람이 된다는 것도 아니다. 용왕의 신부가 된다는 것은 한 가지 일을 해야 한다는 뜻이다. 용왕을 사랑하는 것.

나는 용왕의 신부가 아니다.

나는 사람들을 실망시켰다. 가족들을 실망시켰다. 할머니를, 오빠들을, 새언니를, 심청을. 나는 모두를 실망시켰다.

사랑은 살 수도 없고 기도로 얻을 수도 없으니 가망이 없다. 사랑은 조건 없이 주어져야 한다. 나는 이미 내 마음을 다른 이에게 주지 않았던가. 용왕이 아닌 자에게.

비가 계속해서 땅을 때린다. 호수의 물이 올라와 내 신발을 적신다. 쉬익 하는 소리가 들려와 뒤로 물러난다. 화살이 날아와 내 발치에 꽂힌다. 다리 아래 나뭇가지가 흔들린다. 본능적으로 손을 은장도로 뻗는다.

어둠 속에서 아는 얼굴이 보인다. 족제비 같은 자객. 나는 은장도를 꺼내지만 너무 늦었다. 그가 다음 화살을 겨누고 쏜다.

옆으로 몸을 비틀어보지만 늦었다. 화살이 내 어깨에 꽂힌다. 나는 아파서 비명을 지른다.

누각 쪽에서 누군가의 외침이 들린다. 나리 언니다. 자객도 그 소리를 들었는지 어둠 속으로 달아난다.

나는 땅에 쓰러진다. 뺨이 축축한 땅에 닿고 팔은 옆으로 축 늘어진다. 피가 고여 따뜻한 담요처럼 퍼져나간다. 끈이 반짝이다가 서서히 희미해지기 시작한다.

"안 돼." 내가 속삭인다. 운명의 붉은 끈은 신과 연결되어 있다. 만약 내가 죽으면 신도……

비가 내 얼굴의 눈물과 뒤섞인다. 숨이 거칠어지고 시야가 가장자리부터 어두워진다.

마지막으로 떠오르는 건 뒤죽박죽 섞인 장면들이다. 다리를 건너

나와 멀어지던 준 오빠. 바다 옆 절벽에서 흐느껴 울던 용왕. 그리고 오늘 아침 물결처럼 아름답게 쏟아지던 햇빛에 비친 신의 얼굴.

26장

잠

나는 평생 용왕의 신부에 대한 신화를 믿어왔다. 제국이 서쪽에서 온 정복자에게 침략당하고, 황제가 절벽에서 바다로 던져지고, 첫 폭풍이 시작되었던 때부터 시작된 할머니의 할머니에게서부터 내려오던 이야기를. 황제를 형제처럼 사랑했던 용왕이 침략자를 벌주기 위해 폭풍을 보냈다. 내리치는 빗줄기는 용왕의 눈물이고, 천둥은 그의 울음소리라고 했다. 가뭄은 그가 마음속으로 느낀 공허함의 시간이었다.

이 신화의 어디까지가 진실일까? 이 믿음이 깨지면 어떻게 해야 할까?

"내가 더 할 수 있는 일은 없어." 기린의 목소리가 멀리서 들리는 듯 희미하다. "상처는 봉합했지만 피를 너무 많이 흘린데다 맥박이 약해."

"자객은 어떻게 됐지?" 남기가 묻는다. 소리를 지른 건지 쉰 목소리다.

"비명소리에 달아났어. 유 군주가 신 님을 죽이려는 마지막 시도로 보낸 모양이야."

나는 신의 방에 있다. 아래로 내 몸이 보인다. 까치에겐 세상이 이렇게 보이는 건가? 내가 퍼덕거리며 날아다니는 진짜 까치인지도 궁금하다. 내가 그들의 머리 위를 날고 있는 것을 눈치채는 이는 없다.

남기와 기린이 비단 이불 아래 누워 있는 내 옆에 서 있다. 하지만 신은 옆에 없다. 신은 괜찮은 건가? 신이 다쳤다면 남기와 기린은 지금보다 더 화가 났을 것이다. 그렇지 않을까?

내 몸을 보니 손에 이어진 운명의 붉은 끈이 이젠 없다. 끈이 깜박이며 사라지던 모습이 기억난다. 여우 여신은 신이나 내가 죽으면 끈이 잘릴 수 있다고 했었다.

호숫가에서 피 흘리며 누워 있을 때 내가…… 죽었나? 하지만 내가 죽었다면 내 혼은 여기 내 몸 옆에서 떠 있지 않고 강에 있었을 텐데……

나는 창밖으로 날아간다. 아름다운 무지개가 하늘을 장식하고 있다. 무지개에 정신이 팔려 위로 날아오른다. 얼마나 높이 올라가야 하늘에 닿을 수 있을까?

귀가 간질거리더니 다이의 목소리가 들린다. "너무 멀리 가지 마, 미나. 너무 멀리 가면 돌아올 수 없을 거야."

나는 몸을 돌려 다시 작은 방으로 돌아온다.

남기와 기린은 더이상 없다. 지금 내 곁에는 다이가 무릎에 미키를 올려놓고 앉아 있다.

"폭풍이 멈췄어." 다이가 말한다. "영원히 멈춘 것 같은 느낌이야."

나는 다이의 얼굴을 내려다보며 다이 옆에 떠 있다. 이무기의 공격으로 생긴 상처는 대부분 나았다. 멍은 전만큼 진하지 않고 얼굴도 본색을 찾았다. 미키가 자고 있는 내 모습을 보며 작은 주먹을 입에 대고 훌쩍거린다.

"걱정 마, 미키. 미나는 괜찮을 거야. 나아지면 깨어날 거야."

나는 땅거미가 지는 창밖을 흘끗 바라본다. 이런 이도 저도 아닌 상태에서는 시간이 이상하게 흐르는 것 같다. 돌아보니 다이와 미키가 사라지고 없다.

문이 스르르 열린다. 남기가 방으로 들어온다. 그가 문가에 잠시 서 있자 나도 그 옆까지 날아가서 방을 살펴본다. 원래 있던 옷장과 병풍 말고도 방에 몇 가지 가구가 더 있다. 내 옷장과 머리 장식할 때 쓰는 화장대와 거울이 있다. 창문 아래 있는 낮은 시렁은 내가 정원에서 가져온 말린 꽃, 조약돌, 도토리 들로 어수선하다. 창문 바로 아래 시렁의 얕은 물그릇 안에 종이배가 떠 있다.

"이 방은 텅 비어 있었어요." 남기가 말한다. "그런데 당신이 와서 이 방을 가득 채웠어요. 당신이 우리의 삶을 어떻게 채워주었는지 보여주는 좋은 비유 아닐까요?"

남기가 천천히 방을 가로질러 내 몸 쪽으로 다가간다. "당신이 깨어난다면 날 놀리겠죠. '남기, 당신은 정말 영리하군요'라고 말할 테죠." 남기가 머리맡에서 내 얼굴을 가만히 바라본다. "난 정말로, 당신이 그 말을 하기 위해서라도 금방 깨어날 줄 알았는데."

남기는 이불을 당겨 내 턱밑까지 올려주고 몸을 기울여 내 이마에 입을 맞춘다. "잘 자요, 내 친구. 너무 오래는 말고. 우리는 당신만큼 강인하지 않아요."

나는 얼굴을 찡그린다. 이게 무슨 말일까? 그 순간 내 마음은 안개로 뒤덮이고 시간이 내게서 빠져나가는 것 같다. 다시 깨어나보니 아침햇살이 방을 비추고 있다.

나는 내 머리맡에 있는 기린을 보고 깜짝 놀란다. 그가 내 이마에 시원한 수건을 올리고 미간을 찌푸린다. 내가 자고 있을 때에도 내가 못마땅한 모양이다. 언제쯤 그가 나에게 실망하지 않을까, 한숨이 새어나온다. 하지만 그때 그가 수건을 옆으로 치우고 일어서더니 이불 반대편으로 움직인다. 머뭇거리다가 내 얼굴에 내리쬐는 햇빛을 막아선다.

나는 그가 무엇 때문에 얼굴을 찌푸리는지 보려고 내 몸 옆으로 날아간다. 내 이마에 땀이 맺혀 있다.

기린이 얼마나 오래 거기에 서 있었는지는 모른다. 그는 온몸으로 햇빛을 막으며 묵묵히 날 살핀다.

자리에 미동도 없이 서 있던 그는 문 두드리는 소리에 고개를 돌린다.

아까보다 안개가 더 짙어지고 무섭게 피어난다. 나는 허공에 부유한다. 피할 수 없는 허무다. 시간도 의미도 없는 곳. 그저 마음이 아파 죽을 것만 같고, 나 자신을 구하기 위해 할 수 있는 게 아무것도 없다.

다음에 내가 돌아온 때는 완연한 밤이고 신이 내 옆에 있다. 구름에 숨은 달 아래, 방은 어둑하다.

"내가 자객을 죽였어." 그림자가 드리운 신의 눈. 단조롭고 텅 빈 그의 목소리에 나는 눈살을 찌푸린다. "나는 자객을 거리로 끌고 갔어. 끔찍하게 고통스러워하면서 목숨만은 살려달라고 빌더군. 하지만 나는 그놈이 당신을 해쳤으니 어떤 고통을 당해도 싸다고 생각했어."

그가 말을 멈춘다. 나는 그림자 너머 그의 눈을 보기 위해 더 가까이 간다.

"하지만 강에 이르렀을 때 그런 건 중요하지 않다는 걸 깨달았어. 빗속에서 당신은 죽어가고 있었어……" 신이 천천히 손을 뻗어 축 늘어진 내 손목을 잡고 고개를 숙여 이마에 댄다. "여우 여신이 운명의 붉은 끈으로 묶인 이상, 우리 중 하나가 죽으면 운명이 끊길 거라고 말했지. 나는 순진하게 그 말을 그대로 믿었어." 그가 거친 숨을 몰아쉰다. "그 끈이 사라지고도 내가 여전히 살아 있다는 걸 알았을 때 나는 기뻤어야 해. 하지만 미나, 왜 이런 이상한 기분이 들지? 운명의 붉은 끈이 없이도 당신이 죽으면 나도 죽어."

안 돼! 나는 그에게 그 여신이 잘못 안 거라고 말해주고 싶지만 짙은 안개가 다시 피어오르고, 의식불명의 공간이 너무 깊어 절망에 빠진다. 여기는 내가 있을 곳이 아니라는 걸 알고 있다. 이 안에서 너무 오래 부유하면 나는 영원히 길을 잃을 것이다. 하지만 어떻게 돌아가야 하는지 모른다. 나를 인도할 운명의 붉은 끈도 없다.

나는 다리를 가슴으로 끌어당기고 머리를 무릎 위로 숙인 채 더 깊은 허무 속으로 빠져든다. 이렇게 외로운 적은 없었다. 용왕은 백년 동안 이런 기분이었을까?

어둠 속에서 목소리가 들린다. 이상하게도 그것은 노래하는 내 목소리처럼 들린다.

깊은 바닷속에서 용이 잠자요.
무슨 꿈을 꾸고 있나요?

깊은 바닷속에서 용이 잠자요.
언제 깨어날까요?

여의주에 대고 빌면
당신의 소원이 이루어질 거예요.

여의주에 대고 빌면
당신의 소원이 이루어질 거예요.

우리 할머니만 알고 계셨던 노래다. 오래전 어린 할머니에게 고조 할머니가 가르쳐주셨다고 했다.

우리 할머니.

부드러운 손이 내 손을 꼭 쥔다. "미나. 깨어나야 해. 너 자신을 구하지 못하면서 어떻게 용왕님을 구할 수 있겠어?" 맑은 목소리가 바로 옆에 있는 것처럼 내 귓가에 속삭인다.

달라요. 나는 말하고 싶다. 나는 심하게 다쳤어요. 피를 많이 흘렸다고요.

할머니가 혀를 찬다. "변명하지 마, 미나. 일어나. 일어나, 지금 당장!"

나는 눈을 뜬다.

"미나!" 여러 사람의 목소리가 내 이름을 소리쳐 부른다. 고개를 들어보니 모두에게 둘러싸여 있다. 이불 한쪽에는 탈과 다이와 미키가 있다. 맞은편에는 남기와 나리 언니와 기린이 있다.

다이가 먼저 다가와 쓰러지듯 옆에 누워 내 허리께를 감싸안는다. "무서웠잖아!"

"조심해." 기린이 다이의 소매를 끌어당기며 나무란다. "상처는 봉합했지만 완전히 나으려면 시간이 걸릴 거야."

"배고파?" 나리 언니가 묻는다. "먹을 걸 가져다줄까?"

"술은 어때요?" 남기가 권한다. "술이 고통을 덜어줄 수 있는데." 이제 남기가 나리 언니에게 기를 붙잡혀 끌려 나갈 차례다.

"네가 우리에게 돌아와서 기뻐." 탈이 내 옆에 앉으며 말한다. 미키는 탈의 무릎에 앉아 있다. 그녀가 손을 뻗어 내 머리카락 몇 가닥을 살며시 넘겨준다.

나는 방을 둘러보다가 내 목소리로 묻는다. "신은 어디 있어요?"

방안이 조용해지고 모두가 서로를 바라만 본다.

"방금 전까지 여기 있었어요." 결국 남기가 말한다. "당신 곁을 거의 떠나지 않았어요."

나는 이해가 되지 않는다. 그렇다면 지금은 어디에 있는 거지?

"걱정 마." 탈이 말한다. "금방 돌아올 거야. 그러는 동안 좀 쉬어." 탈이 몸을 돌려 음식을 좀 가져다주고, 씻을 준비를 해달라고 청한다. 모두가 내 눈을 마주치지 않으려 조심하면서 서둘러 움직인다.

나는 무릎에 손을 얹는다. 운명의 붉은 끈이 반짝거리던 내 손바닥은 이제 맨손이다. 마치 신과 나 사이의 인연이 애초에 존재하지 않았던 것처럼.

27장

소문

기린의 명령으로 나는 하루종일 방에 틀어박혀 있지만 손님을 맞을 수는 있다. 오전엔 탈과 다이가 미키와 함께 찾아오고, 오후엔 남기와 나리 언니가 따로 찾아온다. 하지만 신은 오지 않는다. 그가 왜 오지 않는지 하루종일 끝없이 생각하며 괴로워한다. 이 생각 때문에 내게 선의를 베푸는 사람들에게 집중할 수가 없다. 혹시 폭풍이 치던 밤 내게 심한 말을 한 것에 죄책감을 느껴서 그런 걸까? 자객이 아직 밖에 있는 줄 알면서도 달아나려고 했던 내게 화가 나 있나? 나는 나 자신뿐만 아니라 그도 위험하게 만들었다……

가볍게 문 두드리는 소리가 난다. 나는 재빨리 일어나 앉는다. 문이 열리자 심청이 방으로 들어온다. 나는 놀라서 눈을 깜빠거린다

심청은 내가 마지막으로 봤을 때 입었던 혼례복 대신 파란색과 흰

색의 단순한 치마저고리 차림이다. 머리는 혼인한 여인처럼 검은 머리를 땋아 말아올리고는 비녀를 꽂았다.

"미나!" 심청이 방안으로 미끄러지듯 들어와 우아하게 내 이불 옆에 앉는다. "더 일찍 오고 싶었는데 안에 들어올 수 없었어. 몸은 어때? 괜찮아?"

"괜찮아요." 나는 갑자기 부끄러움에 사로잡힌다. 같은 마을에서 자랐지만 나는 심청과 이야기를 제대로 나눠본 적이 없었다. 심청은 나보다 나이가 많은데다 범접할 수 없을 만큼 아름다웠다. 정말로 준오빠 말고는 아무도 심청과 이야기를 나누려 하지 않았다.

사람들은 심청의 이야기를 하면서 아버지 심봉사를 위한 그녀의 효행을 칭찬했다. 심지어 몇몇은 그런 칭찬을 받는 심청을 시기하기도 했다. 나는 그런 것에 죄책감을 느꼈다. 우리 중 아무도 그녀가 어떤 기분인지 물어보지 않았다. 지금까지 심청의 삶이 얼마나 외로웠을지 생각지도 못했다.

심청은 가지고 온 보자기에 싸인 물건을 옆에 두고, 벽에 걸린 그림과 실로 묶인 필첩, 책상 위에 가지런히 쌓여 있는 두루마리 들을 둘러본다. 손을 무릎 위에 놓고 큰오빠의 부인인 새언니 수진이 긴장하면 자주 그랬던 것처럼 치맛자락을 가지런히 펴고 있다. 창밖으로 하늘이 밝고 맑다.

"미안하지만, 미나." 심청이 말한다. "내가 잠깐 이야기해도 될까? 너에게 하고 싶은 말이 있어."

"그럼요. 당연히 되죠." 나는 재빨리 심청을 안심시켜준다.

심청은 고개를 끄덕이고 잠시 머뭇거리더니 마침내 입을 연다. "내가 살아오면서 너무나 존경하게 된 두 여자분이 있어. 한 분은 너희 할머니셔. 내가 이제껏 만나본 사람들 중 가장 강한 분이시지. 다른 사람들이 의무 대신 사랑을 선택했다는 이유로 준과 나를 질책할 때, 할머니께선 우리를 옹호해주셨어. 내가 용왕님의 신부로 뽑혔는데도, 그분은 내 인생은 다른 누구의 것도 아닌 내 것이라고 가르쳐주셨어. 내가 예상했던 것 이상의 삶을 살 수 있다고 믿게 만드셨지. 내가…… 원했던 삶을."

심청은 치마를 만지작거리다 말고 내 손을 잡는다. "내가 정말 존경하는 또 한 사람은 바로 너야. 네가 날 대신해 나섰을 때 너무나 많은 감정이 휘몰아쳤어. 안도, 감사, 죄책감. 그리고 네가 뱃머리에서 뛰어내린 순간 나는 평생 한 번도 느껴보지 못한 감정에 휩싸였어. 희망. 너는 기적을 믿게 해."

무슨 말을 해야 할지 모르겠다. 부담스럽기도 하고 믿을 수 없을 만큼 영광스럽기도 하다.

"내게는 여형제가 없었어." 심청이 부드럽게 말한다. "네가 내 시누이가 되어서 정말 기뻐."

"나도 그래요." 내가 침을 꿀꺽 삼키며 속삭인다.

그녀가 옆에 놓아둔 꾸러미를 가져와 우아하게 비단 보자기의 매듭을 푼다. 보자기를 펼치자 복숭아꽃 색깔의 치마와 작은 분홍색 꽃들이 수놓인 노란 저고리가 보인다.

나는 숨을 헉 들이켠다. "아름다워요."

"마음에 들어? 혜리 아가씨가 보내는 선물이야. 혜리 아가씨가 직접 가져오려 했는데, 내가 가져다주고 너와 단둘이 시간을 보내게 해 달라고 부탁했어. 괜찮아?"

나는 고개를 끄덕이고 심청의 부축을 받아 일어선다. 다친 어깨를 조심하면서 복숭아꽃 색깔 치마를 몸에 두르고 가슴께에 끈을 묶는다. 그런 다음 심청이 들고 있는 노란 저고리의 소매 속으로 팔을 집어넣는다. 그녀가 내 뒤에서 머리카락을 부드럽게 잡아당겨 빗기고 길게 땋아 분홍색 댕기로 묶는다. 마침내 돌아서서 나와 마주본다. 옷 앞섶의 고름 두 개를 잡아 하나를 둥글게 말고 다른 구멍으로 넣어 매듭을 짓는다. 옷고름이 우아하게 내려오도록 길이를 조정한다. 심청은 마무리를 짓고는 뒤로 물러서 자신의 작품에 찬탄한다.

"너무 예뻐요, 언니." 내가 말한다. "그런데 무슨 행사라도 있는 거예요?"

"오늘밤에 폭풍이 끝난 것을 기념하는 축제가 시내에서 열릴 거야."

내 머리맡에서 다이가 한 말이 기억난다. 폭풍이 멈췄어. 영원히 멈춘 것 같은 느낌이야.

그 말이 사실이었나? 하지만 뭐가 변한 거지? 용왕을 마지막으로 보았을 때도 그는 여전히 절망에 빠져 있었는데.

심청이 눈을 반짝이며 고개를 든다. "네가 가야 해. 도시에 소문이 돌고 있거든. 네 덕분에 폭풍이 멈췄다는 얘기가 파다해."

28장
축제

그날 늦게 남기, 나리 언니와 함께 시내를 걷는데 확실히 분위기가 변했다. 도시는 항상 따스함과 빛으로 가득했지만, 오늘밤에는 사람들이 기쁨을 거리에 풀어놓은 것 같다. 광대들이 장단에 맞추어 춤추고 노래한다. 음식 수레에서 노점상들이 달콤한 엿과 떡을 나누어 준다. 지난 며칠간 도시의 많은 이들이 거리를 깨끗이 치우고 곳곳을 수리했지만, 서까래가 주저앉고 대들보가 무너진 집들에서 폭풍의 여파가 보인다. 나는 커다란 통을 들고 뛰어오는 두 어린 여자아이와 부딪힐까봐 뒤로 물러선다. 한 아이가 뚜껑을 열어 지느러미에 방울이 달린 황금 잉어 수백 마리를 공중에 풀어놓는다. 잉어들이 쏜살같이 사방으로 달아나자 도시 전역에 방울소리가 울려퍼진다.

그 광경과 소리에 기쁘다가도 조금 아쉬운 건 어쩔 수 없다. 심청

이 떠난 후 신이 오기를 간절히 기다렸지만, 해가 산 뒤로 넘어가고
는 그가 오리라는 희망이 사라졌다. 혜리의 선물이 헛되지 않도록 나
리 언니와 남기에게 시내로 데려가달라고 부탁했다.

나리 언니가 눈썹을 치켜올리며 말한다. "미나, 널 흠모하는 이가
있는데."

나는 간절한 마음으로 고개를 돌린다. 다이 또래의 남자아이들이
찻집의 차양 아래에 모여 있다. 아이들은 우리 쪽을 몰래 흘끔거린
다. 한 소년이 다른 애들에게 떠밀려 앞으로 나온다. 아이는 손에 종
이배를 들고 수줍게 다가오며 말한다. "제 소원을 들어주시겠어요?"

"나는 여신이 아니야." 미소를 지으며 부드럽게 대꾸한다.

아이가 얼굴을 가린 머리카락을 쓸어넘기자 장난기 어린 눈이 보
인다. "제발요. 유일하게 제 소원을 이루어주실 수 있는 분이에요."

호기심에 눈썹이 올라간다. 종이배를 받아 펼치자 남기가 종이에
뭐라고 썼는지 보려고 내 어깨 위로 몸을 숙인다. 남기의 깔깔거리는
웃음소리에 별똥별처럼 우리 주위를 스쳐지나가던 물고기떼가 깜짝
놀란다.

그 소동 속에서 나는 남자아이에게 가까이 다가가 몸을 숙이고 뺨
에 입을 맞춘다.

아이는 경건하게 손에 얼굴을 대고 돌아서서 친구들에게 소리친
다. "봤지! 용왕님의 신부가 입맞춰줬어!" 남자아이들이 야단법석을
떤다. 한 명씩 차례로 소년의 뺨에 입술을 대어 내 입맞춤을 나눠 가
지려는 것 같다.

주위를 둘러보자 많은 사람들이 우리를, 아니 나를 바라보고 있다. 한 어린 여자아이는 심지어 손을 들어올려 나를 가리키고 있다.

"청 언니가 말했던 소문 때문인가요?" 내가 나리 언니에게 묻는다. "폭풍이 나 때문에 멈췄다는 말이 도시에 퍼졌다고 하던데요."

나리 언니가 고개를 끄덕인다. "폭풍이 치던 날 밤 도시의 많은 사람들이 네가 계단을 달려올라가 용궁 안으로 들어가는 걸 봤어. 그후 삼십 분도 안 되어 네가 다시 나타났고, 바람과 비가 잦아들고 무지개가 나왔어." 항상 차분하고 침착한 나리 언니조차 목소리에 흥분한 기색을 감추지 못한다. "폭풍 후에 무지개가 나타난 적은 없었어. 세계와 세계를 잇는 다리인 위쪽 세계에서도 목격되었다는 소문이 있어. 사람들은 그걸 폭풍이 영원히 멈추고 신화가 마침내 실현되었다는 징조로 여기는 거야."

나는 언니의 말을 이해하려고 애쓴다. "그러면 용왕님은요?"

남기가 고개를 젓는다. "용궁 문은 닫혀 있어요. 아무도 용왕님을 보지 못했어요."

내가 용궁을 떠난 후에 폭풍이 멈춘 것은 우연의 일치였을까? 한 시간 뒤에 나는 자객에게 공격당했고 운명의 붉은 끈이 사라졌다. 유 군주는 내가 용왕의 진정한 신부라면 용왕과 나 사이에 운명의 붉은 끈이 생겨날 거라고 말했다. 하지만 깨어난 이후로 내 손에는 아무것도 없다.

앞쪽에서 환호성이 들려 생각에서 빠져나온다. 사람들이 커다란 나무 아래에 모여 있다. 나무는 길 한가운데에 서 있는데, 거대한 차양 같은 나뭇잎들 사이에서 밝은 등불이 깜박인다. 나무의 가장 큰 가지에 그네가 매달려 있다. 내 또래로 보이는 한 여자아이가 나무판 위에 서서 다리를 굴러 그네를 밀어올린다. 군중은 숨죽였다가도 소녀가 높이 올라갈수록 더 열심히 박수를 치고 휘파람을 분다.

남기와 나리 언니와 나는 다른 이들과 함께 소리치고 응원을 보낸다.

소녀는 앞뒤로 더 크게 움직인다. 곧 땅과 거의 수평을 이룰 정도로 높이 오른다.

그네가 다시 돌아오자 소녀는 밧줄을 놓고 사람들에게 손을 흔든다. 나는 소녀가 그네를 천천히 멈춘 후 팔짝 뛰어내리며 인사할 때 가장 크게 소리를 지른다.

잠시 후에 그 소녀가 내게 다가온다. "한번 타보시겠어요?"

"난 잘 못……"

"걱정 마세요. 아가씨가 떨어지면 경비병 중 하나가 받을 거예요."

어깨 너머로 보니 남기가 군중 속에서 한 사내아이와 노닥이고 있다. 하지만 가까이 서 있는 나리 언니가 해보라며 고개를 끄덕인다.

소녀가 나를 그네까지 데려가 나무판 위에 설 수 있게 도와준다. 나는 두 밧줄을 꼭 쥔다.

"준비되셨나요?" 소녀가 묻는다.

"무릎이 떨리기도 하나요?"

"아마 아닐걸요. 이제 갑니다!" 소녀가 내 등을 밀어올리며 달리고 나는 밧줄을 꽉 잡는다.

"다리를 굴러요!" 소녀가 나를 놓아주며 소리친다. "몸을 그네와 함께 움직여요!"

나는 몇 번 빠르게 숨을 들이쉬고 내쉰다. 한 번도 그네를 타본 적이 없지만 축제 때 여러 가지 놀이를 해봤다. 그네 타기도 그 놀이들처럼 자신을 믿고 즐기면 재밌을 것이다.

소녀가 시킨 대로 다리를 구부리고 그네의 장단에 맞춰 앞뒤로 몸을 움직인다. 높이 올라갈수록 군중 너머로 도시가 더 많이 보인다. 아이들이 금빛 꼬리가 달린 물고기 모양 연을 따라다니며 거리 여기저기를 뛰어다니고 있다. 어떤 이들은 거리에서 윷놀이를 하려고 모여든다. 또 어떤 이들은 주막에 모여 앉아 넋을 놓고 이야기꾼의 말을 듣고 있다. 땋은 머리카락이 몇 가닥 빠져나와 얼굴 주위로 나부낀다. 나는 눈을 감고 바람을 느낀다.

마침내 팔과 다리의 힘을 다 쏟고 난 후 나는 그네를 늦추고 완전히 멈출 때까지 몸으로 버틴다. 내가 나무판에서 펄쩍 뛰어내리고 다른 소녀가 그네에 오르는 것을 돕자 사람들이 응원을 해준다.

그네에서 멀어지던 나는 갑자기 무언가를 알아차린다. 가슴이 두근거려 나무 쪽을 돌아본다. 고개 숙인 나뭇가지들 아래 신이 기다리고 있다. 이마가 머리카락에 가려진 채 수수한 군청색 옷을 입고 있다. 큰 가문의 군주라기보다 축제를 즐기러 나온 평범한 젊은이처럼 보인다.

내가 다가가자 그가 앞으로 걸어와 나를 맞는다.

그의 눈 밑은 검고, 창백한 피부에 비해 입술은 유난히 붉어 보인다. "지난밤에 잠을 못 잤나요? 엉망이네요." "아름다워." 나와 동시에 그가 입을 연다.

신이 얼굴을 찌푸린다. "할말이 그게 다야?"

"더 있어요. 하루종일 어디에 있었어요? 왜 내가 깨어났을 때 날 보러 오지 않았어요? 내게 화가 났나요?"

신은 대답할 듯하다가 마음이 바뀌었는지 우리 주위를 둘러본다. 듣는 사람이 많다. 그는 의미심장하게 수로 쪽을 바라보고 나는 그를 따라간다. 그곳에서 신은 뱃사공에게 돈을 주고 작은 배를 빌린다. 치맛자락을 밟지 않게 조심하며 나는 신의 손을 잡는다. 그는 내 손을 꼭 잡고 있다가 내가 배에 앉은 후에야 놓아준다.

신이 익숙한 듯 부드럽게 노를 젓는다. 수로 한가운데에 도착하자 노를 안으로 들여 배가 자연스럽게 떠다니게 한다. 수로에는 배가 몇 척밖에 없고 모두 육지 가까이에 있다. 물위에는 우리만 있는 것 같다. 노래하듯 흐르는 물소리와 나무 삐걱거리는 소리가 들린다. 십여 개의 떠다니는 등불이 우리 주위에서 밝게 빛난다.

"내가 하루종일 어디에 있었냐고 물었지. 나는 용궁에 있었어. 직접 진실을 확인하고 싶었거든. 문은 닫혀 있었어. 내가 벽 위로 오르려 하자 강력한 힘에 가로막혀 들어가지 못했어. 폭풍이 끝났는지는 알 수 없지만……" 그가 물가에서 종이 등불을 띄우는 혼령들을 바라본다. "많은 사람들이 그렇게 믿는 걸 당신도 봤겠지. 하지만 내년까지 기다려봐야 확실히 알 수 있을 것 같아."

나는 물속에 손을 넣어 손가락 사이로 진주 같은 공기 방울을 흘려보낸다. "이제 무슨 일이 일어날까요?" 나는 심상하게 말하려 노력한다. "운명의 붉은 끈은 끊어졌어요. 그리고 일주일 뒤면 내가 혼령들의 세상에서 지낸 지 한 달이 돼요." 내 말의 의미는 분명하다. 일주일이 지나면 나는 혼령이 될 것이다. 나는 손을 무릎에 얹고 몸을 곧게 편다. "내가 걱정하는 건 심청 언니예요. 언니가 인간 세상으로 돌아갈 방법이 있나요?"

신이 나를 본다. 그의 표정을 헤아리기 어렵다. "당신은? 당신도 돌아가고 싶어?"

숨이 가빠진다. "그럴 수 있나요?"

"두번째 질문이 그거였지. 당신이 깨어난 후 왜 오지 않았느냐고. 내가 혼령의 집에 갔기 때문이지. 당신의 조상들과 상의하려고."

"우리 조상님들과요?" 나는 이해가 되지 않아 묻는다. "그게 무슨 말이에요?"

"당신은 당신보다 먼저 온 조상들과 이야기를 나눌 수 있어. 적어도 혼령들의 세상에 남으려고 강에서 빠져나온 사람들과는. 많은 혼령들이 여전히 그들의 아이들과 손자들에게서 제사상을 받고 있지. 만약 당신도 혼령이 된다면 본능적으로 알게 될 거야."

나는 우리가 사랑하는 사람들의 무덤가에 바치는 음식과 다른 제물들이 혼령들의 세상에 닿는지 항상 궁금했다. 그 생각이 떠올라 미소가 지어진다.

"후손들 덕분에 혼령들의 세상에서 오래 사는 조상들은 종종 현명해지지. 내 생각에는 그들에게 도움을 요청할 수 있을 것 같아. 하지만 그들은 내 조상이 아니라서 이야기를 나눌 수는 없었어. 조만간 그분들께 데려다줄게."

조상들이 심청을 인간 세상으로 돌려보내는 방법을 안다면 나도 돌아갈 수 있을 거라는 안도감이 밀려든다. 동시에 내게 남은 시간이 많지 않다는 불안감이 스며든다.

"내 마지막 질문은요?" 내가 부드럽게 묻는다. "내게 화가 났나요? 밖에 나갔다가 자객에게 공격당해서?"

"아니. 그건 당신의 잘못이 아니었어."

그가 손을 무심결에 가슴에 올린다. 그는 달의 사원 밖에서도 같은 행동을 했다. 그때 그는 처음으로, 자기가 한때 보호하고자 맹세했던 모든 것을 잃은 신$_{god}$이라고 말했었다.

"사실 나는 그전부터 화가 났지. 당신이 용왕에게 들려준 나무꾼과 선녀 이야기의 마지막에 선녀가 그리워했던 고향으로 돌아갔잖아."

그가 크게 숨을 들이쉰다. "당신이 원한 게 가족을 구하는 것뿐이라는 걸 알아. 가족을 위해 바다에 뛰어들었으니까. 그게 얼마나 무모하든 얼마나 용감하든 당신이 한 모든 선택은 가족 때문이었잖아."

그가 내 눈을 마주본다. "나는 화가 났지. 하지만 당신에게 화난 게 아니야. 나는 내게 주어진 운명에 화가 났어. 왜냐면 당신이 원하는 것을 이루면, 나는 난생처음으로 원했던 유일한 것을 잃어야 하니까."

숨이 막힐 것 같다. 가슴이 답답하다.

신이 옷의 가슴께에 손을 넣어 비단 주머니를 꺼낸다. 묶여 있던 줄을 푸니 연꽃이 새겨진 조약돌이 굴러 나온다.

"내가 당신을 집으로 보내줄게, 미나. 약속해. 하지만 일주일보다 더 걸릴 수도 있어." 신이 조약돌을 손으로 감싼다. "혼령들의 세상에 인간으로 존재하려면 불멸의 존재와 맺어져야 해. 나는 강이나 산이나 호수의 신은 아닐지 몰라도 신이고, 나는 당신이 원하면 기꺼이 내 목숨을 당신의 목숨과 이을 거야."

나는 감정에 휩싸인다. 이제 우리 사이에 운명의 붉은 끈이 없는데도, 그는 오로지 날 위해 기꺼이 자신의 목숨을 걸 수 있다고 말한다.

"난……"

무언가 불에 타는 소리가 나고 뒤이어 비명이 들린다.

고개를 드니 먹구름이 도시를 덮고 달 위로 수많은 그림자가 기어 오고 있다.

이무기다.

29장
선택

신과 나는 거리로 달린다. 이무기가 도시에 불을 지르자 혼령들이 건물 안으로 숨거나 수로로 뛰어든다.

불화살이 찻집에 떨어져 겹지붕에 구멍이 뚫린다. 손님들이 매캐한 연기가 나는 문가로 쏟아져나오고, 몇몇은 공포에 질린 채 발을 헛디뎌 넘어진다. 나는 달려가 쓰러진 여자가 일어날 수 있도록 돕고, 신은 한 소년을 수로로 데려와 얕은 물에 집어넣어 옷에 붙은 불을 끈다. 멀지 않은 곳에서 밤을 가르는 비명소리가 더 크게 들려온다. 신은 긴장한다. 그가 급히 소리가 나는 쪽을 돌아본다.

"가세요." 내가 말한다. 그리고 바닥에 앉아 기침하며 남아 있는 찻집 손님들을 향해 손짓한다. "나는 여기 남은 사람들을 도울게요. 그런 다음 연화당으로 곧바로 갈게요. 길은 알아요."

거리 저편에서 이무기의 포효가 들리고 더 요란한 비명소리가 뒤따른다. "연화당." 신이 말을 따라 한다. "한 시간 안에." 그 말에 고개를 끄덕이자 신은 잠시 나를 바라보더니 몸을 돌려 비명소리가 들리는 곳으로 달려간다.

나는 남아 있는 찻집 손님들이 수로로 가도록 돕는다. 수로는 불길을 피해 대피한 혼령들로 붐빈다.

마지막 한 명까지 안전하게 물속으로 이동하자, 나는 거리로 나가 남기와 나리 언니와 걸었던 계단으로 다시 돌아간다. 거리는 기쁨과 즐거움으로 가득했건만, 부서진 등잔과 뭉개진 연이 굴러다니는 걸 보자 마음이 아프다.

연화당으로 이어지는 다리에 거의 다다랐을 때 무언가가 미끄러지는 소름 끼치는 소리가 들린다. 골목으로 뛰어들어 벽에 바짝 기대어 있으니 이무기가 그림자 속에 숨은 날 보지 못하고 지나간다.

내가 들어갔던 골목길에는 신전이 있었을 법한 움푹 들어간 부분만 보일 뿐 아무도 없다. 가까이 다가가니 익숙한 석패와 제기가 있고 향이 천천히 연기를 내며 공중으로 퍼진다. 아마도 그 지역의 신을 모시는 곳으로 혼령들이 모여 신에게 기원하는 곳인 것 같다.

강한 향냄새가 나를 감싸고 자욱한 연기는 쓰다. 그때 공양 그릇에 떠 있는 물건을 본다. 반으로 찢어져 다시 꿰맨 자국이 있는 종이배다.

차가운 기운에 천천히 눈을 들어 돌 위에 새겨진 글자를 읽는다

이 신전은 달과 기억의 여신께 바쳐진 것입니다.

조용한 웃음소리가 골목길에 퍼진다.

돌아서자 여신이 나를 보고 있다.

여신은 허리에 빨간 띠를 두른 단순한 흰 두루마기 차림이다. 말 위에 높이 앉아 있지 않아도 무섭다. 눈 안에 촛불이 켜져 있고 키가 나의 두 배다. 여신이 턱을 살짝 들고 눈을 깜빡인다. "소원을 빌어보렴. 네 가장 깊은 욕망을 드러내봐."

나는 두려움을 삼킨다. "이무기는 여신님의 부하잖아요, 아닌가요? 왜 이무기들이 도시를 파괴하도록 내버려두시나요? 이 도시와 사람들이 충분히 고통받았다고 생각하지 않으세요?"

여신은 아무것도 못 들은 것처럼 말을 이어간다. "내가 일단 너의 기억을 보면 그건 내 기억이 돼. 나는 용왕님의 신부가 되고 싶은 너의 기억을 손에 넣을 수 있겠지."

그 말에 수수께끼가 풀린다. 여신이 무엇을 원하는지 이제야 알겠다. 나는 그릇 쪽으로 돌아서서 종이배를 집어든다. 울지 않으려고 입술을 깨문다. 여신은 조용히 내 옆에 서 있다. 밝게 타오르는 눈 속의 촛불이 보일 만큼 가까이 있다. 나는 종이배를 펴서 여신에게 내민다.

"기꺼이 포기하기로 한 것이냐?"

폭풍이 몰아치던 동안, 여신은 기억이 내 혼과 너무 강하게 연결되어 있어 들여다볼 수 없다고 말했었다. 내가 기억을 포기해야만 나를 지배할 수 있는 것이다.

"제가 이 기억을 드리면 이무기를 돌려보내실 건가요?"

여신이 나를 조심스레 살펴본다. 눈 속의 불꽃은 한결같다. "그래."

"그렇다면 기꺼이 드릴게요."

여신은 의기양양한 미소를 짓는다. "어리석구나. 기억을 넘기면 당장 오늘밤은 이 도시를 구할 수 있을지 몰라도 폭풍을 영원히 잠재울 기회는 사라진다. 이 종이배 안에 든 기억은 이제 내 것이고 용왕님의 신부가 되고자 하는 너의 소원을 모조리 없애버릴 것이다."

여신이 종이배를 움켜쥐자 기억이 떠오르며 붙잡힌다.

* * *

나는 여신과 함께 우리집 뒤쪽 정원에 있다. 내가 종이배의 연못에서 발견했던 소원처럼 기억은 안개 속에 파묻힌 것처럼 흐릿하다. 여신이 할아버지의 연못가에 우뚝 서서 지켜보는 모습이 너무나 이질적으로 느껴진다.

기대감에 가득차 있던 여신의 표정은 점점 당혹스럽고 혼란스럽게 변한다. 나는 마음을 가다듬고 그녀의 시선을 따라간다.

한 여자아이가 부서진 신전 옆에 무릎을 꿇고 있다. 수그린 여자아이 뒤로 할머니가 달려온다. 고된 일로 거칠어진 할머니의 손이 떨린다.

나는 눈을 감는다. 이 장면을 기억하는 한, 굳이 볼 필요가 없다.

"미나, 무슨 짓을 한 거니?" 할머니가 소리친다.

사방에 흩어진 신전의 잔해가 있다. 내가 여자들과 아이들의 여신에게 제사 음식으로 바친 것들이 바닥에 뭉개져 있다. 평소 내가 몇 시간씩 무릎을 꿇은 채 땅에 이마를 대고 있었던 낡은 돗자리가 여러 조각으로 찢어져 있다.

나는 가슴이 찢어지는 아픔에 눈물을 흘리며 할머니를 바라본다. "여신님께 바친 공물이 너무 보잘것없었던 걸까요? 제 기도가 너무 약했나요? 어쩌면 여신님을 완전히 저버려야 할지도 모르겠어요. 사람들이 여신님을 잊으면 그분도 자신이 버린 사람들처럼 똑같이 죽을 테죠."

할머니가 공포에 질려 숨을 헐떡인다. "여신님께 화가 나겠지, 미나. 하지만 절대, 절대 믿음을 잃으면 안 돼." 할머니가 내 떨리는 어깨를 잡고 말한다.

뒤에서 날카로운 소리가 나더니 뒤이어 넘어지는 소리가 들린다. 할머니가 슬픔에 미쳐 날뛰는 새언니의 괴로운 울음소리에 치맛자락을 잡고 뛰어간다. 죄책감이 나를 휩쓴다. 새언니에 비하면 내 고통은 아무것도 아니지 않은가?

나는 손을 뻗어 신전에 흩어진 제물들을 천천히 손가락으로 더듬는다. 행운과 행복을 가져오는 별과 달 모양의 풍경, 건강과 장수를 가져다주는 밥그릇과 국그릇들, 그리고 내 조카를 안전하게 집으로 데려올 종이배. 해마다 종이배 축제 때 풍작이나 가족과 사랑하는 이들의 건강 같은 소원을 빌었지만, 올해는 여신님께 그런 것을 바라지 않아서 신전에 놓으려고 종이배를 집으로 가져왔다.

나는 움켜쥔 종이배를 반으로 찢는다.

그 순간 여신과 나는 종이배처럼 기억에서 찢겨 나온다. 골목길로 돌아온 우리는 비틀거리며 신전에서 멀어진다.

"날 속였어!" 여신이 소리친다. "용왕님의 신부가 되겠다는 소원이 아니잖아!"

나는 의기양양해진다. 여신은 잘못 알았다. 용왕의 신부가 되고 싶어하는 기억을 훔쳐 내게서 그 욕망을 없앨 수 있으리라 생각했겠지. 하지만 나는 용왕의 신부가 되려 한 적이 없었고, 더욱이 용왕을 구하기 위해 그의 신부가 될 생각은 전혀 없었다.

여신과 내가 동의할 수 있는 건 한 가지다. 소원이 혼의 일부라는 사실. 진정한 소원이 이루어지지 않으면, 마음이 산산조각날 테니까.

골목길은 조용하지만 나는 여신의 부하들이 우리 위에서 스르르 움직이는 소리를 들을 수 있다.

"너희 언니……" 여신이 조용히 말한다. "아이를 잃었구나."

여신의 목소리가 이상하다. 불현듯 여신의 말에 슬픔이 배어 있음을 깨닫는다. 여신의 뺨에서 눈물이 흘러내리고 눈에 있던 촛불은 사라지고 없다.

"새언니는 큰오빠의 부인이에요. 딸을 잃었죠."

여신이 가슴에 손을 얹고 고개를 돌리며 말한다. "이제 가야겠다." 골목 안으로 바람이 불어온다. 여신의 옷이 부풀어오른다. 그녀의 옷에서 떨어져나온 흰색과 빨간색 깃털이 그녀 주위에 바람에 흩날린다. 바람이 세차게 불고 깃털과 먼지가 날려 나는 손으로 눈을 가린다.

바람이 잦아들고 나는 다시 한번 홀로 남겨진다.

* * *

여신이 물러갔는데도 이무기들은 여전히 도시에서 날뛰고 있다. 골목에서도 거리를 흔드는 강한 진동이 느껴지고 비명소리가 들린다. 숨죽인 울음소리가 들려와 가슴이 아프다. 많은 아이들이 축제를 즐기고 있었다. 부끄러워하며 뺨에 입맞춰달라던 남자아이와 신나게 그네를 타던 여자아이, 그리고 폭풍이 끝난 것을 기뻐하던 이 도시 사람들이 생각난다. 그것이 여신이 도시를 공격했던 이유일 것이다. 하지만 그렇다면 그녀는 왜 떠났을까? 기억을 보고 난 여신의 얼굴이 마음속에 떠오른다. 점점 꺼져가던 촛불이 담긴 눈동자도.

내가 여신의 눈에서 본 것은 연민이었나?

이유가 무엇이건 간에 여신은 이무기를 물리지 않고 떠났고 우리 거래는 깨졌다. 이 도시는 며칠 전 폭풍우로 홍수가 났고 지금은 불에 타고 있다.

용왕의 눈 속에 비친 불타는 도시가 생각난다. 그의 기억을 옮긴 것처럼 하늘로 피어오른 매캐한 연기가 구름을 가린다. 대체 언제 이런 일들이 끝날까?

지붕을 뛰어넘어 달려온 한 사람의 그림자가 내 위로 드리운다.

기린.

나는 골목길을 달려 넓은 길로 나온다. 커다란 이무기가 긴 몸을 휘둘러 건물을 후려쳐 무너뜨린다.

기린이 빠른 속도로 지붕을 달려와 순식간에 칼을 뽑더니 이무기의 목에 꽂는다. 이무기는 끔찍한 비명을 내지르며 몸에서 불타는 피와 독을 내뿜으면서 몸부림친다. 기린은 그 장소에서 벗어나려 움직인다. 이무기의 피가 벽에 튀어 순식간에 나무가 타오르고, 나는 통 뒤로 숨는다.

기린이 내 옆에 툭 내려선다. "미나! 여기서 뭐 하고 있습니까? 괜찮아요?"

"괜찮아요. 지금 연화당으로 신을 만나러 가는 중이었어요."

"같이 갑시다." 기린이 북쪽을 향해 돌아서다가 눈을 가늘게 뜨고 멈춰 선다. "저건……"

나도 기린의 시선을 따라간다. 이무기로 변한 남기가 하늘에서 좌우로 흔들리며 내려온다. 이무기떼가 그의 꼬리를 뒤쫓는다.

"저 먹통이!" 기린이 소리친다. "이무기들을 도시 밖으로 유인하고 있어요. 하지만 저런 식으로는 성공하지 못할 텐데." 기린이 남기가 있는 방향으로 달려가고 나도 서둘러 따라간다. 우리가 서의 강에 다다를 때쯤, 땅으로 내려오던 남기가 이무기떼에 가려 보이지 않는다. 끔찍한 균열이 일고 이무기떼가 갈라지는 사이로, 다시 인간으로 변한 남기가 하늘에서 떨어진다.

"남기!" 기린이 소리친다. 실을 틸러 모퉁이를 돌자 남기가 보인다. 그는 크게 다친 상태다. 기린이 앞으로 달려가 남기 옆에 주저앉는다. 그리고 허리에서 칼을 꺼내 손바닥에 칼날을 댄다. 하지만 손을 긋기 직전 남기가 손을 뻗어 기린의 손목을 잡는다.

"하지 마, 기린." 남기가 입에 피가 가득찬 상태로 말한다. "이 상처는 그렇게 쉽게 낫지 않아. 이번에는 안 돼."

남기의 말은 틀리지 않았지만 기린이 좌절하며 울부짖듯 고함을 치는 걸 막을 순 없다. "왜 이렇게 무모하게 굴어? 누구보다 용이 되고 싶어했잖아. 잊었어? 이무기는 천 년 동안 살아야 용이 될 수 있다고!"

남기가 기침한다. 잇새로 피가 흐르는데도 미소를 짓는다. "맞아. 천 년. 나는 끝없는 전투를 치르면 용이 될 수 있다고 생각하는 그 치들을 믿을 수 없었어. 용이 어떤 존재인지 이해하지 못하는 건가? 이무기는 죽음과 파괴가 삶의 목적이지만 용은 평화의 상징이잖아." 남기가 다시 기침을 하는데 이번에는 떨림이 잦아들 때까지 더 오랜 시간이 걸린다. 기린이 남기의 손을 잡자 남기가 연약하고 겁먹은 눈으로 기린을 바라본다. "난…… 난 용이 되고 싶었어, 기린. 무엇보다도 나는 현명하고 선한 존재가 되고 싶었어. 나는 온전해지고 싶었어."

기린이 잡은 손에 힘을 준다. "넌 지금도 그래, 남기."

우리 눈앞에서 남기의 몸이 사라지기 시작한다.

나는 다급히 남기에게서 기린에게로 시선을 돌린다. "무슨 일이 일어나고 있는 거예요?"

"혼이 빠져나가고 있어요." 기린이 숨을 헐떡인다. "서둘러요. 강으로 데려가야 해요. 날 도와줘요, 미나."

가까스로 기린의 등에 남기를 업힌다. 내가 앞장서서 강으로 가는 길에 이무기가 있는지 모퉁이에서 확인한다.

우리 주변과 위에서는 전투가 계속된다. 나는 죽음의 신 시키가 등에 활을 멘 전사들을 이끌고 지붕에서 지붕으로 뛰어다니는 것을 본다. 그중에 신이 있는지 찾아보지만 없는 걸 알고 실망한다.

우리는 강에 도착한다. 폭풍이 치던 밤과 달리 강은 고요하다. 물에 떠 있는 시체도 별로 없다. 기린과 나는 남기를 조심스레 들어올려 물가에 눕힌다.

"남기를 찾아요." 기린이 웃옷을 벗으며 말한다. "강을 따라 내려올 겁니다."

나는 겁이 난다. 이제 막 죽은 사람들만 혼령들의 강에 떠내려온다. 남기가…… 죽은 걸까? 그는 여전히 움직이지 않고 누워 있다. 창백한 얼굴이 머리카락에 덮여 있다. 활기찬 혼이 빠져나간 그는 공허해 보인다……

"미나!" 기린이 소리친다.

나는 강으로 고개를 돌린다. 집중해야 한다. 남기는 사라지지 않았다. 아직은.

처음에 본 것은 귀신처럼 떠내려오는 낯선 노인들뿐이다. 하지만 그때……

"서기!" 내가 낯익은 호리호리한 몸을 가리킨다. 남기가 엎드린 채 물에 떠 있다. 고개를 돌리니 기린이 강으로 다가가고 있다.

"기린." 갑자기 기린이 무엇을 하려는지 깨닫고 내가 말한다. "신이 죽은 사람만이 물에 들어갈 수 있다고 말했어요. 물살이 당신의 혼을 휩쓸어갈 거예요."

"나는 물에 들어가지 않아요."

기린이 물이 찰랑대는 강의 끄트머리까지 걸어간다. 그의 몸이 떨리기 시작하고 피부는 아름다운 은빛을 내뿜는다. 그의 모습이 변하고 있다. 별이 폭발한 것처럼 빛을 내뿜는다. 신화 속에만 존재할 것 같은 동물이 빛 속에서 나타나 발굽으로 돌을 탁탁 친다. 한때 기린이 서 있던 곳에 두 개의 뿔과 하얀 불꽃 같은 갈기가 달린 멋진 네발 동물이 서 있다. 몸이나 다리는 사슴 같지만 말처럼 키가 크고 힘차 보인다.

"기린?" 내가 속삭이자 그 동물이 은빛 눈으로 나를 본다. 그는 머리를 뒤로 젖히고 공중에 발굽을 대고 찬다. 그런 다음 강둑에서 물 위로 뛰더니 가라앉지 않고 물위를 걷는다. 한 걸음 걸을 때마다 발굽 바깥쪽으로 빛이 뿜어져나와 자취를 남긴다.

기린이 강에 떠 있는 남기의 몸에 다가가 코로 남기의 어깨를 툭툭 건드린다. 남기가 눈을 뜨자 나는 안도의 한숨을 내쉰다. 기린이 재촉하자 남기는 기린의 목을 잡고 기린의 넓은 등 위로 힘겹게 올라탄다. 기린은 남기가 떨어지지 않게 조심하면서 천천히 다시 물가로 돌아온다.

찢어지는 괴성에 나는 하늘을 올려다본다. 이무기가 강 위의 하늘에서 똬리를 뜬 채 기린과 남기를 노려본다. 이무기의 공격이라면 낭

패다. 기린은 변신한 그대로 싸울 수도 있겠지만 남기를 떨어뜨릴 위험이 있다.

나는 한 손에 은장도를 쥐고 다른 한 손으로 치맛자락을 움켜쥔다. 그러고는 곧장 돌아서서 강에서 시내 쪽으로 내달린다. 하늘에서 괴성이 들린다. 내 의도대로 이무기가 나를 발견하고 쫓는 것이다. 다리에 힘을 주어 최대한 빨리 달린다.

내가 무모하다는 것을 안다. 남기와 기린은 자신들로 인해 내 목숨이 위험해지길 바라지 않을 것이다. 하지만 어쩔 수 없다. 사람들은 사랑하는 이들을 위해 무모한 일을 벌인다. 어떤 이는 그것을 희생이라고 부를지도 모른다. 어쩌면 그것이 내가 심청을 대신해서 바다로 뛰어들었을 때 사람들이 생각했던 것일 수도 있다. 하지만 나는 반대로 생각한다. 내겐 아무것도 하지 않는 것이 더 끔찍한 일이다.

그리고 그것은 다른 누구도 아닌 나를 위한 행동이었다. 내가 아무것도 하지 않아서 사랑하는 이가 고통스러워하거나 다친다면 살 수 없을 것이다. 내가 집에 머물렀다면, 준 오빠를 쫓아가지 않았더라면, 바다에 뛰어들지 않았더라면, 내 가슴은 아무것도 하지 않았다는 무력감으로 텅 비었을 것이다.

그럼에도 곧 내 앞을 가로막을 이무기를 보면서, 상황이 그렇게 끔찍해지지는 않기를 바랄 뿐이다.

나는 용궁이 보이는 넓은 길에 다다른다. 수많은 이무기들이 골목에서 미끄러져나오고 지붕을 기어오른다. 나는 포위된다. 숨이 차고 가슴이 마구 뛴다. 자객에게 공격당했던 어깨의 상처가 욱신거린다.

크고 무시무시한 이무기들이 내게 모여든다. 나는 두 손으로 은장도를 휘두른다. 집과 가게 안에서 나를 지켜보는 사람들의 얼굴이 보인다. 나를 용왕님의 신부라고 부르며 수줍게 입맞춰달라던 아이를 실망시키지 않을 것이다. 결국 나는 용왕의 신부다. 설령 내가 용왕의 신부가 아니라 단지 멀리 떨어진 인간 세상에서, 내게 주어진 운명과는 다른 운명을 움켜쥐고 결코 놓지 않기를 바랐던 소녀라 하더라도 상관없다.

엄청난 굉음이 도시를 흔든다.

나는 고개를 든다.

하늘에서 용이 내려온다.

용은 거대하다. 가장 큰 이무기의 세 배 크기다. 용은 긴 꼬리로 거리를 쓸어 이무기들을 날려버린다. 이무기들은 떼로 용에게 달려들지만 후려쳐지고 내쳐질 뿐이다. 차가운 바람이 분다. 유리 같은 얼음조각이 날아가 이무기들의 두꺼운 가죽을 뚫는다. 이무기들이 하나씩 땅으로 쓰러지며 사람 모습으로 변한다. 나머지는 비명을 지르며 공중으로 흩어진다.

피투성이가 된 무시무시한 용이 다시 한번 포효한다. 새로운 적을 찾아 사납게 머리를 돌린다.

나는 뒤로 물러나다가 용궁 계단에 쓰러지고 만다. 용이 내 움직임을 알아채고 내 쪽으로 고개를 돌린다. 분노가 용기가 되었던 배 위에서와 달리, 지금 내 가슴에는 두려움이 가득찬다. 용이 내 주변을 배회하며 구부러진 네 개의 발톱으로 땅에 커다란 구멍을 낸다.

"미나!"

신이 가장 가까운 건물의 지붕 위에 서 있다. 지붕에서 뛰어내린 신은 땅에 구른 후 달려와 나를 끌어안는다. 땀과 피와 소금 냄새가 난다. 나는 그를 꼭 끌어안고 그의 심장박동에서 힘을 얻는다.

신은 팔을 풀며 용과 나 사이를 가로막고 선다. "미나를 다치게 두지는 않을 거야."

나는 숨을 고르며 배 위에 있던 오빠와 심청을 떠올린다.

용이 고개를 숙이고 날카로운 송곳니를 드러내 보인다. 신은 칼을 뽑고 자세를 가다듬으며 칼자루를 굳세게 움켜쥔다. 긴장된 어깨로 언제든 공격할 준비가 되어 있다.

그때 새로운 목소리가 끼어든다. "내 혼은 절대 나의 신부를 해치지 않아."

용왕이 용궁 계단에 서 있다.

소년 용왕은 완전한 예복을 갖춰입고 있다. 그의 흉배에 금실로 수놓인 용은 지금 나타난 용처럼 강력하고 사나워 보인다. 용왕은 창백해 보이지만 틀림없이 깨어 있다.

그렇다면 소문이 사실인 것이다. 그의 슬픔이 두 세상을 적시고 있던 그날 밤, 내가 품에 용왕을 안아서 깨운 것이다.

나는 떨리는 손을 치마 속에 감춘다.

"저는 지금까지 당신께 충성을 다했습니다, 용왕님이시여." 신이 칼을 내리며 말한다. "당신의 집을 지키고, 당신의 사람들도……"

"그리고 내 신부도 지켰지."

"…… 하지만 미나에 대해서는 당신을 따를 수 없습니다."

용왕의 눈이 분노로 번득인다. "감히 내게 대항하는 것이냐? 나는 신이다!"

"저도 그렇습니다." 신이 사납게 말한다.

신의 뒤로 용이 위협적으로 다가온다. 꼭 쥐었던 내 주먹이 고통으로 움츠러든다. 내가 고조할머니의 은장도를 쥐고 있다는 것을 잊고 있었다. 오랫동안 운명의 붉은 끈 밑에 숨어 있던 내 손바닥의 상처 위로 피가 흐른다. 같은 칼로 손바닥을 그어 용왕에게 내 목숨을 바쳤을 때 만들어진 상처.

"미나?" 용왕이 나를 부르고 있다는 걸 깨닫기까지 시간이 걸린다.

화려한 곤룡포 차림의 용왕은 용궁을 배경으로 위엄 있게 서서 용의 호위를 받고 있다. 하지만 그의 눈은 여전히 슬픔으로 가득차 있다.

"지금 나와 같이 갈 거지?" 용왕이 부드럽게 묻는다. 거리가 너무 멀어 그의 목소리는 거의 속삭임처럼 들린다. "나의 신부가 되어줄 거지? 당신이 부탁한 대로 했어. 폭풍을 끝냈어. 신들과 백성들 사이에서 내 지위를 되찾았어. 나는…… 나는 깨어났어."

용왕이 잠시 머뭇거리더니 고개를 든다. "나는 용왕이고 당신은 내 신부야. 지금 나랑 같이 가자. 당신이 약속한 대로."

나는 신을 보고 그 뒤에 있는 용을 본다. 내가 용왕을 거부하면 용이 화가 나서 공격할까? 용은 조용히 나를 바라본다.

"미나." 신이 떨리는 목소리로 말한다. "꼭 그럴 필요는 없어."

"당신이 직접 말했잖아요, 신." 내가 속삭인다. "당신은 내가 왜 여기 왔는지 알잖아요. 가족을 지키기 위해서였어요." 나는 신의 어깨 너머로 용과 도시를 바라본다. 한때 밝게 빛나던 축제의 등불들이 찢기고 조각나 뒹굴고 있다. 도시의 사람들은 집과 가게의 잔해 사이에 숨은 채 그을린 얼굴에 휘둥그레진 눈으로 나를 지켜보고 있다. "이렇게 해야 해요. 모르겠어요? 나는…… 나는 정말 용왕님의 신부인 것 같아요."

"미나, 제발, 그러지 마." 신이 갈라진 목소리로 말한다.

"미안해요." 눈물이 쏟아지기 시작하자 나는 돌아서서 용궁 계단을 뛰어올라가 용왕이 내민 손을 잡는다. 용왕이 나를 이끌고 계단을 올라가 대문을 넘는다. 용의 커다란 몸이 공중으로 날라올라 우리 머리 위를 미끄러지듯이 지나가자 바람이 불어온다. 생각이 흐려진다. 가슴이 텅 빈 것 같다.

마지막 순간 나는 뒤를 돌아본다.

신이 용궁 문 밖에서 고개를 숙이고 서 있다. 우리 사이에 문이 닫히는데도 그는 끝까지 고개를 들지 않는다.

30장
세번째 이야기

나는 용왕을 따라 뜰을 지나 대전으로 들어간다. 용궁에는 수문장, 귀족, 하인의 흔적조차 없이 섬뜩한 정적만 감돈다. 옥좌가 있는 연단에 이르자 용왕은 잠시 주저하더니 차가운 옥좌 대신 계단에 앉는다. 나도 같이 앉아 치마 안으로 발을 끌어당긴다.

침묵이 계속된다. 나는 곤룡포가 어울리지 않는 소년 용왕을 살펴본다. 그는 웅크리고 앉아 팔꿈치를 무릎에 놓고 있다. 문득 그의 이름을 모르고 있다는 게 생각난다. 진작에 물어봤어야 했는데 마음에 걸린다. "제가 뭐라고 부르면 될까요? 이름이 뭐예요?"

"넌 날 낭군이라고 불러도 돼."

나는 창백해진다. "우린…… 아직 혼인하지 않았잖아요, 안 그래요?"

"그럼 먼저 혼인을 해야겠네."

나는 안도의 한숨을 내쉰다.

"두번째 질문에 답하자면 난 이름이 없어. 혹시…… 네가 지어줄 수 있을까?"

"그러면……" 나는 그의 어깨를 지나 용이 그려진 병풍을 본다. "용 Yong은 어때요?"

용왕이 인상을 쓴다. "네가 원한다면……"

아주 질색하는 얼굴이라 웃지 않을 수 없다. "당신이 좋아하지 않는 이름으로는 부르지 않을게요. 지금은 용왕님으로 충분해요. 두 세계를 통틀어 어느 누구도 그 이름은 쓰지 않을 거예요."

"나도 이름이 있을 거야. 단지…… 기억이 나질 않아. 내가 기억하지 못하는 일이 너무나 많아."

용왕은 자기 손을 내려다본다. 나는 애초에 무엇 때문에 용왕에게 이끌렸는지 생각해본다. 그렇게 오랫동안 외롭다는 건 어떤 느낌일까? 맨 처음 용왕을 만났을 때 나는 그를 지켜주고 싶다고 생각했다.

용왕이 부드럽게 말한다. "잘 때마다 아주 이상한 꿈을 꿔. 진홍빛과 황금빛 도시, 절벽, 눈부신 빛이 있어. 그런 다음 아픔이, 참을 수 없는 아픔이 느껴져. 하지만 그건 내 몸에서 느껴지는 게 아니야. 내 혼에서 느껴지는 고통이야." 그가 창백한 두 손으로 목을 부여잡는다. 마치 목안에 든 말에 상처 입은 것처럼. "그리고 꿈속에서 나는 물에 빠져 죽어가."

용왕에게 가까이 다가간다. 그가 앞으로 몸을 수그리고 머리를 내 무릎에 댄다. "미나, 이야기를 해줄 수 있어?" 그가 속삭인다.

나는 놀라지 않는다. 용왕에게 이야기는 세상의 진실에서 달아나는 방법이자, 세상의 진실을 볼 수 있는 유일한 통로다.

용왕의 머리 위에서 손을 머뭇거리다 그의 부드러운 머리카락 위로 서서히 갖다댄다. 그리고 이마에 흘러내린 머리카락을 가볍게 쓸어넘긴다.

준 오빠가 가장 좋아한 이야기들은 우리의 기분에 딱 맞춰 허공에서 뽑아내는 책의 낱장 같은 것이었다. 웃고 싶을 때나 울고 싶을 때, 우리가 알아야 할 진실이 담긴 사랑과 미움과 희망과 절망에 대한 이야기.

나는 눈을 감고 내 마음이 흘러가는 대로 그에게, 우리에게, 진심에서 우러나온 이야기를 들려준다.

"바닷가 한 마을에 심봉사라는 맹인이 살았어요. 심봉사는 가난했지만 세상에서 가장 사랑하는 딸, 심청이 있어서 행복했어요. 여름 바람의 따스함보다도, 차 한잔 속 달콤한 꿀맛보다도, 바닷물이 해변을 만날 때의 노랫소리보다 더 딸을 사랑했죠. 그는 눈이 보이지 않았지만 세상을 보았어요. 그에게 있어 세상은 심청이었으니까요.

그러던 어느 날 바닷가 마을에 엄청난 폭풍이 몰아쳤어요. 많은 농작물과 가축들이 바닷물에 휩쓸려갔죠. 마을 어른들은 한데 모여 폭풍이 온 것은 용왕이 분노했기 때문이라고 결론 내렸어요. 용왕은 바다 깊은 곳 어딘가에 살고 있다는 신이었어요. 그들은 용왕을 달래기 위해 제물을 바치기로 했죠.

심봉사는 일 년 전 귀갓길에 도랑에 빠져 다리가 부러졌고, 그래서 더이상 일을 할 수 없었어요. 마을 어른들이 제물을 준비한다는 이야기를 듣고 심청은 자기가 제물이 되겠다고 나섰어요. 마을 사람들이 자기 대신 아버지의 생계를 책임진다면 바다로 뛰어들 거라고요. 마을 사람들은 당장 동의했어요. 심청은 신에게 바칠 수 있을 만큼 마음씨가 곱고 아름다웠으니까요.

제물을 바치는 날, 심청은 아버지를 안으며 사랑한다고 말했어요. 자기가 영원히 떠난다는 사실과 자신이 두려워한다는 것을 아버지가 눈치채지 못하도록 차분한 목소리로 말했죠. 뱃사공이 심청을 바다로 데리고 나갔고 심청은 아버지의 만수무강을 비는 마지막 기도를 한 뒤 바다로 뛰어들었어요.

심청은 어두운 바닷속 깊이 가라앉았죠. 한동안 자신이 죽었는지 살았는지도 알지 못했어요. 마침내 발이 바다 밑바닥에 닿았어요. 심청 앞에 웅장한 용궁이 서 있었죠. 용궁의 벽은 산호로 장식되어 있었고 색색의 해초 덩굴이 거대한 탑을 감싸고 있었어요. 심청은 용궁의 문을 지나 넓은 방에 들어갔고 마침내 황금빛 옥좌에 앉은 용왕을 만났어요.

입가에 수염이 난 용왕은 세상의 모든 지혜를 다 담은 것처럼 눈이 깊고 검은 커다란 바다 용이었어요. 용왕의 주변에는 빨간색, 금색, 하얀색의 화려한 물고기들이 떠다녔죠. 심청은 겁이 났지만 옥좌에 다가가서 턱을 치켜들고 용왕 앞에 섰어요.

심청은 용왕이 모든 것을 볼 수 있으니 지혜로울 거라고 믿었어요. 심청의 마음을 들여다본 용왕이 말했어요. '아버지에 대한 너의 효심이 지극하구나. 너의 희생을 높이 사 나는 다른 모든 이들보다 너를 더 존중할 것이다.' 용왕은 상괭이들을 시켜 심청을 연꽃잎으로 만든 옷으로 감싸, 황제의 정원에 핀 아름다운 연꽃 안에 넣어 물 밖으로 보내도록 했어요. 황제는 심청을 보자마자 사랑에 빠졌고 심청도 그랬어요. 이윽고 두 사람은 혼인했어요.

한편 심봉사는 딸을 찾아 여기저기 돌아다녔어요. 마을 사람들이 그를 돌보아주려 했지만 마다했어요. 그는 딸을 잃었고 그건 세상을 잃은 것이나 마찬가지였으니까요.

그는 황제가 새 신부를 위해 제국의 모든 눈먼 사람들을 위해 큰 잔치를 연다는 이야기를 들었어요. 수도까지 온 심봉사는 웃음소리와 음악소리에 이끌려 황궁으로 들어갔죠. 그런데 심봉사가 들어서자 연회장 전체에 정적이 흘렀고, 심봉사는 어쩌된 영문인지 궁금했어요. 그때 가벼운 발소리가 들렸고 곧이어 누군가 심봉사를 껴안았어요. 사람들은 황후가 웬 노인을 껴안자 헉하고 놀랐죠.

'드디어 찾았네요. 잘 오셨어요.' 심청이 아버지에게 말했어요.

심봉사는 사랑하는 딸의 목소리를 듣고 행복해서 눈물을 흘렸답니다."

이야기를 끝내자 홀린 듯 잠이 쏟아진다.

깨어나보니 이상한 것이 내 손목에 매달려 있다. 나는 그것을 내려다보고 벌떡 일어난다. 운명의 붉은 끈이다.

신. 나는 비틀비틀 일어선다. 끈이 나를 용왕의 대전에서 뜰로 이

끈다. 뜰에는 별 하나 없는 하늘을 올려다보는 한 사람이 홀로 서 있다. 운명의 붉은 끈이 바람 없는 허공에 떠 있다. 그 끈의 끝에는……

　용왕이 있다.

31장
의문

용왕은 나를 자신의 신부라고 주장하지만, 인적 없는 용궁을 돌아다니는 며칠 동안 여러 의문이 계속 나를 괴롭힌다. 유 군주는 나와 용왕 사이에 운명의 붉은 끈이 생기면 저주를 끊을 시점을 알게 될 거라고 말했다. 그가 거짓말을 했던 걸까? 아니면 애초에 저주는 없었던 걸까? 폭풍이 완전히 끝났는지 두고 보기에 일 년은 너무 길다. 어딘가 미완성인 두루마리를 응시하고 있는 듯한 느낌이 나를 초조하게 만든다.

남기가 걱정된다. 기린이 제때 그를 강에서 끌어냈던 걸까? 다이도 완전히 회복되었을까? 그리고 심청. 심청이 인간 세상으로 돌아갈 방법이 있을 텐데.

나는 연화당이 아주 크다고 생각했는데 연화당 전체를 가져다놔도 용궁이 네 배 정도 더 클 것이다. 내 방에서 내려다보이는 정원의 동쪽을 살피는 데에도 며칠이 걸렸다. 하인도 호위 무사도, 아무도 보이지 않는다. 하지만 방은 항상 잘 청소되어 있고 모든 방마다 화로의 불이 타오르고 있다. 용궁을 관리하는 보이지 않는 존재가 있다는 뜻인데, 귀신인지 완전히 다른 존재인지 알 수가 없다. 상에는 갓 찐 만두와 이제 막 따서 씻은 듯한 과일과 채소 같은 음식이 종일 차려져 있다. 정교하게 지은 새 옷들이 밤사이에 내 옷장에 채워진다. 그리고 따뜻한 목욕물이든 발에 맞는 신발이든 원하는 것이 있으면 입 밖으로 말하기만 하면 된다.

혼령들의 세상에 온 지 삼십 일이 되는 날 아침, 나는 용왕이 정원에 있는 걸 발견한다. 용왕은 대부분의 시간을 연못의 종이배를 지켜보며 보낸다. 나는 가끔 내 소원을 실은 종이배가 갈대 사이에 떠 있는지 연못을 들여다보지만 어디에도 보이지 않는다. 달과 기억의 여신이 내게 빚지고 있다는 것을 알고 있을까? 나는 내 소원을 포기했는데 여신은 아직 약속을 지키지 않았다.

"용왕님께 청할 게 있어요." 나는 풀이 무성한 둑에 앉은 용왕 옆에 앉으며 말한다. "새언니 심청이 지난번 폭풍이 왔을 때 여기로 내려왔어요. 새언니를 방문해서 어떻게 지내는지도 보고, 우리 조상님들과 이야기도 나누고 싶어요. 새언니를 인간 세상으로 돌려보낼 방법이 있을지 알아보려고요."

"당신이 해준 마지막 이야기에서 심청을 인간 세상으로 돌려보낸 사람은 용왕이었지. 하지만 나에게 그런 힘은 없는 것 같아. 혹시라도 가능하다면 아버지와 다시 만날 수 있게 돌려보낼 거야."

"그러면 저는요? 제가 청하면 저도 인간 세상으로 돌려보내주실 건가요?"

용왕은 등을 돌려 연못 옆에 웅크리고 앉은 채 그 질문에 답하지 않는다. "용궁을 떠나는 건 허락하지. 하지만 해가 지기 전에는 돌아와야 해. 그때 혼인을 할 테니까. 그러지 않으면 당신은 혼을 잃게 돼."

* * *

나는 연못을 떠나 천천히 정원을 걷다가 점점 더 빨리, 비밀의 문을 통해 용왕의 대전을 지나고 수많은 안뜰을 가로지르며 달린다. 내가 들어올 때 닫혔던 용궁의 대문은 지금 열려 있다. 나는 대문을 나가 뛰다시피 계단을 내려가서 강으로 향한다. 남쪽에는 연화당이 있다. 그곳에 간절히 가고 싶지만 그렇게 하면 영원히 이곳을 영영 떠나지 못할 것이다.

강은 잔잔하고 평화롭다. 하지만 다리를 건널 때 강물을 보지 않으려 한다.

별의 사원은 동쪽 산기슭에 자리잡은 계단식 전각이다. 나는 한낮에야 도착한다. 철쭉이 활짝 핀 정원 위로 해가 밝게 빛나고 있다.

검은 옷을 입은 하인들이 사원의 큰 뜰에서 나를 맞이하는데, 남녀 모두 머리를 깨끗이 깎았다. 한 여자 하인이 내게 고개 숙여 인사하고 자기를 따라오라고 한다. 나는 산자락을 깊이 가르며 들어선 넓은 공간으로 안내를 받아 긴 계단을 올라간다. 높이 올라갈수록 공기가 희박해지더니 이윽고 계곡이 내려다보이는 높은 단 위에 선다. 심청과 다른 젊은 여자가 돗자리 위에 앉아 있다. 둘 사이의 소반에는 섬세한 도자기 그릇에 담긴 차와 과일이 놓여 있다.

내가 다가가자 젊은 여자가 돌아본다. 동그란 얼굴에 붉은 뺨 위로 눈이 반짝이는 아름다운 여자다.

혜리.

혜리가 고개를 갸웃하며 나를 살핀다. "우리 언제 본 것 같아."

"전에 만난 적이 있어요. 일 년 전에 용왕님과 혼인하러 왔던 밤에요."

"이제 기억나." 혜리가 일어나서 내 손을 잡는다. 심청처럼 혜리도 나보다 머리 하나가 더 크다. 혜리의 목소리는 따뜻하고 상냥하다. "내 시중을 들어주었지. 옷 입는 걸 도와주고 머리를 땋아주고, 밤새 내 이야기를 들어주었어. 무엇보다 내 말을 들어줄 사람이 필요했는데." 혜리가 나를 네모난 상으로 부드럽게 끌어당기며 방석을 끌어온다. "이리 와서 앉아."

내가 자리잡고 앉자 혜리가 차 한 잔을 따라준다. 김이 나는 차에서는 국화 향이 난다.

"네가 여기 와줘서 기뻐, 미나." 심청이 수줍게 말한다. 나는 손을 뻗어 심청의 손을 꽉 쥔다.

"잘 지내는 것 같아서 다행이에요, 새언니." 나는 혜리에게 감사한 마음이다. "오늘은 보고 싶어서 오기도 했지만 인간 세상으로 새 언니를 돌려보낼 방법을 찾아볼까 해서 왔어요."

심청의 눈이 동그래진다. "그게 가능해?"

"가능할지도 모른다는 생각이 들어요." 나는 혜리 쪽으로 고개를 돌린다. "혼령의 집에 대해 아는 게 있나요?"

혜리는 등 받침에 몸을 기대고는 생각에 잠긴 표정을 짓는다. "이 도시의 모든 집 중에 혼령의 집이 가장 커. 도시 맨 아래, 강이 시작 되는 곳에 있지. 강 밖으로 헤엄쳐 나온 혼령들은 먼저 그 집에 들러 이미 도시에 살고 있는 조상의 집이나 일꾼을 찾는 상인들의 집으로 가지. 사실 자신의 조상을 찾는 가장 좋은 방법은 그 집으로 가서 직 접 그분들을 만나는 거야." 혜리가 심청을 돌아본다. "친척이 있어? 너보다 먼저 세상을 뜬?"

"내게는 아빠뿐이에요. 아직 살아 계시고요."

혜리가 한숨을 쉰다. "그래. 모든 일이 완벽하게 돌아가지는 않 지."

나는 이 기묘한 조각을 맞춰가는 것이 즐거워 미소를 짓는다.

"계속 생각하고 있었는데요. 어쩌면 우리 조상이 도와줄 수도 있 어요. 결국 그분들은 새언니의 조상이기도 하니까요. 준 오빠와 혼인 했으니 새언니도 우리 가족이잖아요."

혜리가 신이 나서 앞으로 다가앉는다. "맞아, 미나. 네가 혼령의 집으로 가서 그분들과 만날 자리를 마련해봐. 조상님들은 지혜롭고 오래 사셨잖아. 그분들이 나누어주시는 모든 지식은 유용할 거야."

나는 고개를 끄덕이고 심청을 돌아본다. "우리 조상 중 누가 혼령의 집에 있을지 모르니까 내가 혼자 가는 게 가장 좋을 거예요. 내가얘기 나누고 데리러 올게요."

"고마워, 미나." 심청이 따스하게 말한다. "그런데……" 심청의 미소에 머뭇거리는 기색이 나타난다. "미나는? 내가 인간 세상으로 돌아갈 수 있다 해도 나 혼자 갈 수는 없어. 미나도 같이 가야지. 오빠들이 미나를 기다리고 있어. 할머니도……"

가족들 생각에 가슴이 아프다. 마지막으로 한 번만 그분들을 볼 수 있다면. "그럴 수 없어요. 내가 용왕님과 혼인하는 걸 마다하고 인간 세상으로 돌아간다면 다시 폭풍이 시작될 거예요."

"정말로 용왕님과 혼인할 거야?" 심청이 얼굴을 찌푸린다. "하지만……" 심청이 문장을 끝내지 못한다. 아마도 괴로워하는 내 얼굴을 본 모양이다.

혜리와 심청이 서로 눈빛을 나눈다.

"이상하잖아." 혜리가 말한다. "모두가 저주가 풀렸다고 말하지만 아직 용왕님은 용궁에 그대로 틀어박혀 계셔. 폭풍이 끝난 것 말고는 바뀐 것이 하나도 없어."

혜리 말이 맞는다. 용궁에 있을 때 나도 깨달은 사실이다. 용왕은 깨어나기 전에 그랬던 것처럼 여전히 우울해하며 혼자 있는 걸 좋아한다.

"용왕님은 처음에 왜 저주에 걸리셨을까?" 이어지는 혜리의 실문에 내 안에서 뭔가 꿈틀거린다. "그리고 누가 저주를 걸었을까?"

가볍게 문을 두드리는 소리에 우리 세 사람은 입구 쪽을 돌아본다. 혜리의 남편인 시키가 처음에 만났을 때처럼 검은 옷을 입고 서 있다.

시키가 공손히 인사하며 말한다. "방해해서 미안합니다. 더 오래 이야기를 하고 싶어하는 걸 알지만 미나 아가씨를 만나고 싶어하는 손님 세 분이 계셔서요."

내 심장이 마구 뛴다.

나는 심청과 혜리에게 작별인사를 하고 시키를 따라 사원의 넓은 방들을 지나 계곡이 내려다보이는 계단 위로 나간다.

세 사람이 철쭉 사이에 서 있다. 남기. 기린.

그리고 신.

* * *

나는 분홍빛, 보랏빛을 띤 꽃밭을 가로질러 세 사람에게 다가간다.

"미나, 용왕님의 신부님." 남기가 부드럽게 부른다.

안도감이 물밀 듯 밀려온다. 마지막으로 보았을 때 기린이 강에서 거의 잃어버릴 뻔한 남기의 혼을 끌어올리고 있었는데. "그냥 미나라고 불러줘요." 내 말에 남기가 다가와 나를 격렬하게 끌어안는다. 나는 그의 따스함을 만끽한다. 혼이 몸에서 빠져나갔을 때의 남기는 매우 차가웠다.

"음, 그냥 미나." 남기가 날 놓아주며 말한다. "용왕님의 신부가

308

되신 기분이 어때요? 그다지 유명하지도 않은 당신의 친구들이 생각은 나던가요?"

"별반 다를 게 없던데요." 나는 신을 바라본다. 신은 두 사람보다 몇 발짝 더 떨어져 서 있다. 철쭉 꽃밭을 지날 때 분명히 그의 시선을 느꼈는데 지금은 나를 보고 있지 않다.

"좋아 보입니다." 기린이 내 시선을 끌며 말한다. "옷이 아주 근사하군요."

내 옷차림을 내려다본다. 옷장의 많은 옷들 중에서 소박한 편인 분홍색 저고리와 녹색 치마를 입었다. "고마워요." 나는 얼굴을 붉히며 말한다. "다이는 어떤가요?"

"완전히 나았다고 말해주었더니, 다이와 당신의 혼령 친구들은 오늘 아침에 떠났어요. 아직 돌아다니기에는 많이 약한 남기와는 다르니까요."

남기가 씩 웃는다. "난 괜찮아요. 누구도 미나를 만나러 오는 걸 막을 수는 없을걸요."

"넌 더 조심해야 해." 기린이 우긴다. "얼마 전까지 혼도 없었잖아."

"지금은 아니잖아, 네 덕분에." 남기가 기린을 껴안고 공격한다. 두 사람은 나와 용왕의 대전에서 처음 만났을 때처럼 티격태격하며 꽃들 사이로 돌아간다. 이제는 그들이 얼마나 서로를 사랑하고 아끼는지 안다. 둘은 티격태격하다가도 이내 깔깔대고 있을 것이나.

나는 신을 돌아본다. 내 심장이 고통스럽게 뛴다. 내가 처음 신을 만났을 때, 얼굴을 가린 복면보다 그의 눈이 더 많은 생각을 감추고 있다고 생각했다. 하지만 이제는 아니다.

신이 내 마음을 산산조각낼 만큼 간절한 눈빛으로 나를 본다.

"하고 싶은 말이 있나요?" 내가 부드럽게 묻는다.

"당신의 조상에게 데려다주겠다고 말했잖아."

나는 거의 무너질 것 같다. 키가 크고, 그다지 무서워 보이진 않고, 고결하며, 자기 말은 절대 되돌리는 법이 없고, 아무리 마음이 아파도 항상 약속을 지키는 신.

나는 마른침을 삼킨다. "그러면 같이 가요."

* * *

혼령의 집은 헤리가 묘사한 그대로다. 혼령의 강 옆에 위치한 이곳은 왠지 욕탕 같은 모양의 거대한 전각이다. 정사각형 모양으로 오층은 족히 넘어 보인다. 창호지 문 너머로 잔치를 벌이며 춤추고 있는 이들의 그림자가 보인다.

신을 따라 흠뻑 젖은 사람들이 길게 줄을 서 있는 곳을 지나, 커다란 문들을 거쳐 실내로 향한다.

남기가 몸을 기울여 내 귓가에 속삭인다. "최근에 도착한 사람들이에요."

뜰로 둘러싸인 커다랗고 웅장한 공간이 나타난다. 안쪽에 또다른 문이 보인다.

둥근 눈에 콧수염이 있는 문지기가 서둘러 달려와 신에게 인사한다. "오, 위대하고 강력한 연꽃 가문의 군주님……"

기린이 끼어든다. "우리 일행이 조상과 만나고 싶어해."

남자가 빠르게 눈을 깜박인다. "네, 물론입죠!" 그가 손가락을 팅기자 작고 허리가 굽은 할머니가 비틀거리며 걸어온다. 여자아이의 얼굴이 그려진 탈을 쓰고 있다. 할머니는 천천히 남자에게 돌돌 말린 두루마리를 건네준다.

남자가 헛기침을 하고 말한다. "성은요?"

"송이요." 내가 대답한다.

"본적은?"

"바닷가."

"낮은 산자락 송인가요, 농경지의 송인가요, 강가의 송인가요?"

"낮은 산자락." 나는 얼굴을 찌푸린다. 할아버지들끼리 바둑을 두다가 말다툼을 한 뒤로 우리는 농경지의 송씨들과는 말도 섞지 않는다.

"아, 여기 있군요." 남자의 손가락이 펼쳐진 두루마리에 닿는다. "어디 보자…… 고조할머니와 할아버지가 도시 안에 사는 송씨 조상으로 등록되어 있어요."

나는 숨을 쉴 수가 없다. 눈물이 흘러내린다. 고조할머니. 할아버지.

"그래요?" 나는 밀려오는 감정에 휩싸인 채 속삭인다. 그리고 신을 향해 돌아선다. "두 분이 여기 계시대요. 만나볼래요." 나는 이 순간까지 내가 두 분을 얼마나 많이 보고 싶어했는지 몰랐다.

"다행이야, 미나." 신이 부드럽게 말한다.

꼬부랑 할머니가 콜록거린다. 나는 신과 다른 사람들을 뒤로하고 할머니를 따라간다. 우리는 다섯 층의 계단을 오르고 닫힌 문들이 줄지어 있는 회랑을 통과한다. 왼쪽에서 세번째 문 앞에 서자 문이 스르르 열린다.

"이 안에서 기다리시게나." 할머니가 말한다.

방으로 들어가자 할머니가 내 뒤로 문을 닫는다. 작은 방에는 물건이 가득한 낮은 탁자가 있다. 그중 몇 가지는 할머니와 내가 매년 올리는 제사상에서 본 것이다. 지난번 할아버지 생신 때 우리가 할아버지를 위해 남겨놓은 음식도 있다. 음식은 전혀 상하지 않았다. 할아버지가 가장 좋아하시는 콩밥과 북엇국에서 아직도 김이 난다. 양은 조금 줄어든 것 같지만. 할머니가 할아버지가 좋아한다고 놓아둔 과일들과 고조할머니를 위해 정원에서 꺾어 만든 싱그러운 꽃다발이 있다. 무궁화는 우리가 막 땄던 날처럼 밝은 선홍빛, 황금빛이다.

내 시선은 방 한구석에 놓인 요람에 못박힌다.

나는 거친 숨을 들이마신다. 저건 준 오빠가 몇 주 동안 나무를 깎아 만든 배 모양 요람이다.

준 오빠보다 다섯 살 많은 큰오빠 성이 어느 날 새언니가 아이를 가졌다고 말했을 때가 생생히 기억난다. 나는 산신령님께 기도를 드리기 위해 산으로 갔고, 그동안 준 오빠는 자신이 어릴 적 심은 아끼던 나무를 베어 와 요람을 만들기 시작했다. 요람에 아름다운 무늬도 새겼다. 아기를 좋은 꿈으로 인도할 날아가는 학, 머리맡에는 아기를

312

악몽에서 보호할 날아오르는 호랑이. 그리고 나는 밤마다 오빠가 만들다 놓아둔 요람 앞에 서서 여자들과 아이들의 여신에게 기도했다. 아기가 언젠가 머리를 누일 요람에 입을 맞추며.

아기는 태어나서 숨 한 번 제대로 못 쉬고 세상을 떠났다. 우리는 정원으로 나가 요람을 태웠다. 다른 세상에 가서 아기를 달래주길 바라며.

나는 손가락으로 호랑이의 줄무늬와 학 날개의 깃털 부분을 더듬는다.

내 뒤에서 문이 스르르 열리고 조상들이 들어온다.

32장
조상

먼저 탈이 들어오고 미키와 다이가 함께 들어온다. 놀랍게도 여태껏 내 곁에서 나를 도왔던 이들이 바로 내 가족이었다.

다이가 웃으며 말한다. "너는 울보야, 미나."

탈이 걸어오며 손을 우아하게 뒤로 뻗어 쓰고 있던 탈의 끈을 푼다. 탈이 바닥에 떨어지고, 나는 그녀의 진짜 얼굴을 본다. 내 얼굴이 나를 보고 있는 건가? 나보다 더 아름다운 얼굴이지만. 어쩌면 나를 바라보는 모습에서 사랑이 전해져서 그렇게 느낀 것일지도 모른다. 탈이 나를 품에 안는다.

나는 흐느낌을 참으며 묻는다. "고조할머니시군요. 그렇죠?" 내 어깨에서 끄덕임이 느껴진다. "제가 죽어가고 있을 때 절 위해 노래를 해주셨어요. 제 목소리라고 생각했는데 고조할머니의 목소리였군요."

"내가 노래를 불러주었지만 널 다시 살린 건 살고자 하는 네 의지였어."

나는 다이를 돌아본다. "할아버지…… 보고 싶었어요."

다이가 미소를 짓는다.

"그리고 미키는……" 이제 나는 흐느껴 울고 있다. 거의 말이 나오지 않는다. "미키는 큰오빠의 딸이네요." 인간 세상에서는 저렇게 아름다운 미소를 지을 수 없었던 여자 아기가 다른 세상에서 두번째 삶을 살고 있다. 미키가 다이의 어깨 뒤에서 까르륵 웃는다.

"준 오빠가 아이를 위해 요람을 만들었었어요." 내가 힘없이 말한다.

"맞아. 그게 미키를 실어온 배였어. 그 요람이 없었으면 미키는 혼령들의 강에 완전히 빠졌을 거야. 하지만 이렇게 사랑을 듬뿍 담아 만든 물건은 절대 가라앉지 않아."

탈이 내 손을 잡는다. "궁금한 걸 물어봐, 미나. 전에는 말해줄 수 없었어. 혼령이 자손들의 행동에 직접 영향을 미치는 것은 금지되어 있거든. 하지만 지금은 말해줄 수 있어. 가장 신성한 이곳에서는."

나는 눈물을 삼키며 고개를 끄덕인다. "새언니 심청을 어떻게 인간 세상으로 돌려보낼 수 있는지 알고 싶어요."

탈과 다이가 시선을 주고받고는 탈이 천천히 말한다. "그런 일은 한 번도 없었어. 하지만 불가능하다는 건 아냐."

"강을 거슬러올라가보는 건 어떨까?" 다이가 말한다. "심청은 몸과 혼이 하나로 온전하잖아. 강을 끝까지 거슬러올라가면 인간 세상으로 짠 하고 돌아갈 수도 있어."

탈이 고개를 젓는다. "물살이 너무 거세. 그리고 그러는 사이에 몸이 버티지 못할 거야."

탈의 표정을 보니 무언가에 골똘할 때 나도 이런 표정일까 싶다. 손을 뻗어 눈썹 사이의 주름을 펴주고 싶은 충동을 억누른다.

탈이 말한다. "힘든 일이 생기면 여의주에 대고 소원을 빌면 되는데."

내 심장이 두근거린다. "소원을요?"

"맞아!" 다이가 신나 소리친다. "기억나. 용의 여의주는 거대한 힘의 원천이어서 거기에 대고 소원을 빌면 불가능한 것도 이룰 수 있어."

나는 용이 배 위나 정원에서 날던 모습과 용궁 밖에서 흉폭하게 날아다니던 모습을 되새겨본다.

"하지만 용이 여의주를 가지고 있는 걸 못 봤는데요." 그때 용왕의 대전에 있던 병풍이 기억난다. 그림 속에서 용이 하늘을 가로지르며 여의주를 쫓고 있었다.

탈이 말한다.

"용이 여의주를 잃어버렸는지도 모르지." 탈이 말한다. "그것이 저주와 관련되어 있는지도."

"아니면 누가 훔쳐갔을지도 몰라." 다이가 침울하게 말한다.

내가 본 용왕의 악몽 속에서 용왕은 부상을 당한 상태였다. 어쩌면 그때 여의주를 도둑맞았는지도 모른다.

"그러면 여의주를 찾아서 용왕님에게 돌려주면 용이 제 소원을 들어줄까요?"

다이와 탈이 눈빛을 주고받는다.

"그렇게 간단하다면 거의 모든 사람이 소원을 이룰 기회를 가졌겠지." 다이가 말한다.

"용이 극진히 사랑하는 이만이 여의주에 소원을 빌 수 있어." 탈이 설명한다.

"용이 사랑하는 이……라고요?"

탈이 고개를 끄덕인다. "용과 용왕님은 하나야. 용이 용왕님의 혼이거든. 용왕님이 누군가를 사랑하게 된다면 그 사람은 여의주에 소원을 빌 힘을 갖게 될 거야. 과거에 용왕님께 가장 사랑받던 이는 대대로 황제였지. 그래서 나라에 큰 위기가 닥쳤을 때 황제가 세상을 바꿀 소원을 빌 수 있었다고 들었어."

* * *

돌아온 나는 남기, 기린, 그리고 신과 만나 조상들에게 들은 이야기를 해준다. 기린과 신은 나를 도와주던 혼령들의 진짜 정체를 알았는데도 놀라지 않는 표정이었지만, 남기가 충격받은 모습은 볼만하다.

"미나가 날 대신해서 고조할머께 사과해줘요." 남기가 수줍게 말한다. "내가 한 말의 절반은 진짜가 아니라고 말해줘요."

"그런데 남기, 대부분의 혼령이 누군가의 조상이잖아요? 당신이 추파를 던진 모든 혼령이 할머니일 수 있다고요."

남기가 신음한다. "더 기억나게 하지 말아줘요."

조상들의 가르침으로 나는 심청을 구할 방법을 알아냈다. 하지만 절대 쉬운 일이 아니다. 용왕은 날 존중하지만 사랑하지는 않는다.

저주에 대한 혜리의 질문들이 떠오르자, 내가 처음 용궁에 들어갔을 때 느꼈던 기분이 생각난다. 이야기의 결말에 다다르기 직전, 마지막 부분을 놓치고 있는 것 같다.

이상한 통증에 가슴이 찌르르해 나는 움찔한다. 운명의 붉은 끈이 팽팽하게 당겨지고 있다.

"미나?" 신이 앞으로 걸어나온다. "왜 그래?"

운명의 붉은 끈이 또다시 힘차게 잡아끌자 나는 신음소리를 낸다. "운명의 붉은 끈이 이상해요……" 신이 놀라 꼼짝도 하지 않는다. "무슨 일이 생겼나봐요."

끈이 또다시 잡아끌자 나는 넘어진다.

신이 나를 붙잡아 바닥에 눕힌다.

"혼령이 되어가고 있어." 내 위에서 기린이 하는 말이 들린다. "미나 아가씨가 혼령의 세상에 들어온 지 한 달이 다 되어가고 있어요."

나는 또다시 잡아끄는 고통과 싸운다. 내 혼이 몸에서 찢겨져나가는 것 같다.

"어떻게 하죠?" 남기가 묻는다. "우리가 도울 방법이 있을까요?"

기린이 신의 눈을 마주본다. "용왕님께 돌아가야 합니다."

신은 주저하지 않는다. 부드럽게 나를 안아올리는 신의 목에 팔을 두른다. 신이 순식간에 혼령의 집에서 달려나와 거리를 내달리고 지붕을 건너뛴다.

용궁에 가까워질수록 고통이 줄어든다. 용왕의 뜰에 도착할 때쯤 나는 서 있을 수 있다. 신이 나를 땅에 내려준다.

"정원에서 날 기다려줘요." 나는 용왕의 대전으로 급히 들어가기 전에 신에게 말한다.

운명의 붉은 끈이 용왕에게 데려다준 첫날 밤처럼, 용왕은 눈을 감은 채 옥좌에 쓰러져 있다.

해가 지면서 병풍에 그려진 용은 주황과 노랑으로 물들고 여의주는 광택이 나는 금빛으로 반짝인다.

"미나?" 용왕이 눈을 번쩍 뜬다.

그의 곁으로 가자 그가 나를 올려다본다.

용왕은 내가 들려준 지난번 이야기 속의 용왕과 너무나 다르다. 그 용왕은 전능하고 강력했다. 그는 심청을 집으로 돌아가게 해주었다.

용왕을 보며 나는 생각한다. 신들의 신, 용왕이 왜 이렇게 약할까? 어떻게 이토록 인간다울 수 있지?

통증이 점차 잦아든다. 내가 용왕에게 가까워질수록 끈이 짧아져 내 팔 길이 정도로 줄어든다. 나는 더 가까이 다가가 그의 손에 내 손을 댄다. 부드러운 그의 손은 차고, 거친 내 손은 따뜻하다. 어떤 놀라운 일도 일어나지 않는다. 나는 꿈속으로 끌려들어가지 않는다. 빛의 폭발도 없다. 내가 손을 떼어냈을 때 운명의 붉은 끈이 사라지고 없다.

"미나." 용왕이 일어나 앉는다. "이게 뭐야? 무슨 짓을 한 거야?"

"저는 용왕님의 신부가 아니에요." 내가 부드럽게 말한다. "정말 아니에요. 용왕님은 저를 사랑하지 않고 저도 그래요. 우리는 운명으로 맺어졌지만 사랑은 아니에요."

나는 용왕의 반응을 기다린다. 그가 화를 낼까? 그의 눈썹이 구겨지며 섬세한 이목구비에 진심어린 걱정이 묻어난다. "하지만 당신은 죽을 거야, 미나. 혼령이 될 거야."

"제가 도울 수 있다면 달라질 거예요." 내가 그를 안심시켜주려 미소 짓는다. "용왕님은 강해져야 해요. 조금만 더. 저를 위해 해주실 수 있죠?"

"난…… 그래. 할 수 있을 거야."

나는 뒤돌아 옥좌 뒤에 있는 문으로 달려가 돌계단 아래 정원으로 나간다. 고통은 사라졌지만 나는 곧 내가 혼령이 될 것을 안다. 두렵지만 희망이 내 안에서 움튼다.

신에게 모든 것을 말하고 싶다. 그를 떠나서 미안하다고. 그때 내가 할 수 있는 유일한 선택이었다고. 하지만 내 착각이었다. 내겐 항상 다른 선택지가 있었다.

나는 신에게 내가 그를, 언제나 내 선택은 그였다고 말하고 싶다.

나는 정원을 지나 개울을 건너고 주황빛 석양 속에서 깜박이는 나무들 사이로 달린다. 초원을 지나 다리를 건너, 신이 서 있는 별채가 내려다보이는 언덕에 오른다.

운명을 쫓지 마, 미나. 운명이 널 쫓게 만들어야지.

33장
백 년 전

신은 종이배 연못가의 별채에서 기다리고 있다. 내가 다가가는 소리에 고개를 돌려 내 눈과 마주친다.

"용왕님과 이야기는 끝냈어?" 항상 그렇듯 신이 숨이 막힐 정도로 애절한 눈빛으로 나를 바라보며 부드럽게 묻는다.

"네. 그리고 내가 뭘 해야 하는지 이제 알아요."

신의 눈이 내 손에 머물다가 연못 쪽으로 향한다. 하지만 그사이, 그의 얼굴에는 예리한 고통이 스쳐지나간다. 오늘밤 종이배는 오리 떼처럼 물가에 모여 있다. 날개를 펴고 언제든 날아오를 것 같다.

"아무것도 묻지 않을 거야. 어떤 결정을 하건 따를게. 용왕님과 혼인한다면 나는 둘을 보호하고 지켜볼 거야. 평생."

내 마음은 선하고 헌신적이고 다정한 신에 대한 사랑으로 가득

찬다.

"하지만 내 마음을 숨기고 싶지 않아. 왜냐면 당신이 얼마나 솔직한지 당신의 말이나 행동으로 이미 알고 있으니까." 신이 미소 짓자 심장이 쿵쾅거린다. "내게는 혼도 없고 운명의 붉은 끈도 없어. 하지만 그래도 당신을 사랑한다고 말하고 싶어."

"신." 숨이 찬다. "운명의 붉은 끈은 사라졌어요."

신이 고개를 흔든다. "이해가 안 돼."

"용왕님과 나 사이에 있던 끈 말이에요." 내가 설명한다. "내가 용왕님의 손을 잡았어요. 당신도 기억하겠지만 우리 운명이 처음 생겼을 때도 해봤잖아요. 당신은 효과가 없을 거라고 주장했지만 방금은 효과가 있었어요. 내가 용왕님을 사랑하지 않으니 이렇게 될 거라는 걸 알았어요."

나는 좀 젠체하며 말한다. "나는 당신을 사랑해요. 그리고 내 운명은 내가 선택해요."

나는 앞으로 몸을 기울여 그의 어깨를 잡고 입술에 입을 맞춘다.

그러고는 한 발 물러선다. 그와 시선을 마주하기로 한 것까지는 좋았지만, 얼굴이 붉어지는 건 어쩔 수 없다. 어쨌든 그는 내가 솔직하다고 말했지 않은가. 신은 재빨리 정신을 차린다. 손을 뻗어 내 손을 잡고 나를 자기 품으로 끌어당겨 입맞춤한다. 그의 심장이 내 심장보다 빨리 뛴다. 나는 그의 목에 팔을 두르고 그처럼 열렬하게 그의 입맞춤 하나하나를 되돌려준다.

마침내 우리가 서로에게 떨어질 때, 그의 눈에서 타오르는 사랑에 나는 숨막힐 듯 행복하다.

"유 군주가 틀렸어. 그는 일단 운명의 붉은 끈이 만들어지면, 당신이 어떻게 저주를 없앨지 알 수 있을 거라고 했는데."

나는 신을 바라보다 문득 깨닫는다.

"틀린 것 같지 않은데요."

신이 살짝 얼굴을 찌푸린다. "무슨 말이야?"

"내가 할 수 있는 일이 있어요. 어딘가에 가야만 해요. 여기서 기다려줄래요? 날 믿죠?"

신은 처음엔 아무 말 없이, 바다같이 깊은 눈으로 나를 바라만 본다. 그러다 미소를 짓고 입술을 작게 움직여 말한다. "내 혼을 걸고."

나는 정원과, 대전과, 뜰을 통과해 다시 나간다. 용왕은 어디에도 보이지 않는다. 커다란 계단을 내려간다. 심장이 가슴속에서 요란하게 뛴다. 내 질문에 대한 답이 가까이 있다.

나는 달과 기억의 여신을 마지막으로 보았던 골목으로 들어선다. 움푹 들어간 벽에 여신의 신전이 있는데, 석패 앞의 빈 제기에 고조할머니의 은장도를 올려놓는다. 그런 다음 부싯돌로 종이에 불을 붙여 향을 피운다.

나는 한 발 물러서서 기도를 한다. 내가 눈을 떴을 때 달과 기억의 여신이 내 옆에 있다.

여신은 촛불이 켜진 눈으로 나를 바라보지만 오늘밤은 촛불이 희미해 보인다. "넌 내가 무섭지 않으냐?" 화가 났다기보다는 호기심 어린 목소리다.

"무섭지 않아요." 사실이다.

"그러면 아무것도 무섭지 않겠군."

"숲은 무서워요."

여신은 내가 우스꽝스러운지 눈썹을 치켜올린다.

"어렸을 때 숲에서 길을 잃은 적이 있어요." 내가 설명한다. "오빠를 따라가다가 여우를 보고 뒤쫓았는데 길을 잃고 말았죠. 아주 오랫동안 어떻게 그 숲을 빠져나왔는지 기억할 수 없었어요. 기억나는 거라곤 제가 얼마나 무서웠는지, 그리고 어둠 속의 나무가 너무나 낯설게 느껴졌다는 것뿐이었어요."

여신이 눈을 감는다. 여신도 나와 함께 이 기억을 떠올리고 있는 걸까.

"몇 시간 동안 나무뿌리 사이에 앉아서 울었어요. 아무도 저를 찾지 못하고 영원히 어둠 속에 혼자 있을까봐 겁이 났죠. 하지만 그때 울창한 나무 사이로 들어오던 빛을 보았어요. 달빛이 나뭇가지 사이로 들어와 숲길을 비추어주었어요. 저를 집으로 이끈 것은 바로 달이었던 거예요."

여신이 눈을 뜨고 나를 바라본다. 눈 속의 촛불이 밝아진다.

"할머니가 항상 말씀하셨죠. 우리 위대하신 황제 폐하의 상징인 해가 따뜻함과 빛을 준다면, 여자들과 밤을 지켜주는 건 달빛이라고요. 달이 우리 모두를 지켜주는 엄마라고 하셨어요."

나는 숨을 고른다. "여신님과 저는 거래를 했어요. 저는 제 혼의 일부를 드렸어요. 이제 제게 보답으로 뭔가를 주셔야 공정하죠."

"뭘 원하느냐?"

"기억이요. 제게 백 년 전 바닷가 절벽에서 있었던 일을 보여주세요. 용왕님이 모든 희망을 잃어버린 일이 무엇이었는지 보여주세요. 황제 폐하께 무슨 일이 있었는지 보여주세요."

여신이 모서리가 구겨진 아주 오래된 종이배를 소매에서 꺼낸다. 바람만 불어도 찢어질 것 같다. 여신이 내게 그 종이배를 건네준다.

나는 손을 들어 종이배를 만진다.

* * *

나는 용왕의 꿈에 나왔던 절벽으로 돌아가 있다. 하지만 그때 용왕이 서 있던 절벽 어디에도 용왕은 보이지 않는다.

이곳은 평화롭다. 바람은 매섭지만 맑다. 머리 위의 태양이 반짝이는 바다를 밝게 비추고, 낚싯배들이 이른아침의 바다 위에 떠 있다.

나는 절벽 끝으로 가까이 가서 배에 탄 사람들의 얼굴을 보려 하지만, 그때 내가 딛고 선 땅에서 진동이 느껴지기 시작한다. 절벽의 바위들이 바닷속으로 떨어진다. 말을 탄 전사들이 절벽으로 다가온다. 그 무리의 선두에 있는 웅장한 군마에 소년 용왕이 타고 있다.

하지만 뭔가가 잘못되었다. 그의 황금 갑옷이 먼지와 핏자국으로 더럽다.

한 남자가 용왕 곁으로 말을 끌고 온다. 그의 갑옷에는 그가 황제군의 장군임을 나타내는 날아오르는 호랑이 문장이 새겨져 있다.

"폐하!" 그 남자가 소리친다. "너무 늦기 전에 후퇴하셔야 합니다!"

용왕이 투구를 벗는다. 내가 익히 아는, 뭔가 상실하고 상처받은 것 같은 표정이 아니다. 그는…… 지도자처럼 사나워 보인다. 그가 장군을 주시하다가 투구를 땅에 떨어뜨린다. "나는 나의 신하들을 버리지 않을 것이다. 여기서 끝까지 그대들과 싸우겠다."

"폐하." 장군이 낮은 목소리로 말한다. "살아남으셔야 합니다. 폐하는 한 개인이 아니십니다. 우리 백성들의 희망이십니다!"

용왕은 그와 더 말다툼을 하려는 듯하더니 이내 허공을 보며 저주를 퍼붓는다. 그리고 갑자기 말머리를 돌린다.

하지만 너무 늦었다. 몇 안 되는 병사들이 숨을 곳 없는 이곳에서 너무 오래 시간을 끌었다. 수많은 적이 절벽으로 달려올라와 벼랑 끝에 용왕과 병사들을 포위한다.

뒤이어 피비린내가 나고 끔찍한 전투가 벌어진다. 병사들이 용왕을 둘러싸지만 하나씩 쓰러진다. 곧 용왕과 장군만 남는다.

패배와 죽음이 다가왔음을 깨달은 장군은 용왕이 탄 말의 옆구리에 칼을 찌른다. 말이 비명을 지르며 전장에서 달아난다.

내 마음속에 희망이 차오르다 커다란 바위 뒤에 숨어 있던 적군이 나타나는 것을 보고 금세 곤두박질친다. 적의 병사는 활에 화살을 재고 뒤로 잡아당긴다.

그가 쏜 화살이 공중으로 날아오른다.

"조심해요!" 내가 소리치지만 아무도 그 소리를 듣지 못한다. 아무도 날 볼 수 없다. 이것은 오래전 기억일 뿐이니까.

화살이 용왕의 가슴을 꿰뚫는다.

용왕이 말에서 떨어져 절벽 끝부분에서 쓰러진다. 적은 돌아간다. 그들은 원했던 것을 이루었다. 충분하다. 용왕은 살아남을 수 없다.

나는 용왕의 곁으로 달려가 손을 내밀지만 그에게 닿지 못한다. 우리 사이에는 백 년이라는 긴 시간이 존재한다. 피에 젖은 화살촉이 그의 등을 뚫고 나와 있다. 그는 죽어가고 있다. 용왕이 내 쪽을 향하자 잠깐 동안 나를 보는 것 같다. 하지만 곧 얼굴을 돌리고 누군가에게 묻는다. "당신은 누구십니까?" 그가 속삭인다.

나는 고개를 든다. 그가 웅크리고 있는 반대편에는……

"시, 신? 여기서 뭐 하는 거예요?"

신은 내 말에 대답하지 않는다. 용왕처럼 그도 나를 보지 못한다.

용왕이 피를 쏟으며 기침을 한다. 그는 죽기에는 너무나 어리다. "왜 내게 답하지 않죠?" 그가 소리친다. "당신은 누구인가요?"

"말하지 마." 신이 말한다. 그의 목소리는 조용하고 달래듯 부드럽다. "폐에 화살이 박혔어."

"저는 죽는 건가요?"

"그래."

용왕이 눈을 감는다. 끔찍한 슬픔이 얼굴에 서린다.

신이 용왕을 바라보고 나는 신을 본다. 이 기억 속의 신은 달라 보인다. 축제 때 입었던 것과 비슷한 길고 푸른 옷을 입고 조금 더 긴 머리카락을 끈으로 묶고 있다. 신이 부드럽게 말한다. "무서운가보구나."

용왕이 눈을 뜬다. 사납고 무서운 표정이다. 하지만 그러다 고통
스럽게 신음한다. 그의 눈에 구름이 낀다. "백성들이 당할 고통에 비
하면 죽는 건 아무것도 아니에요."

그의 말은 악몽을 떠올리게 한다. 그가 말한다. 나는 사람들의 기대
를 저버렸어. 나는 그들 모두를 저버렸어.

갑자기 용왕이 신의 옷자락을 붙잡는다. "나의 백성들. 내가 사라
지면 그들은 누가 돌보죠? 누가 그들을 안전하게 지키나요?" 피투성
이가 된 입술에서 흘러나오는 그의 말은 절망에 차 있다.

"내가 하지."

"당신은……" 용왕은 맥이 풀린 것 같다. "당신이 누구인지 알겠
어요. 아바마마께서 이야기해주셨죠. 당신이 우리 백성들을 보호한
다고. 만약 내가 절망에 빠지면 당신이 나를 도울 거라고. 지금 날 도
와주실 건가요?"

하늘에서 무언가가 휩쓸리는 소리가 들린다. 고개를 들어보니 우
리 위로 왼쪽 발에 여의주를 든 용이 있다.

내가 전에 한 번도 본 적이 없는 용이다. 눈부신 파란색 비늘이 반
짝거린다. 수염은 길고 하얗다. 용은 신나서 공중을 자유롭게 떠다니
더니 신의 옆에 여의주를 놓는다. 여의주는 이내 빛으로 폭발하며,
신의 어깨 뒤쪽에서 튀어나온 은청색의 웅장한 날개로 변한다.

황제가 신을 올려다본다. 얼굴에 순수한 경탄의 표정이 인다. "당
신은 누구신가요?"

"나는 용왕이다."

여의주에 대고 소원을 말하면 이루어질 것이다.

"소원을 말해라."

"저는 살고 싶습니다."

34장
마지막 소원

골목길로 다시 돌아와보니 종이배는 흙먼지로 변해 소용돌이치며 내 손에서 떠나간다.

"다 끝났다." 여신이 말한다. "지금쯤이면 용왕님과 황제는 자신들의 기억을 다 되찾았을 것이다. 자신들이 과거에 누구였고 현재는 누구인지. 소원의 힘에 붙잡힌 사람들만이 아니라 모두."

나는 아직도 기억 속에서 느꼈던 감정이 생생하다. 소금기 가득한 공기, 하늘을 쓸고 다니는 용과 용왕. 신. 용왕과 신은 하나이고 같다. 황제의 목숨을 구하기 위해 신은 황제에게 자신의 혼인 용을 주었다. 이제 어떻게 내가 황제와 신 모두와 운명의 붉은 끈으로 맺어졌던 것인지 이해가 된다. 백 년 동안 둘의 혼은 하나였던 것이다.

"너는 어찌 알았느냐?" 여신이 묻는다. "그 기억은 네가 이미 의심하고 있던 것을 확인해준 것뿐이지 않느냐."

내가 어떻게 알았냐고? 나는 지금까지 모아온 모든 조각들을 생각해본다. 혼과 함께 기억을 잃어버린 신. 끔찍한 악몽에 시달리는 전혀 신 같지 않은 소년 용왕. 하지만 내가 확신했던 가장 큰 이유는……

"제가 용왕님의 신부이고, 신은 제가 사랑하는 유일한 존재이니까요."

잠시 후 여신이 한숨을 내쉰다. "그래, 내 패배를 인정해야겠구나. 하지만 누가 용의 혼을 가졌든 상관없이 그는 무너질 수 있다. 서둘러 너의 용왕님에게 가보거라, 어린 신부여. 그에게 달과 기억의 여신이 곧 찾아뵐 거라고 알려주고."

나는 여신을 살펴본다. 여신의 얼굴은 상기되어 있고 눈은 환희로 빛난다. 하지만 내가 절벽에서의 기억을 보여달라고 부탁했을 때부터 그녀는 이미 그런 표정을 짓고 있었다. 그녀의 가슴속 어딘가에 내게 그 기억을 보여주고 싶은 마음이 있었던 것이다. 그녀는 내가 진실을 밝혀주길 기다리고 있었다.

"여신께서 원하시는 게 힘이라면, 용왕님과 겨루기보다 더 좋은 방법이 있어요."

여신이 못 믿겠다는 표정으로 눈썹을 치켜올린다. "무슨 방법이 있다는 것이냐?"

"아이들을 보호하는 신보다 더 사랑받는 신은 없어요." 나는 강가에서 소원을 빌던 젊은 여인과 무심한 여신에게 희망을 건 많은 이들을 떠올린다. "하지만 제가 여자들과 아이들의 여신을 만나봤는데…… 그렇게 존경받는 역할에는 어울리지 않는 신이었어요."

"나보고 여자들과 아이들의 여신이 되라고 말하는 것이냐?"

"그러면 분명히 여신께서 찾고 계신 힘을 갖게 될 거예요. 신들이 사람들의 사랑을 통해 힘을 얻는다는 게 사실이라면 아주 강한 힘을 얻을 거예요. 아이들과 주고받는 사랑이야말로 세상에서 가장 강력한 감정이니까요."

여신은 나를 살피는 듯한 표정으로 바라본다. "하지만 왜 내가 그런 역할에 적합할 거라고 생각하지?"

나는 나의 부모님과 할아버지가 세상을 뜬 이후, 오빠들과 나를 직접 기른 할머니를 생각한다. 용왕의 나라에서 내가 보낸 시간 내내 나를 끔찍이도 보호하고 지켜준 고조할머니인 탈을 떠올린다. 이무기에게서 다이를 보호해주고 새언니와 아기를 위해 눈물을 흘리고 달빛을 보내 내가 집으로 돌아갈 수 있게 해준, 내 옆에 서 있는 여신을 생각한다.

"왜냐하면 우리 집안의 여자들처럼, 여신께서도 학의 지혜와 호랑이의 용맹함, 아이들을 소중히 여기는 여신만이 품고 있는 선함과 사랑을 가지고 계시기 때문이죠. 그렇게 사랑받는 여신이 된다는 것은 무거운 짐이겠지만, 저는 여신께서 그 짐을 견뎌내실 거라고 믿어요."

여신은 미묘하게 눈썹을 찡그리지만 그 자리를 지킨다. "네 믿음이 너무 강해서 부인하기 어렵구나."

"제가 쉽게 만들어드릴게요." 나는 떠나려고 몸을 돌리다 이께 너머로 소리친다. "그냥 믿으세요!"

* * *

도시는 고요하다. 내가 처음 혼령들의 세상에 왔던 때와 비슷한 분위기지만 안개는 없다. 강력한 주술이 공기 중에 퍼져 있는 듯하다. 도시의 모든 주민들이 놀라서 단체로 숨을 참고 있는 듯하다. 나는 팔등으로 고인 눈물을 닦아낸다. 여신을 떠날 때부터 눈물이 나기 시작하더니 그뒤로 멈추지 않는다. 하지만 나는 지금 눈물을 멈추어야 한다. 나는 그 어느 때보다 더 강해져야 한다.

나는 어떤 운명의 붉은 끈도 따르지 않는다. 내가 아는 길을 걸어갈 뿐.

나는 이 도시를 알고, 거리와 정원과 수로와 골목길과 사람들을 안다. 용궁으로 이어지는 큰길은 텅 비어 있다. 대문은 활짝 열려 있다. 마지막으로 나는 계단을 올라 대문을 지나간다.

첫번째 뜰에서 남기와 기린을 마주친다.

"미나!" 남기가 달려와 나를 꽉 껴안는다. 나도 힘껏 그를 껴안는다.

"여기에 있었군요!" 내가 소리친다. "못 보고 갈까봐 걱정했는데……"

"미나, 이상한 일이 일어났어요!" 남기가 뒤로 물러나고 나는 그의 얼굴을 본다. 거기에는 기쁨과 놀라움이 섞여 있다. "우리 모두 황제와 용왕님에 대해 전부 알게 되었어요. 신이 용왕님이래요! 믿어져요?"

"그는 어디 있나요?"

"대전에요. 우리도 조금 전에 도착했어요."

남기 뒤에서 기린이 다가온다. 그는 항상 그렇듯 날카로운 눈으로 나를 자세히 본다. "미나, 아까 뭐라고 했나요? '못 보고 갈까봐'라고 했나요……?"

나는 남기를 놓아주며 뒤로 물러선다. "기억은 되찾은 것 같지만 황제가 빈 소원의 효력은 아직 남아 있어요. 백 년 동안 인간 세상 사람들은 폭풍에 시달렸어요, 맞잖아요. 또 황제가 없어서 우리는 끊임없이 전쟁에 휘말렸죠. 평화를 지속하기 위해 황제 폐하와 용왕님 둘 다 돌아오게 해야 하고, 그러려면 한 가지 방법밖에 없어요."

기린이 금방 알아차린다. "여의주에 소원을 빌어야 하는군요."

"하지만……" 남기가 우리 사이를 힐끗 본다. "그런 소원은 황제의 소원처럼 강력해요. 어떤 일이든 일어날 수 있어요. 용왕님과 황제가 각자 원래 있던 곳으로 돌아가는 소원을 빌면 심청뿐만 아니라 당신도 돌아갈 수 있어요. 둘 다 아직 혼령이 아니니까."

"그것이 유일한 방법이죠." 내가 부드럽게 말한다. "남기, 당신은 언젠가 내가 새인지 신부인지 물었잖아요. 나는 둘 다이고 그 이상이기도 한 것 같아요. 당신에게는 친구이고 싶지만요."

"당연하죠." 남기는 눈물을 삼키며 말한다.

"그리고, 기린." 나는 성실하고 충성스러운 은빛 눈의 전사에게 돌아서서 말한다. "나는 신의 안전과 행복에 관한 한 낭신만큼 충성스러운 사람을 못 봤어요. 당신은 가장 믿을 만한 동료입니다."

"영광입니다." 기린이 조용히 말한다.

나는 마음이 슬픔으로 완전히 무너져내리기 전에 그들에게서 돌아서서 다음 문으로 달아난다. 용왕의 뜰에 용이 있다. 용은 거대한 몸으로 뜰을 가득 차지하고는 들썩이며 벽을 두드리고 있다. 하지만 나를 보고 가만히 있다.

나는 거대한 용과 시선을 마주하며 앞으로 걸어나간다. 깊은 바다처럼 검은 눈이 친숙해 보여 안전하고 따스한 기분이다. 나는 용의 발 사이를 걸어 턱 밑을 지나간다. 용의 숨결이 뜨거워 정수리가 후끈 달아오른다.

한번 지나간 다음, 돌아서서 내 손을 내민다. 용이 자기 발 하나를 들어 내 손바닥에 얌전히 여의주를 올려놓는다. 조약돌 크기다. 여의주를 손으로 감싼 채 나는 용왕의 대전으로 이어지는 짧은 계단을 급히 올라간다.

"신!"

신은 바닥에 쓰러져 있다. 나는 서둘러 달려가 그의 곁에 무릎을 꿇는다.

"이제 진실을 알았겠지." 신이 말한다. "내가 누구이며 뭘 했는지. 내가 용왕이야. 뺏고 또 뺏을 뿐 주려고는 하지 않는 용왕이야." 신의 목소리는 쓰디쓴 자책감으로 가득차 있다.

신 때문에 마음이 아프다. 그가 보호하기로 맹세했던 그의 사람들이 백 년 동안 고통받아왔다. 사람들에게 헌신적이고 충실한 신에게 그것은 자신의 혼을 통째로 부정한 것과 같을 것이다.

"아니요." 나는 강하게 말한다. "당신은 황제를 구했어요. 당신은 황제가 죽어갈 때 당신의 혼을 주었어요. 신god의 혼을. 오직 그 힘만이 황제를 살릴 수 있음을 알았던 거죠."

"기억나." 신이 나를 보며 속삭인다. "바닷가 절벽에서 황제가 내게 살고 싶다는 소원을 빌었어." 신이 너무나 연약한 눈빛으로 경이롭다는 듯 나를 보자, 내가 그를 믿는 만큼 그도 나를 믿고 있다는 사실을 깨닫는다. "이제 무슨 일이 일어나는 거야, 미나?"

나는 손을 들어 천천히 여의주를 드러낸다. "나는 소원을 빌어서 당신과 황제를 제자리로 돌려놓을 거예요."

"그러면 당신은?" 신이 조용히 묻는다. "선녀와 나무꾼 이야기에서 선녀는 자기가 있던 곳으로, 가족에게로 돌아갔어. 당신이 바라는 게 그거야?"

마음이 부서질 것 같다. 그의 말이 내 안의 간절한 소망을 건드린다. 가족들이 보고 싶다. 할머니와 오빠들이 잘 지내는지 알고 싶다. 마을 사람들과 함께 밭에 씨를 뿌리고 튼튼한 집을 짓고 싶다. 나무들이 높이 자라는 걸 보고 싶다. 새언니가 건강한 아이를 낳는 걸 보고 싶다. 그리고 가족들과 제대로 된 작별인사를 나누고 싶다. 하지만 내가 가장 원하는 것은 신이다.

나는 그를 사랑한다.

"일 년." 내가 말한다. "일 년 뒤 나를 찾아와서 내가 바라는 게 뭔지 물어보세요."

신의 눈이 나를 향하고 나는 그가 뱉지 못한 모든 말을 눈 속에서 본다. 그는 나를 사랑하고 내가 여기 머물기를 바란다. 하지만 이제 막 혼을 되찾은 그는 자신이 용왕이라는 것을 스스로 밝혀야 한다.

"날 기다려줘." 신이 말한다. "바다와 땅이 만나는 곳에서."

여의주가 내 손바닥에서 따스하게 빛나기 시작한다. 신이 내 손을 덮고 꽉 움켜쥔다.

"세상이 원래대로 돌아가기를 소원합니다." 나는 속삭인다. "황제가 제자리를 찾고 신이 다시 모든 사람들의 보호자인 용왕님이 되기를 바랍니다."

마지막으로 신의 목소리가 들린다.

당신을 사랑해. 날 기다려줘. 바다와 땅이 만나는 곳에서.

35장
변화

나는 햇빛에 눈이 부셔 눈을 뜬다. 깨어나보니 우리집 정원 연못 가에 누워 있고 심청이 내 옆에 있다. 모든 것이 한 달 전으로 돌아간 것 같다. 된장으로 가득찬 항아리들이 정원 뒤편에 늘어서 있다. 갈 대밭에는 둥지를 튼 오리들이 꽥꽥거린다. 정원 맞은편에 우리집, 초 가집이 있다.

뒷문이 열린다.

"미나!" 할머니가 풀밭을 가로질러 달려오시고 준 오빠가 뒤따른 다. 나는 비틀거리며 일어나 날 안고 쓰러지려는 할머니를 간신히 붙 잡는다. "오, 미나. 우리 아가. 사랑하는 내 손녀딸."

나는 할머니를 꼭 끌어안고 눈물을 줄줄 흘린다. 옆에서 오빠가 심청을 안고 말없이 입맞춤을 하고 있다.

집에서 큰오빠와 새언니가 달려온다. 할머니 품에서 풀려난 나는 큰오빠의 품에 안긴다. 그런 다음 새언니가 나를 부드럽게 안아준다. 새언니에게서는 방금 깎은 듯한 신선한 배와 무궁화 향기가 난다. 다음으로 준 오빠의 품에 안기는데, 어린 시절 무릎이 까지거나 다른 마을 아이들이 못되게 놀릴 때 오빠가 나를 위로해주곤 했을 때처럼 나는 그만 목놓아 울기 시작한다.

모두가 무사하다는 사실에 너무나 마음이 놓인다.

나중에 혼령들의 나라에서 일어난 일을 이야기할 것이다. 어떻게 바다에 뛰어들었으며 어떻게 안개와 주술의 세상에서 깨어났는지.

얼굴을 보면 누구인지 눈치챌 테니 얼굴을 가린 채 탈이라 부르게 했던 할머니의 할머니를 만났다는 이야기도 할 것이다. 그리고 한시도 눈앞에서 떼놓지 않고 미키를 보호하는 할아버지 이야기도 들려줄 것이다. 미키가 얼마나 행복하고 얼마나 큰오빠의 성격과 새언니의 재치와 아름다움을 닮았는지 가족에게 자세히 들려줄 것이다.

나는 남기와 기린, 나리 언니, 시키와 혜리에 대한 이야기를 해줄 것이다⋯⋯

그리고 신. 키가 무지무지 큰데도 위협적이지 않고 얼마나 존경스러운지. 그가 그 자신으로서, 그리고 용으로서 어떻게 나를 여러 번 구해주었는지. 그리고 내가 얼마나 그를 사랑하는지.

하지만 지금은 이런 이야기를 하나도 하지 않는다.

잠시 후, 우리가 서로를 품에서 놓아주었을 때, 심청이 말을 잇지 못한다. "미나, 저길 봐!"

땅에 떨어진 큰 별들처럼, 연못 저편에 분홍빛과 금빛으로 활짝 피어 있는 천 송이의 연꽃이 보인다.

* * *

변화는 서서히 나타날 거라고 생각했다. 하지만 돌아온 지 몇 주 만에 내 소원으로 온 땅에 변화가 생긴다. 폭풍으로 나무가 뿌리째 뽑힌 곳에 하룻밤 사이 묘목이 자라난다. 가뭄으로 하천과 강이 다 말라버린 먼 내륙의 수로에 물이 가득차고, 곧 물고기와 새들이 북적인다. 그리고 더욱 놀라운 것은, 전쟁으로 피폐해진 북쪽에서 우리를 침략하기 위해 만든 무기가 모두 산산조각났다는 소문이 퍼지고 있다.

그리고 작은 기적도 있다. 함께 일하며 땅을 되살리고 곡물을 심고 나란히 앉아 시간을 보내는 이웃들. 반짝이는 냇가에서 놀다가도 어르신들이 커다란 소나무 그늘 아래 쉴 수 있도록 부축하는 우리 마을의 작은 아이들. 나는 매주 나무뿌리를 캐고 나무 열매와 약초를 따러 숲으로 들어가는 여자들 무리를 이끈다. 우리는 가끔 숲에 너무 오래 있다가 밤을 맞기도 하지만, 그럴 때마다 달빛이 우리를 집까지 인도해주어 하나도 무섭지 않다.

하지만 가장 이상한 기적은 내가 돌아온 지 한 달 만에 일어난다. 황제의 전령이 마을에 도착한다. 마을 우물가에 선 전령은 직령이리기보다는 놀라운 이야기에 가까운 소식을 전한다. 백 년 전에 사라졌던 황제가 하나도 늙지 않은 모습으로 황궁 계단에 나타났다는 것이다.

"지금까지 어디에 계셨답니까?" 마을 어른이 놀란 모두를 대신해서 묻는다.

"어디에 계셨는지 기억이 없으십니다." 전령이 대답한다. "하지만 많은 사람들이 황제 폐하께서 백 년 동안 용왕님이 직접 지켜주신 혼령들의 세상에 계셨을 거라고 믿습니다!"

마을 사람들은 깜짝 놀라 자연스레 뒤쪽에 서 있는 심청과 나를 바라본다. 주술에 걸려 있다가 백 년 동안 용왕으로 지낸 시간을 전혀 기억하지 못한 채 깨어난 황제가 어떤 기분일지 궁금하다. 이야기를 아주 좋아하는 황제가 이제 가장 위대한 이야기의 중요한 역할을 맡고 있다.

전령이 이어 말한다. "황제 폐하께서는 충신들의 증손자들에게 도움을 받아 황궁을 되찾으셨고, 우리가 바라던 대로 이 땅의 평화와 질서를 회복하기 위해 노력하고 계십니다."

이 놀라운 소식에 환호성이 울려퍼진다.

전령이 소식을 전하고 간 후 수많은 마을 사람이 심청에게 다가와 그녀의 공적에 감사를 표하자 심청은 체념한 듯한 표정으로 나를 본다. 나는 어깨를 으쓱하며 미소를 보낸다.

우리가 돌아오고 며칠이 지나지 않아, 대부분의 마을 사람들이 용왕의 저주를 푼 사람이 심청이라고 믿는다는 걸 알게 되었다. 심청이 바다로 보내진 마지막 신부였고 나를 포함해 돌아온 유일한 인물이기 때문이다. 처음에는 심청이 손사래를 치며 사람들의 말을 바로잡으려고 했지만 나는 괜찮다고 말했다. 정말로 나는 신경쓰지 않는다. 내가 용왕에게 들려준 마지막 이야기에서도 심청이 용왕의 신부였지 않은가.

계절이 지나고 다시 봄이 온다. 큰오빠와 새언니의 아이가 세상에 태어난다. 할머니가 밝은 미래를 기원하는 마음으로 아이 이름을 미래라고 지어주신다.

봄이 여름에 가까워질 무렵, 나는 해변을 떠돌기 시작한다. 가족들은 그 이유를 알아채고 나를 보낼 준비를 한다. 할머니와 새언니들은 나를 기리고 기억하기 위해 자신들의 두루마기로 아름다운 옷을 지어준다. 오빠들은 고조할머니의 은장도와 함께 지니고 다니라고 내게 단검을 만들어준다. 준 오빠가 칼자루에 까치를 새겨준다.

내가 인간 세상에 도착한 지 정확히 일 년이 지난 지금, 나는 가족에게 둘러싸여 해변에서 기다린다. 해가 지고 달이 떠오른다. 신은 나타나지 않는다. 다음날 우리는 해변으로 다시 돌아오고, 그다음날, 그리고 그다음날, 가을이 와도 날마다 바닷가에서 기다리는 사람은 나뿐이다.

처음에는 혼란스러워 생각이 흐려졌고, 그다음에는 그가 나를 사랑한 적이 있는지 의심했고, 그다음에는 이해했다. 황제가 자신으로 돌아갈 때 기억을 잃어버렸다면 신도 그랬을지 모른다.

* * *

가을이 겨울이 되고 그다음 봄, 똑같은 전령이 돌아와 황제가 자신의 귀환을 기념하기 위해 우리 마을에 행차할 거라는 놀라운 소식을 전한다. 용왕을 기리는 축제가 마을에서 먼저 열리고, 바닷가 절벽에서 이어진다고 하니 마을 사람들이 즐거워한다.

곧 수도에서 긴 행렬이 도착한다. 귀족들과 궁녀들이 돌아다니고, 하인들이 들판에 정교한 천막을 치자 아이들은 신나하고 어른들은 투덜거린다.

몇 주 동안 마을 전체가 황제를 맞이할 준비를 한다. 마을 광장에 있는 가게들의 처마에는 물론 절벽까지 이어지는 길에 줄지어선 나뭇가지에도 등불을 매단다.

아궁이 불은 밤까지 타오른다. 지붕을 수리하는 소리며, 귀족들에게 한몫 챙겨보려 우리 마을로 몰려드는 수많은 장인과 상인이 묵을 곳을 짓기 위해 나무를 찍는 도끼질소리가 동틀 때부터 해질녘까지 들려온다.

용왕을 모시는 바닷가 사원은 원래의 영광을 되찾고, 마을에서는 장인에게 의뢰해 아흔여덟 송이의 연꽃으로 둘러싸인 용을 벽화로 그려 희생된 모든 신부를 기린다.

일이 힘들 때마다 나는 혼령들의 나라에서 경험했던 주술을 갈망하기도 하지만, 동시에 이 힘든 일이 내 심장에 가시처럼 박힌 그리움을 잊게 해주기도 한다.

축제 전날 아침, 우리집 밖에서 커다란 소동이 일어난다. 심청과 내가 아궁이 앞에 앉아서 콩나물을 다듬다가 서로를 쳐다본다.

"무슨 일이지?" 심청이 말한다.

나는 귀기울여 듣는다. "광대들일까요?"

"김씨네 큰아들이 다시 왔나?" 심청이 놀린다. "아가씨의 마음을 얻으려고 단단히 결심했나봐."

나는 심청이 있는 쪽으로 콩나물을 던진다. "난 겨우 열여덟 살이 에요. 앞으로 십 년 동안은 절대 혼인하지 않을 거라고요."

그때 문이 열리고 준 오빠가 급히 들어온다. 숨을 헐떡이며 문가에 기대고 선 오빠를 바라본다. 입이 벌어지다가 닫히고 다시 벌어진다. 아무 말도 나오지 않는다.

"여보." 심청이 참을성 있게 말한다. "누가 찾아왔길래 그렇게 야단법석이에요? 저 소리는 북소리예요?"

"황제 폐하." 오빠가 헐떡이며 말한다. "황제 폐하께서 오셨어."

심청이 눈을 크게 뜨고 급히 일어난다. "마을에요?"

"우리집에! 지금 대문 앞에 계셔."

시간이 느리게 흐르는 것 같다. 심청과 오빠의 흥분된 목소리가 알아듣기 힘든 웅얼거림이 되어버린다. 심청이 할머니와 새언니에게 말하러 뛰어나가고, 그사이에 준 오빠가 큰오빠를 데리러 마당으로 달려간다. 정신을 차리고 보니 들고 있던 콩나물이 내 손바닥에 짓이겨져 있다.

온 가족이 우리집의 작은 정원에 모인다. 큰오빠와 미래를 안은 새언니가 맨 앞에 서고, 그다음에 준 오빠와 심청이 있고, 할머니와 내가 맨 뒤에 선다.

미래가 태어난 후 우리집 일을 도와주시는 할머니가 문을 연다. 황제가 작은 나무문을 넘어 성큼성큼 걸어들어온다. 나는 그에게서 겁먹고 슬퍼하는 소년 용왕을 보려 하지만 더이상 그런 모습을 찾기 어렵다. 등을 곧게 편, 보무당당한 이 남자는 황량한 절벽에서 죽기 직전 살려달라는 소원을 빌던 기억 속의 젊은 남자와 비슷하다. 그가 우리를 쓰윽 본다. 그와 눈이 마주치자 나는 이내 고개를 숙인다.

큰오빠가 다가가는 소리가 들린다. "폐하, 뵙게 되어 영광입니다."

황제가 대답하지 않자 큰오빠가 "다과라도 올릴까요?" 하고 머뭇 거리며 말한다.

"됐네." 황제의 목소리는 더 깊고 더 위엄이 있어 이전과 달리 들린다. "가족 소개 좀 해주게."

큰오빠가 잠깐 머뭇거리다 말한다. "제 아내와 딸입니다."

황제와 그를 따라 걷는 시종들의 발소리가 들린다. "제 남동생과 제수씨인 심청입니다. 들으셨을지 모르겠지만……"

황제가 초조한 기색을 비쳤는지 금방 다음 줄로 넘어온다. "저희 할머니입니다."

무리가 내 앞에서 멈춘다. "그리고 제 누이동생입니다."

나는 황제의 신발을 내려다본다.

"이름이 어떻게 되지?"

나는 꿀꺽 침을 삼킨다. 왜 그가 여기에 서 있지? 날 기억하지 못할 텐데. 그에게 나는 모르는 사람이다. 그가 손으로 내 턱을 잡고 얼굴을 들어올린다.

"폐하. 저는 미나라고 합니다. 송가네 여식입니다."

"미나." 황제가 그 깊고 낯선 목소리로 말한다. "나와 함께 잠시 걸을까? 정원이라도?"

나는 눈을 커다랗게 뜨고 나만 보고 있는 가족들을 돌아본다. "네. 폐하."

황제가 등을 돌려 앞서 걷는다. 우리는 정원으로 향한다. 그는 나의 용왕과 다르다. 용왕은 어깨가 더 넓고 전사답게 키가 크다. 옆에 검을 차고 있고 머리카락은 더 길다. 내 안에서 용왕에 대한 그리움이 차오른다. 나는 그가 더이상 존재하지 않는다는 걸 깨닫는다. 그 생각에 눈물이 난다.

황제가 돌아선다. 그는 내가 우는 모습을 지켜보며 조용히 서 있는다. 나는 그의 얼굴에 당혹스러움이나 불쾌감이 서릴 줄 알았다. 하지만 그는…… 거의 안도하는 모습이다. 내 눈물이 그의 마음속 의심을 없애주기라도 한 듯이.

"미나, 이렇게 당신을 찾아온 것에 사과하지. 나는 이 일이 아주…… 뜻밖이라는 걸 알아. 나는 그저 당신을 보아야 했어. 사실……" 나는 그의 목젖이 움찔하는 모습을 본다. 그는 긴장하고 있다. "사실 나는 그대 꿈을 꾸고 있어."

내가 눈을 깜박인다. "뭐…… 뭐라고요?"

"나는 악몽을 꿔. 기억나는 건…… 외로움이야. 압도적인 운명에 대항할 수 없다는 끔찍한 무기력. 그중 유일하게 계속 나오는 사람이 당신이야. 당신은 내 모든 꿈에 나와서 내게 어둠 밖으로 나가는 길을 보여줘."

황제가 내 손을 잡고 자기 입으로 가져간다. 내 피부에 닿은 그의 입술은 따뜻하다. 내 눈과 마주한 그의 눈은 용왕의 깊은 눈과 비슷하다. 길을 잃은 나의 용왕과 비슷하다. 나는 지금까지 내가 이렇게 깊이 용왕을 그리워하고 있는 줄 몰랐다. "나와 혼인해줘, 미나. 내 신부가 되어줘."

* * *

그날 저녁 준 오빠와 나는 정원을 산책한다. 작년에 우리 둘만 보낸 시간은 길지 않았다. 오빠에겐 이제 그의 가족이 있다. 심청과 심청의 아버지. 그리고 복이 있다면 언젠가 아이들도 생길 것이다. 그러니 내가 항상 그의 마음속에 있을지라도 그는 자기 가족을 먼저 생각할 것이다. 그래야 한다.

오빠가 한숨을 쉰다. "황제 폐하께서 우리집에 오시다니 믿기지가 않아. 그리고 너와 혼인하기를 원하시다니."

"그건…… 정말 믿기지 않는 일이에요."

내 말에 오빠가 어깨로 날 살짝 친다. "그리고 넌 '하룻밤 생각할 시간을 주세요'라고 말했지. 내 동생이, 황제 폐하의 청혼을 생각해보겠다고 말하다니."

오빠가 껄껄 웃으며 나지막이 덧붙인다. "하지만 말이지, 김씨네 큰아들이 안됐어."

우리는 한가로이 연못가를 걷는다. 둘 다 생각에 잠겨 말이 없다. 오리들이 유유히 원을 그리며 헤엄친다. 구름이 달 위를 지나가자 나는 하품을 한다. "이제 들어가요."

"잠깐만." 오빠가 날 불러 세운다. 수심 가득한 얼굴이다.

"걱정하지 마요. 성급한 결정은 하지 않을 테니까. 나는 황제 폐하와 혼인할지 안 할지 스스로 선택할 거야. 어떤 것도, 어느 누구도 나를 몰아세울 수 없어."

오빠가 고개를 젓는다. "아니, 그게 아니라……" 그가 연못의 오리를 본다. "여동생이 황제의 부인이 된다면 오빠들은 대체로 기뻐할 거라고 생각해. 그리고 나도 행복하겠지. 하지만 만약……" 오빠가 연못에서 시선을 돌려 나를 살펴본다.

"무슨 말을 하는 거예요, 오빠?"

"지난 한 해 동안, 계속……"

내가 시선을 돌리자 그가 말을 잇지 못한다.

이윽고 오빠가 부드럽게 말한다. "너는 자꾸만 숨기고 있어. 우리 주위에서 빙빙 맴돌며 멀어지는 것 같아. 미나, 난 그저…… 네가 행복하면 좋겠어. 황제 폐하가 널 행복하게 해주실까?"

"오빠는 나를 행복하게 해. 연못의 오리도 날 행복하게 해. 맑은 하늘과 잔잔한 바다와 계속되는 평화. 이 모든 것이 날 행복하게 해줘."

"행복하다면서 왜 울고 있는 거야?"

두 손을 눈에 대자 손이 눈물에 젖는다. "모르겠어. 눈물이 많나 봐. 눈이 약한가보지."

오빠가 나를 두 팔로 감싼다. "아니면 심장이 강하거나."

나는 오빠의 어깨에 얼굴을 묻은 채 마음에서 느껴지는 참을 수 없는 고통에 끝없이 눈물을 흘린다.

* * *

밤늦게 나는 해변으로 간다. 바다 위에 먹구름이 끼어 있다. 먼바다에 폭풍이 인다. 지난 한 해 동안 수많은 폭풍이 일었지만 결국 모두 마을에 해를 끼치지 않았다. 폭풍은 농작물에 비를 내리고 강과 시내를 채웠다. 신들은 다시 사람들의 감사와 사랑을 받는다. 누구보다 용왕이.

날 기다려줘. 바다와 땅이 만나는 곳에서. 그가 말했다.

하지만 난 일 년 동안 날마다 당신을 기다렸는데 당신은 오지 않았어요. 난 어떻게 해야 하죠? 당신이 오지 않을 걸 알면서도, 어떻게 계속 기다리기만 할 수 있겠어요?

우리는 먼 거리로, 두 세계로, 기억으로 나뉘어 있다.

"신." 그의 이름은 기도이자 간청이다.

나는 바닷가에서 돌아서서 집으로 다시 걸음을 옮기고, 눈물을 글썽이며 이불 위에 눕지만, 몇 시간 뒤 북소리와 대나무 피리 소리에 잠이 깬다. 용왕을 기리는 축제가 시작되었다.

36장
나의 운명

아침이 되자 아이들이 마을 개울가로 달려와 종이배를 물에 띄운다. 여러 가지 놀이와 음악, 그리고 음식과 웃음으로 가득찬 하루가 시작된다. 심청과 나는 걸음을 멈추고는 뛰어난 소리꾼이 실력 있는 고수와 함께 '용왕의 신부' 이야기를 열광적인 청중에게 들려주는 광경을 본다. 그 여자가 들려주는 이야기가 내가 소년 용왕에게 들려주었던 이야기와 너무나 비슷해 놀란다. 우리가 믿고 공유하는 이야기는 이 땅과 사람들에게 얼마나 깊숙이 뿌리내리고 있는 걸까.

심청과 나는 노점이 늘어선 거리를 둘러본다. 그곳에서 심청은 미래에게 줄 꿀엿과 우리 둘이 나누어 먹을 군밤을 산다. 하지만 시간이 지나면서 나는 뭔가 이상한 점을 느끼기 시작한다. 거리글 지나는 사람들, 심지어 우아하고 냉담한 귀족들도 전부 심청이 보이지 않는지 아주 노골적으로 나를 쳐다보고 있다.

심청은 마을 아이들 중 한 명을 멈춰 세운다. 나는 그애가 나리 언니의 사촌인 마리라는 걸 알아본다.

"무슨 일이 있는 거야?" 심청이 묻는다. "왜 모두 미나를 보고 있어? 빨리 말해봐!"

마리가 음모를 꾸미듯 개구지게 웃는데 그 순간 그애가 나리 언니와 너무나 닮아 그리움으로 가슴이 떨린다. "사람들이 황제 폐하께서 미나 언니에게 청혼하셨다고 하던데요. 어제 폐하께서 미나 언니네 집을 방문하셨을 때요. 그게 사실인가요?"

"그게 사실이라 해도 소문을 퍼뜨리는 건 예의에 어긋나는 일이지. 여기, 맛있는 거 사 먹어." 심청이 마리에게 동전 한 닢을 던져준다.

"그게 사실이면 소문이 아니죠." 마리는 동전을 주머니에 넣으며 까부는 말을 한다. 그래도 우리에게 인사는 잊지 않고 어느새 친구들 무리에 낀다.

심청이 나를 조심스레 살핀다. 할머니는 '그분은 단지 황제일 뿐이야. 미나는 신과 인연을 맺었어'라며 그런 혼인은 받아들이지 않을 거라 말씀하시지만, 우리 가족 누구도 황제의 청혼에 대한 답을 내게 묻지 않았다. 그리고 새언니가 부드럽고 눈에 띄지 않는 태도로 조용히 말했다. '하지만 미나 아가씨도 이제 자기만의 가족을 만들 때가 되지 않았나요? 어쩌면 황제 폐하께서 아가씨의 마음을 돌리게 해주실지도……'

축제 참가자들은 오전 늦게 축제의 절정을 장식할 의식을 준비하러 각자 집으로 돌아간다. 의식이 시작되면 마을 사람들과 마을을 방문한 귀족들과 황제까지 모두 바다를 굽어보는 절벽을 향해 천천히 오르기 시작할 것이다. 거기서 황제는 또 한 해 동안 나라와 백성들을 보호해달라고 용왕에게 경의를 표하며 빌 것이다.

나는 이미 할머니와 새언니들이 지어준 옷을 입고 있다. 밝은 노란색 치마와 연꽃잎 같은 분홍색 저고리다. 마지막 선물인 단검을 허리에 차고 정원을 돌아다니며 기다린다. 연못의 얕은 물속에서 작은 올챙이들이 조약돌 위로 헤엄쳐 다닌다.

준 오빠와 내가 어렸을 적 우리는 작은 나무통을 가지고 다니며 우리집 옆에 있는 시내에서 올챙이들을 잡곤 했다. 올챙이들을 잡아 매끄러운 몸을 만져보려 물속에 손가락을 넣기도 했다. 우리는 잡은 후 곧 풀어주었다. 점잖고 다정한 오빠는 올챙이들을 절대 오래 가둬두지 않았다.

부드러운 발소리가 들린다. 오빠가 나를 데리러 오나보다.

"오빠." 내가 돌아서며 말한다. "벌써 시간이⋯⋯?" 나는 걸음을 멈춘다.

내 앞에는 달과 기억의 여신이 서 있다.

나는 입이 떡 벌어진다. "여기서 뭐 하시는 거예요?"

여신은 하얀 두루마기와 느슨한 빨간 저고리를 입고 머리카락은 목덜미 뒤에 간단히 묶고 있다. 예전에는 엄청나게 무섭게 느껴졌던, 촛불이 켜진 눈으로 나를 본다. 하지만 이제는 따순한 온기만 느껴진다.

"신이 날 보러 왔어." 여신이 말한다.

나는 뒤로 홱 물러난다. "뭐, 뭐라고요?"

"이상하지." 여신은 내 심장이 정신없이 고동치고 있다는 사실을 모르는지 아니면 자비가 부족해서인지 계속 말한다. "신은 너에 대해 기억하진 못하지만 조용히 용궁을 거닐어. 어떤 것에도 행복을 느끼지 못하고 혼은 흐느끼지. 황제가 용왕이었던 때보다 더 상태가 안 좋아. 어떤 것도 그를 위로할 수 없어."

마음이 아프다. "왜 제게 이 말을 해주시는 거예요?"

"왜냐면 너의 제안 덕분에 내가 여자들과 아이들의 여신도 되었으니까. 그게 무슨 의미인지 알아?"

나는 고개를 젓는다.

"그 말은 나를 두려워했던 모든 사람들이 지금은 나를 사랑한다는 말이야. 심지어 내 가장 강한 적이었던 신마저 나를 사랑해. 그는 내가 이제 여자들과 아이들의 여신이 되었다는 걸 알아. 그는 나를 사랑이 많고 친절하고 배려심 있는 여신으로 알지. 내게 말해줘, 미나. 내가 어떻게 해야 날 사랑하는 누군가에게 잔인해질 수 있을까?"

"모르겠어요. 잔인해지실 수 있어요?"

"아니…… 이상해. 내가 많은 이들이 두려워하는 존재였을 때 나는 모든 사람과 모든 것을 미워했어. 하지만 사랑을 받으니 나를 사랑하는 사람들이 한순간이라도 고통스러워하는 모습을 참을 수가 없어. 너 때문이야, 미나. 네가 나를 마음 따뜻한 여신으로 바꾸어놓았어."

나는 가슴이 미어진 채 여신을 바라본다. "그래서 뭘 하셨어요?"

"잊었어? 나는 여자들과 아이들의 여신이지만 달과 기억의 여신이기도 하잖아."

한 줄기 바람에 땅에 떨어진 배꽃 잎들이 흩날린다. 꽃잎들이 여신 주위로 소용돌이치기 시작한다.

나는 비틀거리며 앞으로 나간다. "잠깐만!"

한순간에 여신은 사라지고 없다.

"미나?" 심청이 집에서 나와 정원 주위를 돌아본다. "괜찮아? 무슨 소리가 들렸는데."

"청 언니, 난……"

심청을 따라 큰오빠와 새언니가 정원으로 달려들어온다.

"미나, 제수씨!" 큰오빠가 숨이 차서 소리친다. "황제 폐하께서 벌써 절벽 꼭대기에 도착하셨어요. 서두르지 않으면 늦겠어요!"

심청은 내게 더 말하고 싶어하는 것 같지만, 새언니의 등에 업힌 미래가 울기 시작하자 심청은 서둘러 시장에서 사온 꿀엿으로 아이를 달랜다.

나와 가족들은 마지막으로 올라가는 마을 사람들과 함께 걷는다. 큰오빠, 미래를 업은 새언니, 할머니, 심청, 그리고 준 오빠가 절벽으로 가는 길에 다 같이 오른다.

나는 그들과 함께 걷다가 점점 걸음이 느려져 뒤처진다. 나무들 사이로 부는 바람에 여러 생각이 나서 곧 길에 혼자 남는다.

어릴 때 자주 오르던 익숙한 길이다. 기대에 부풀어 숨이 찬데도 꼭대기까지 열심히 뛰어갔던 기억이 난다. 위쪽에 가파른 길이 있어 마지막 몇 걸음은 좀 힘들지만 그만한 가치가 있다. 일단 다 오르고 나면 나를 기다리는 그곳이 보인다.

바다. 물이 수평선까지 뻗어 있고, 형언할 수 없는 아름다움으로 내 심장에 끝없는 기쁨을 가득 채우는 바다. 나를 이 순간까지 살게 하고 이 세상 너머 내가 갈망하는 곳으로 데려갔던 바다.

바다의 매혹에 설레 길에 줄지어 선 귀족들과 마을 사람들 모두 나를 지켜보고 있다는 것을 잊을 뻔한다. 사람들은 풀밭의 양쪽에 서 있고 그 끝에 황제가 기다리고 있다.

나는 혼령들의 세상에서 보냈던 첫날 밤이 기억난다. 그때 운명의 붉은 끈이 나를 용왕에게 인도했다. 그 순간, 그때처럼 내가 그에게로 이어지는 길로 가야 한다는 사실을 깨닫는다.

마을 사람들이 호기심 어린 눈으로, 귀족들은 당혹스러운 표정으로 지켜본다. 그들은 황제가 실수를 했으리라 생각할 것이다. 후미진 바닷가 마을의 소녀에게 청혼을 하다니.

내가 용왕에게 들려주었던 마지막 이야기 속의 심청은 연꽃 속에 있다 황제와 혼인하게 되었을 때 무슨 생각을 했을까? 심청은 가난한 소녀에서 한 나라의 통치자의 자리로 올라섰다.

사실 심청은 황제의 부인이 되기 위해 바다로 뛰어든 게 아니었다. 사랑하는 아버지 때문이었다. 그녀가 다른 무슨 일을 할 수 있었을까? 이성이나 논리로는 설명할 수 없다. 하지만 그것이 혼이 숨쉴 수 있는 유일한 길이었기 때문에 선택했던 것이다.

운명으로 선택할 수 있는 길은 많다. 예를 들어 지금 내 앞에 놓인 길은 황제의 부인이 되는 길이다. 내가 그의 손을 잡으면 나는 황제의 신부가 될 수 있다. 아니면 다시 마을로 돌아가는 길을 택할 수도 있다. 땅이 바다와 만나는 곳으로 가는 길, 내 마음이 나를 기다리는 길이다.

어떤 길이 나의 운명일까? 나는 어떤 운명을 두 손으로 꽉 잡고 절대, 절대 놓지 말아야 할까?

황제가 내가 망설이는 것을 느꼈는지 한 발 앞으로 나온다.

그때 커다란 무언가가 머리 위로 지나가며 절벽 위에 거대한 그림자를 드리운다. 귀족들과 마을 사람들이 뒤섞인 채 비명을 지르며 혼란 속에서 뒤로 물러나다 제풀에 쓰러진다.

용이 하늘을 날아와 땅에 내려선다. 그러고는 반짝이는 몸에서 강한 바람을 뿜어낸다.

내 댕기가 풀어져 머리카락이 얼굴 위로 마구 나부낀다.

용에게서 나오던 빛이 흩어진다. 용이 있던 곳에 지금 서 있는 이는……

나의 용왕.

그의 모습은 정말이지 찬란하다. 연한 파란색 곤룡포의 흉배에는 은색으로 수놓인 문장이 있다. 나는 그에게서 조약돌을 혼으로 받은 연꽃 가문의 군주인 신의 모습과, 동시에 동쪽 바다를 다스리는 강력한 용인 용왕의 모습을 본다.

"미나." 용왕이 그리움과 희망, 사랑이 가득찬 목소리로 말한다.

"용왕의 신부여."

나는 우리가 처음 만났을 때 그가 나를 용왕의 신부라고 불렀던 모습이 기억나 웃음을 터뜨린다.

"아닙니다. 용왕님." 우리 뒤에서 목소리가 들린다. "미나는 제 신부입니다."

나는 황제의 얼굴을 보고 알아챈다. 백 년의 잠에서 깨어난 후 이 년 동안 바뀐 건 단순히 그의 용모나 자신감만이 아니었다. 수많은 작은 변화들이 그에게 일어났다. 그는 더이상 소년이 아니라 젊은 남자다. 하지만 칼자루를 쥔 그의 손이 미세하게 떨리고 있다. 황제에게 용왕은 신일 뿐 아니라 자기 백성들의 보호자이기도 하다. 그런데도 그는 세상에서 가장 사랑하는 용왕에 맞서 나를 보호할 작정이다. 내 안에서 그에 대한 애정이 솟아난다.

황제에게 대답할 사람이 나라는 걸 알고 신이 한 발 물러서는 걸보니, 정말로 나를 기억해냈음이 틀림없다.

"폐하." 나는 운명의 붉은 실이 끊어지고 어떤 운명도 선택하지 않았던 용궁에서의 마지막 밤에 그랬던 것처럼 황제의 손을 잡으며 말한다. "폐하의 꿈은 사실이에요. 우리가 용왕의 나라에서 함께했던 실제 기억들이죠. 그때 폐하는 이 나라의 황제가 아니라 용왕이었어요. 기억하나요?"

황제가 칼을 내린다. "나는……" 놀라움이 그의 얼굴을 스친다. "기억이 나."

"뭔가 기억난다면 이것도 기억해주세요. 제가 폐하를 구했습니다."

황제의 눈에서 눈물이 흘러내린다. "기억나. 나는 오랫동안 길을
잃고 헤맸어. 당신이 나를 발견했어. 목숨을 빚졌군, 미나. 당신에게
모든 것을 빚졌어."

내가 고개를 젓는다. "폐하는 제게 아무것도 빚지지 않으셨어요.
하지만 이 순간만 그런 걸로 해요. 폐하께는 더이상 제가 필요하지
않아요. 저를 놓아주실 시간입니다."

황제의 얼굴에 고통이 스친다. 아마도, 우리 사이엔 언제나 연결
고리가 있을 것이다. 우리 각자의 이야기들이 떼려야 뗄 수 없이 얽
혔으니까. 나는 오로지 나의 것이지만, 황제가 직접 이를 선택하기를
바란다. 그래야 그의 이야기가 진짜로 시작될 수 있다.

황제는 잠깐 동안 조용히 나를 바라본다. 마침내 그가 속삭인다.
"고마워."

이것으로 충분하다.

황제가 조용히 말한다. "이제부터 오랫동안 나는 내 후손들에게
오래전에 한 여신이 날 구했다고 이야기해줄 거야."

"여신이라고요?" 내가 웃는다. "그냥 한 소녀겠죠."

황제가 배에 손을 올리고 내게 고개 숙여 절한다. 그런 다음 용왕
에게 다시 절을 하고 마지막으로 잠깐 머뭇거리더니 풀이 무성한 길
을 걸어 자신의 운명을 향해 간다.

나는 돌아서서 신의 품으로 뛰어든다. 눈물이 흘러내린다. "이곳
은 땅이 바다와 만나는 곳이 아니라 산이 하늘과 만나는 곳이잖아

요."

그가 팔로 나를 꼭 껴안는다. "당신이 어디에 있든 나는 당신을 찾을 거야."

"당신이 찾기 쉽게 만들어줄게요. 내가 바로 여기에, 당신 곁에 있을게요."

"그러면 정말 쉬워지겠군." 신이 웃을 때 나오는 입김이 내 귀를 간지럽힌다. 그러고 나서 머뭇거리며 부드럽게 묻는다. "신$_{god}$의 신부가 되어도 괜찮겠어?" 그의 질문은 이 년 전의 기억을 되살린다. 그는 내가 가족과 헤어져 낯선 용왕의 세상에서 불멸의 삶을 살면 행복하지 않을까봐 걱정했었다.

나는 뒤로 물러서 그와 시선을 마주한다. "방금 내가 했던 말을 취소할래요." 신이 나를 감싼 팔에 힘을 주며 얼굴을 찌푸린다. "우리는 때로는 떨어져 있어야 할 거예요. 나는 종종 혜리 언니를 방문하고 싶고 나리 언니와 도시 안을 돌아다니고 싶을 테니까요. 그리고 우리가 항상 같이 있으면 당신의 우정에도 좋지 않아요. 기린과 남기는 어쩔 거예요?" 한 가지 생각이 스친다. "그 둘도 기억을 잃었나요?"

"기억을 잃진 않았지만 내게 당신 이야기를 하면 소원의 효과가 바뀔까봐 두려워했던 것 같아."

"그러면 여신께 감사해야겠네요. 여신은 아무것도 두려워하지 않으니까요!"

신이 날 팔로 감싼다. 그의 심장이 빨리 뛴다. "미나, 당신이 정말 그리웠어."

신이 뒤로 물러나서 내게 입맞추기 위해 몸을 앞으로 기울인다. 그 순간 우리 뒤에서 커다란 헛기침이 들린다.

내가 어깨를 웅크리며 고개를 돌려보니, 저 뒤에 환한 미소를 짓고 있는 우리 가족이 보인다.

준 오빠가 맨 먼저 다가와 나를 껴안는다. 나는 눈을 감고 마지막으로 오빠를 안고 있던 이 느낌을 잊지 않도록 마음속에 새기려 노력한다.

오빠가 속삭인다. "생각해보니 이 모든 것이 네가 나를 쫓아다니느라 시작된 거네. 네가 보고 싶을 거야, 미나. 내가 가장 사랑하는 여동생."

내가 피식 웃는다. "여동생이 하나뿐이면서."

"맞아. 그리고 그 여동생은 내가 아는 가장 용감한 사람이지."

그런 다음 한 사람씩 차례로 가족들과 작별인사를 한다. 큰오빠, 새언니, 그리고 미래. 할머니, 나는 할머니를 가장 오래 껴안는다. 지금이 내가 가족을 보는 마지막 순간일 것이다. 영원히. 가족들이 앞으로 몇 년 후에 세상을 떠난다 해도 강을 지나쳐 천상으로 가버릴지도 모른다. 혹시 강을 거쳐 다른 삶을 살아갈지도 모른다.

심청이 맨 마지막이다. 그녀는 나를 자기 품으로 끌어안는다. "미나 아가씨, 고마워. 모든 것이 다 고마워."

"아니에요. 사실 청 언니야말로 내가 가장 고마워하는 사람이에요." 심청이 반박하려 하지만 내가 그녀를 가까이 끌어안는다. "청

언니 이야기를 다른 사람들에게 많이 들었어요. 내가 오빠를 살리기 위해 바다로 뛰어들기는 했지만, 나에게 용기를 준 건 언니의 머뭇거림이었어요. 모두가 용왕님과 언니를 스스로 선택하지도 않은 운명 속으로 밀어넣을 때 언니는 자신이 원하던 것을 돌아보았어요. 그렇기에 내게는 언니가 용왕의 신부예요. 자신을 구함으로써 세상을 구한 소녀."

나는 심청을 좀더 안고 있다가 뒤로 물러난다.

"미나." 신이 내게 손을 내밀고 기다린다.

나는 그 손을 잡고 웃으며 말한다. "이제 우리집으로 가요."

감사의 말

『바다에 빠진 소녀』는 내 마음을 다 바쳐 쓴 책으로, 이 길고도 보람찬 여행을 함께해준 모든 분들께 너무나도 감사드립니다. 미나의 이야기에 대한 변함없는 믿음을 갖고, 힘든 시간을 이겨내고 행복했던 순간에 감사할 용기를 준 나의 에이전트 퍼트리샤 넬슨에게 감사드립니다. 편집자 에밀리 세틀에게도요. 꿈에서도 당신보다 더 완벽한 편집자를 상상할 수 없어요.

천재적인 표지 디자이너인 리치 디즈와 재능 있는 예술가인 황규리, 작가가 받을 수 있는 가장 아름다운 표지를 만들어주어 감사합니다.

페이웰 앤드 프렌즈 팀, 특히 스타 베어, 논 라이언, 미셸 껜가고, 그리고 킴 웨이머. 여러분 모두와 함께 일하는 것은 꿈에 그리던 일이었어요. 그리고 호더의 팀. 이 책을 따뜻한 열정으로 환영해주어 고맙습니다.

나는 레슬리대학교의 예술대학원에 다니면서『바다에 빠진 소녀』의 초고 집필을 마쳤습니다. 졸업식 때 모든 스승, 가족, 그리고 친구들이 듣는 앞에서 첫 장을 소리 내어 읽은 순간을 잊지 못할 거예요. 레슬리대학교의 멋진 교수들, 특히 수전 굿맨, 트레이시 바티스트, 미셸 크누센, 제이슨 레이놀즈, 데이비드 엘리엇과 비상한 재능을 갖춘 재미있는 친구들인 스테퍼니 윌링, 데본 반 에센, 캔디스 일로, 미셸 칼레로, 가비 브라바존에게 감사드립니다.

일찍부터 피드백을 준 독자들에게도 영원히 감사드립니다. 신시아 문, 엘런 오, 나피자 아자드, 어맨다 푸디, 어맨다 하스, 애슐리 버딘. 이 책은 여러분들이 아니었다면 지금 이 모습이 아니었을 것입니다. 내 비평 파트너인 저녤라 앤젤레스, 알렉스 카스텔라노스, 매디 콜리스, 마라 피츠제럴드, 크리스틴 린 허먼, 에린 로즈 킴, 클라리벨 오르테가, 케이티 로즈 풀, 악샤야 라만, 메그 RK, 타라 심, 멜로디 심슨. 나는 여러분 모두의 재능에 감탄하고 이 작가 모임의 일원이 되어 명예롭게 생각합니다. 그리고 내 사랑하는 친구들, 카루나 리아지, 데이비드 슬레이튼, 미셸 신 산티아고, 비다 바이비, 소냐 스완슨, 로런 라, 그리고 애슐리와 미셸 킴. 나에게 여러분의 지지는 세상을 다 얻은 것과 같습니다.

『바다에 빠진 소녀』는 많은 것을 다루지만 내게는 무엇보다도 가족에 대한 이야기입니다. 나의 가족인 애리조나 조씨 가족, 헬렌 고모, 두상 삼촌, 아담, 세라, 와이엇, 알렉산더, 사치, 노아, 엘리와 자크. 그리고 플로리다 조씨 가족. 케이티 고모, 데이브 삼촌, 캐서린, 제니퍼, 짐, 루시. 그리고 디포프 씨네. 세라 고모, 워런 삼촌, 크리스틴, 케빈과 스콧. 그리고 골드스타인 씨 가족. 메리 고모, 배리 삼촌, 브라이언과 조시. 그리고 희금 삼촌과 외숙모, 희몽 삼촌, 혜원 이모, 우성, 보성, 미니, 조사이아와 엘리. 희성 삼촌, 외숙모, 부성, 수지, 그리고 샌디. 이모, 이모부, 철중 오빠, 나현, 보경 언니와 서준. 그리고 가장 멋진 소년 토로! 여러분 모두를 사랑합니다.

우리 오빠 제이슨. 미나의 이야기가 오빠를 쫓아가는 것으로 시작된 이유가 있습니다. 오빠는 미나의 세상 전부였어요. 오빠를 사랑하고 보고 싶어요.

나의 친할아버지와 친할머니 오창열과 오금환, 그리고 외할아버지와 외할머니 김중업과 김병례. 제가 이루고자 하는 것에 한계가 없다는 것을 손수 보여주셔서 감사합니다.

엄마, 아빠, 그리고 캐밀. 나를 최고로 많이 지지해주고 사랑하는 가족이 되어주어 감사합니다.

마지막으로 독자 여러분께. 이 책은 여러분 모두를 위한 책입니다!

바다에 빠진 소녀

1판 1쇄 2023년 6월 8일
1판 4쇄 2024년 9월 1일

지은이 악시 오
옮긴이 김경미

책임편집 이자영 | 편집 김봉곤 권한라
디자인 김이정 최미영 | 저작권 박지영 형소진 최은진 오서영
마케팅 정민호 서지화 한민아 이민경 안남영 왕지경 정경주 김수인 김혜원 김하연 김예진
브랜딩 함유지 함근아 박민재 김희숙 이송이 박다솔 조다현 정승민 배진성
제작 강신은 김동욱 이순호 | 제작처 천광인쇄사

펴낸곳 (주)이봄 | 펴낸이 김소영
출판등록 2014년 7월 6일 제406-2014-000064호
주소 10881 경기도 파주시 회동길 210
전자우편 yibom@munhak.com
대표전화 031) 955-8888 | 팩스 031) 955-8855
문의전화 031) 955-3579(마케팅) 031) 955-1905(편집)

ISBN 979-11-90582-70-4 03840

* 이 책의 판권은 지은이와 (주)이봄에 있습니다.
  이 책 내용의 전부 또는 일부를 재사용하려면 반드시 양측의 서면 동의를 받아야 합니다.
  이봄은 (주)문학동네의 계열사입니다.

* 잘못된 책은 구입하신 서점에서 교환해드립니다.
  기타 교환문의 031) 955-2661, 031) 955-3580

www.munhak.com